九十乱弹

江曾培 著

学林出版社

上海文化发展基金会图书出版专项基金资助项目

目录

二
人与人

四 诗与美

六

官与民

|| 序一　当代杂文家的单打冠军 ||

吴兴人

《九十乱弹》是一部主题目鲜明、选文精到的杂文集。作者江曾培是上海新闻出版界赫赫有名的"老法师","新中国六十年百名优秀出版人物"之一。有人称赞他是"为书而生",观其作品,这句赞誉名副其实。

本书所选的杂文经过精心编排筛选,共分七大主题:老与幼、人与人、大与小、读与游、诗与美、官与民、商与学,广泛涵盖了世态百相、官场商场、国计民生的方方面面。作者十分善于使用对比的概念,将"放得下""提得起","道德绑架""道德散架","小确幸""小确丧"等生动形象的概念与议题展现到读者面前,尤其是一些对新兴网络热点词汇的接受与运用,对于90岁高龄的老年人而言,能够保持如此与时俱进的敏锐度,实属难能可贵。

书中不仅议论时事,也注重捕捉生活中细微的点滴,从一花一叶、一草一木中见微知著,生发出哲思感慨,予人启发。日常之余,作者还从自身的出版工作出发,讲述了百年来的文人与文心,记录了部分文化界具有纪念意义的代表性事件,比如韬奋诞辰126周年、王元化百岁诞辰等,以亲历者视角讲述文化轶事。此外,对于读书治学方法也多有总结,作为业内人士,作者对书籍的评价往往切中肯綮,金句频出,具有一定的专业价值,足资读者参考。

综上,这是一部非常优秀的杂文作品,不仅以文化人写文化事,更能做到家事国事天下事，事事关心，读者能够借此了解当前的社会现象，以此来关照当下问题。

作者于 1955 年开始杂文写作，七十年来，先后结集出版杂文集二十多部，作品多次获奖，其中有全国报纸副刊作品金奖，《人民日报》《北京日报》《解放日报》《文汇报》《厦门日报》等报刊优秀作品奖，林放杂文奖提名奖，上海哲学社会科学优秀成果奖，等等。同时，有好几篇作品分别收入《中国新文学大系》和《中国杂文大观》。江曾培先生写作杂文时间之长、数量之多、内容之佳，是当代杂文家的单打冠军。

2024 年 3 月

|| 序二　学者型杂文的典范 ||

曹正文

　　《九十乱弹》收录了一位老出版人对国计民生、政治时事、文艺作品、世俗人情等各方面的杂谈感想。本书是其年过九十的收官之作，汇编了作者近年发表的 160 余篇杂文作品，主题宏富，面对社会现象和众生百态，结合自己生命体验进行评点剖析，针砭时弊，见解深刻，字里行间有作者的独立思考。

　　一方面，本书是一位 20 世纪 50 年代就进入新闻出版业的资深新闻出版人的集结之作，作者江曾培曾任新民晚报社记者，上海文艺出版社社长、总编辑、党委书记，上海市出版协会主席，创办《小说界》《艺术世界》杂志，策划出版"文艺探索书系""小说界文库""当代文坛大家文库""中国留学生文学大系"，主编过《文艺鉴赏大成》《文化鉴赏大成》《世界文学金库》《中国新文学大系 1937—1949》《世界华文微型小说大成》《微型小说鉴赏辞典》等影响深远的优秀图书。面对文字，他始终初心不改，年过九旬仍笔耕不辍，在新时代依然坚守传承着出版人的文化使命。

　　另一方面，本书又能显示出作者成熟老到的杂文造诣。作者创作经验丰富，虚心学习鲁迅、林放的杂文传统，开创了一代时评的文风。他曾任上海市作家协会理事，上海市杂文学会副会长，中国微型小说学会首任会长，世界微型小说研究会名誉会长，尤擅杂文创作。此前已有《江曾培六十年杂文选》《江曾培网文选》及《话说人生》《话说官场》《红情绿意》《乱花迷眼》《三题集》《说钱集》等二十多部杂文集出版。其杂文风格杂而有味，切中时弊，锋芒毕露，文采斐然。文章观点明快而不晦涩，思想新锐却不偏涩，典故运用巧妙，叙述娓娓动人，是学者型杂文的典范。

　　本书可谓是江曾培先生晚年对人生、对社会思考的深入沉淀。这些浸润着满满生命力的文字，无不表达出作者的文艺理想、处世智慧、道德情操和价值取向，展现出一位富有生活阅历的老者的谆谆教导，定能给予老、中、青三代读者以启迪。

2024 年 3 月

一

老与幼

九十说老

　　我出生于 1933 年，到 2023 年 90 岁，亲朋纷纷贺我高寿，却少有人提到，这是我的老年人生的新阶段，一个在花甲之年、古稀之年、耄耋之年之后，迈进鲐背之年的新阶段。由于"寿"字比"老"字喜庆，大家在贺寿时，都尽量回避"老"字。实际上，就人的生命来说，"寿"与"老"的含义是相通的，都是指生命长、活得久。然而，说"老"，往往会联想到衰老、老朽，说"寿"，则寓意寿命长、活得久，因而就贺寿不贺老了。

　　随着经济社会的发展，人的寿命越来越长，"六十多来些，七十不稀奇，八十小弟弟"。这意味着，人的老年生活阶段在明显变长，社会上的"白头人"越来越多。"天增岁月人增寿"，"增"的应当是人生的幸福快乐，而不是老年的困顿与无奈。因而，关怀"白头人"生活，让夕阳晚照的老年不叹老，不悲秋，越来越成为国家和社会关注的主题。

　　同时，老年人也不要认为老就是衰老，不要为"老"所累。60 岁以上老年人的"老"，主要是指生理上的"白头"，至于心理上，努力永葆青春则是有可能的。英国哲学家罗素写过一篇《论老之将至》的文章，说他的曾祖母上了 80 岁后，精力仍然旺盛，思维仍然活跃。罗素说："如果你的兴趣和活动既广泛又浓烈，而且你又能从中感到自己仍然精力旺盛，那么就不必去考虑这纯粹统计学的情况。"20世纪90年代，有一本《文化老人话人生》的书，作者年龄为70岁至110岁，其中谈到最多的，是"人老，心可别老"。张乐平说"幽默使我年轻"，钱君匋说"丹青不知老将至"，赵超构说"优哉游哉聊以卒岁"，这些文化老人都不为"老"所拘所累，以一种积极潇洒的精神状态，使他们的晚晴熠熠生辉。

我也不回避老的现实，尽管体力日渐衰退，但也努力于"心可别老"，保持阅读、思索、写作的习惯。哲学上有"我在故我思"和"我思故我在"之争，我认为，两者是辩证的存在。自然是"我在"才会有"我思"，但是，也正是"我思"，才有力地表示"我在"。对文化老人来说，虽"老"了，但仍"在"，只要不患老年痴呆症，就仍可以思，可以想。那种不为功利所役，在精神世界自由驰骋的感觉，是老人的一种特有的可贵享受。

老人恐"老"，不愿多说"老"，自然也有原因，重要一点是"老"意味着生命快走到头了，对死亡的恐惧会越来越重。这需要我们正确认识死亡。死亡是生命的一个自然阶段，是谁也回避不了的。走向死亡虽然并非按着年龄大小排序进行，但一般说来，老人总是走在前面。面对这一生命规律，应视为人生的一种自然归宿，顺其自然，持"生则乐生，死则乐死"的态度。不过，除重危病人外，包括老人在内的绝大多数人来说，死期都是一个未知数，不必因为人终有一死而经常恐惧焦虑，这不仅会加速自己死亡的到来，而且也会将生命的乐趣抹去。《新约》有言："人畏惧死亡，就一生陷入奴隶状态。"

朋友问我有没想过死亡的问题，我说，尽管现代人的寿命已经大大提高，但到了90岁，也是来日无多了，有些事随时都可能发生。我对于死亡，内心并没什么阴影。只是我有一个希望，在走向死亡时不要有严重的病痛。看到有些老人去世前被病魔折磨的样子，实在令人十分难过。人生不同阶段有不同的问题需要重点关注，年轻时要正确对待名利，年老时要正确对待死亡。

2023 年 3 月

读《论老之将至》

在论述老年的名人名作中，我特别赞赏英国哲学家罗素的文章《论老之将至》。

人的一生是曲线式前行的，从小到大是走上坡，由大到老则是走下坡。"老之将至"，表明人将走进暮年，体力精力日衰，难免会生悲秋之感。罗素认为，人进入老年，尽管生理上不可避免地要逐渐衰老，但心理上是可以永葆青春的。他的曾祖母虽有80多岁高龄，但"她根本就没有工夫留意她在衰老"。罗素说，"这就是保持年轻的最佳方法"。不让"老"成为包袱压在自己身上，也不必在年龄上过分考虑纯粹的统计学。因为，纯粹统计学上的年龄没有固定不变的标准，如果说60岁就是老年，那现在不是更流行"八十不算老，七十还是小弟弟"的说法吗？

不为"老"所累，老年人仍然应保持拥抱生活的热情与乐趣，这样的老年观也是我国的优秀精神资源。唐代诗人刘禹锡有首名叫《酬乐天咏老见示》的诗，就是针对白居易《咏老赠梦得》诗中流露的消极悲观情绪，指出老人也有老年的精彩，"经事还谙事，阅人如阅川"。人的生命是一个发展的过程，幼年、少年、青年、中年、老年，环环相扣。每一个生命阶段都有其特有风景，有幸能经历生命全过程的人，是幸福的。刘禹锡最后以昂扬乐观的笔调写道："细思皆幸矣，下此便翛然。莫道桑榆晚，为霞尚满天。"后两句诗此后成为广泛流传的名言，鼓舞人们以积极态度看待老年，不消极，不悲观，过好金色的晚年。

人之所以恐老，还由于对死亡的恐惧。这需要正确认识死亡。有生必有死，有死必有生。死亡是生命的一个自然阶段，应将其视为人生的一种自然归宿。罗素对此作了诗意的描述："人的生命如同一条小溪，起初很是细小，被两岸夹住，快速地向前流去，越过峭壁，蹚过激流，汇成一条大江，这时两岸逐渐宽阔，水流也慢慢平稳下来，最后它与远处的大海互相融合，毫无痛苦地结束了它的存在。"这就是说，面对生命规律，人们需顺应自然，用理性驾驭感性，持"生者乐生，死者乐死"的态度，不让自己陷入死亡的忧虑。民间有句格言："不怕死的人，一生只死一次；怕死的人，一生要死许多次。"

我读《论老之将至》，为书中形象深刻的剖析所折服，它是老年人生的强大精神支柱，这就是：人老，心可别老；生寄也，死归也。

2018 年 4 月

刘禹锡的老年观

老友来访，谈到有些老年朋友背上年龄包袱，为"老"所累。我说，老年是人生的最后阶段，体力精力都走向衰退，进入老年后滋生"恐老症"者，代不乏人。唐代白居易写过一首诗，赠给挚友刘禹锡。开首两句说他们两人都老了："与君俱老也，自问老何如?"随后就多方面描绘他的老态："眼涩夜先卧，头慵朝未梳。有时扶杖出，尽日闭门居。懒照新磨镜，休看小字书。情于故人重，迹共少年疏。"满篇充斥着悲老的负面情绪。

刘禹锡收到这首诗后，和了一首《酬乐天咏老见示》，尽管也肯定白诗中所写的自身老态属实，但是老人虽然失去了年轻时的不少优势，也积累了年轻时所没有的阅历和经验。全面地看，老年也有老年的精彩，人有运气活到老是幸运的。

每一个生命阶段都有其特有风景，没有老年阶段的经历，不是完整意义上的人生。唐代许多诗人如韩愈、柳宗元、孟浩然、杜甫等都未活到 60 岁，李贺、王勃 20 多岁即亡，李白逝世时也只有 61 岁。刘禹锡、白居易算是高寿的，都进入了古稀之年，他们能以自身的亲历来"咏老"，本身就是一件值得庆幸的事。

我对来访的老友说，为了让越来越多的老年人具有幸福感，要大力地发扬刘禹锡的积极"老年观",永葆赤子之心,始终不渝地保持拥抱生活的热情与乐趣。冰心 90 多岁时还写道:"我从来没觉得老。"

自然,这也需要社会拥有尊老敬老的风气。不要轻视厌恶老人,视老人为"老东西""老糊涂",而要尽力为老人营造积极的生活环境。我读到一份材料,说哈佛大学的一位心理学家通过试验,证明将老人放在使他们感到年轻的环境中,老人会更加快乐,体力与智力都有明显改善。尊老爱老,除了物质上的支持,更需要精神上的关怀。记得季羡林先生生前在《老年谈老》的文章中,特意对社会上那些"你们已经老了!你们已经不行了!"一类的絮絮叨叨,发了一点"牢骚",认为这是不利于老人健康生活的。"莫道桑榆晚,为霞尚满天"的美好老年境界,需要老年人与社会的共同努力。

2020 年 5 月

话说"勿愿寿"

北宋诗人吕南公有首七律《勿愿寿》。有人说，人都是企盼长寿的，怎么会"勿愿寿"呢？

是的，长寿是人的共同愿望。自古以来，寿与福作为吉祥如意的象征，最为人们所崇奉的亲朋间的祝福词，就是福寿无疆、福寿双全、福如东海、寿比南山一类。王熙凤为了讨贾母的喜欢，就经常恭维贾母"福寿双全"。

然而，社会是复杂的，也确有人"勿愿寿"。吕南公在诗中着重指出的，是"寿不利贫只利富"。他写了一位西家老人，虽然精晓稼穑，但白发空多、缺衣少食，"儿屦妻病盆甑干，静卧藜床冷无席"，贫病交加的困境，扼杀了他的生趣，也就"勿愿寿"了。

"勿愿寿"，按庄子的说法，是由于"寿则多辱"。他在《天地》篇中写尧到华地视察，当地人祝福他长寿、富贵、多子，他一一回答作辞。尧说："多子则多惧，富则多事，寿则多辱。是三者，非所以养德也，故辞。"在尧看来，活得太长会多困辱，讨人嫌，因而他不要这样的祝福。

庄子所说的"寿则多辱"，是吕南公诗中那位西家老人"勿愿寿"的根本原因，不过，"寿则多辱"并不都只是由于"寿不利贫只利富"，它的成因要复杂得多，其中重要的一条是随着年龄的老去，人的体能智能日益衰退，各种疾病缠身，严重的不仅失去了工作能力，也丧失了生活的自理能力，不仅成了社会上"多余的人"，而且被视为社会的"包袱"，衣食住行都需仰人鼻息，看人脸色，这无疑是一种屈辱，一种悲哀。

据我观察，所受之"辱"主要有这几方面：

第一，疾病缠身，受病魔之辱。第二，孤独寂寞，受遗弃之辱。第三，被当包袱，受不敬之辱。第四，生活困苦，受贫穷之辱。

因而，尊老爱老，不仅要使老人生活无忧，免除"缺衣少食"之苦，同时要使他们活得有尊严，不受屈辱。老年人由于体能的衰退，已难于再为社会作有力的贡献，但老年人也是从青少年走过来的，社会的发展与前行有着他们的心血和奉献，社会正是这样依赖一代又一代的接力而前行的，因而不应视老年人为"包袱"，让他们受遗弃、不敬、贫穷之辱。对他们受到的病魔之辱，也应千方百计尽可能帮助缓解。我们应发扬尊老爱老的中华民族优秀传统，让老年人生活得有尊严，不受屈辱。晋代李密为奉养年迈的祖母，请辞暂不应征出仕，他在《陈情表》中说："臣无祖母，无以至今日，祖母无臣，无以终余年。"这种"喝水不忘掘井人"的伦理观，是维护老人活得有尊严，使这一群体不受屈辱的思想保证。

应该说，随着社会的进步，社会尊老养老的风气日益得到发扬，"寿则多辱"的情况有所改进，但问题仍然不少，不容忽视。拿养老院来说，固然有办得好的，以满腔的爱心照顾老人，但也有只是为了营利"收容"老人，却利用老人的弱势地位，任意伤害老人的自尊，无理限制其行动自由，动辄加以训斥责骂，少数不良工作人员甚至暗暗虐待殴打无力反抗的患病老人。一些长住养老院的老人，可能会变得行动迟缓，目光痴呆，诚惶诚恐，就是因为他们失去了人应有的尊严。现在不少老人不想进养老院，经济固然是个原因，更重要的是害怕"寿则辱"。

　　自然，老人自己也应以健康为中心，科学安排生活，尽量减少或推迟重大疾病的发生，争取寿而健，寿而康，使自己始终拥有生命的欢乐，同时也减轻社会和亲属因老年病残"失能"而带来的沉重负担。同时，要重视保持晚节，不可"为老不尊"，不可"倚老卖丑"，如果老而失德，那就变成"老而不死是为贼"，难免"老则多辱"了。晚节不保的周作人是这方面的例证。人类的发展，会使"寿则多辱"的现象越来越少，这固然需要社会的努力，也有赖老人品性的提升。

2019 年 2 月

孤独是一种隐形杀手

最近读到一组短文，内心不禁有些酸楚。上海一位独居的老奶奶，整天面对四壁，无人说话。幸好送水工小郑每隔十天要为她送一次桶装水，这成了她的一种盼头，她并不是等着水用，而是可以有人"多说几句话"了。湖北72岁的罗奶奶原是教师，一直有记日记的习惯，退休后可以写的东西越来越少，去年写得最多的是"今日无事"。由于生活长期空虚寂寞，终于有一天，她在日记上写了这几个字："没什么事，我就先走了。"在外地工作的儿子，在她去世3天后才知道。这并非虚构的小说，而是生活的实录。它表明，我们需要进一步关心老年人的精神生活，让老年人不被孤独寂寞吞噬。

孤独寂寞是一种负面情绪，老、中、青、少都会受其害，但以老年为甚。这是因为老年人退休后，脱离工作岗位，社会圈子越来越小，独处时间越来越多，加之丧偶、丧友，健康状况每况愈下，由此容易产生孤独、寂寞、忧伤、抑郁等心理问题，严重的甚至导致老年精神障碍、老年痴呆症等疾病。一项针对近1.4万名城市老人的调查发现，四成人有孤独、压抑之感。

孤独是老年人的一种"隐形杀手"。世界卫生组织将孤独列为"比吸烟更严重的公共健康问题"。人不能脱离社会而生存。孤独寂寞使人丧失了生活的意义和激情，必然导致对生命的伤害。研究表明，长期孤独会使早死风险增加 14%。

现代社会的发展，改善了人们的物质生活，使人的寿命不断延长，老年人退休后还有一段很长的路要走。如果由此就割断与社会的联系，得不到必要的关怀，就会在精神上"茕茕孑立，形影相吊"，滋生孤独、孤单、孤寂感，尤其是空巢老人、留守老人，失偶、失独、失能老人，孤独感会强烈到厌生的程度。有媒体报道，韩国经常有老人因不能忍受孤独与寂寞而自杀。罗奶奶的"没什么事，我就先走了"，也只是我国多例中的一例。

消除老年人的孤独寂寞，需要子女们更多地关心陪伴父母，同时也需要社会层面改变对老年人的观感。习近平总书记说过，"要积极看待老年人和老年生活，老年是人的生命的重要阶段，是仍然可以有作为、有进步、有快乐的重要人生阶段"。这就是说，不要把老人当成包袱、废物，而要为他们提供必要的平台，做其所爱做，学其所爱学，乐其所爱乐，交其所爱交，有人说话，有人来往，让他们感到生活仍有奔头、有意义，并没有被摒弃在社会生活之外，并不是在消极地"等死"，这就会与孤寂忧伤的情绪相揖别了。

2018 年 11 月

记忆就是人

　　二十多年前，我写过一篇文章，题为《学会遗忘》。这一感触，是由社会上频繁出现的智力竞赛、知识测验一类活动生发的。这些活动在推动读者或观众多了解一些知识方面虽有其作用，但有些竞赛内容，是一般人根本没有必要知道的。比方说某单位位于何方，某工厂年产多少，某产品得过几次奖之类，对绝大多数人来说都没有什么用。即使有人需要知道，临时了解一下即可，用过以后，也不必留在记忆库里。从理论上讲，人脑是一个"装不满的碗"，可以不断记取新的知识和信息，然而，实际上除了少数有超人记忆力的人以外，记忆总是有限度的。列宁早就说过：我们决不能"用数不胜数的、九分无用一分歪曲的知识来充塞青年的头脑"。当年知识竞赛一类活动的"闹猛"，其中不少是谋利者的"醉翁之意不在酒"，以其作为产品广告而已。

　　如今，广告式的知识测验一类活动虽不再多见，但社会更趋信息化，各种各样的信息通过各种渠道，不以你的意志为转移潮水般地向你扑来，其中不乏那种"九分无用一分歪曲"的信息，我们不宜被动接纳它，而是要学会拒绝它。不破不立，遗忘掉无用的错误信息，有助于记住有用的信息，在这个意义上，遗忘是人脑的一个极好的过滤器，一个杰出的"清道夫"。面对知识爆炸、信息污染增多的当下，学会遗忘有其必要。

不过，学会遗忘，目的正是为了更好地强化记忆，记住应该记住的。人的生活不能脱离记忆，记忆的强弱是人类健康的重要指标，老年人的记忆一般都会减弱，即使不患病理性的老年性痴呆，也多呈现生理性遗忘。我进入耄耋之年后，明显感到记性差了。刚读的书，转眼会忘了它的内容。对联系日疏的朋友，则出现"至今名姓半遗忘"的状况。近日，我在马路上遇到一位老同事，她热情招呼我，我则忘了她的姓名，一时颇为尴尬。

如今，由于眼疾，我夜晚不再阅读，而是早早躺在床上用点时间"过电影"。有一天，我正在脑海里"作黄山游"。我曾在黄山地区下放一年，多次登临这座"天下第一奇山"。我想，黄山早在亿万年前就已形成，人类出现后，它长期"养在深闺人未识"，涉足者稀，直到明代一位旅行家的造访与绍介，方让世人知道"薄海内外，无如徽之黄山。登黄山，天上天下，观止也"。这位旅行家的名字，我可以说是烂熟于心的，可那晚却卡壳了。经过一番搜肠刮肚的思索，玄奘、郑和、李时珍这些与旅行有关的古代名人的名字一一闪过脑海，然而就是不现真主。我辗转反侧，难以入眠。为平息烦躁，最后我只得放弃回忆，起床查看百度，点击古代旅行家，第一名跳出了徐霞客的名字，我顿时感到一种解脱的舒畅。

没过几天的晚上，我仍躺在床上"过电影"，默念着《再别康桥》的诗句"轻轻的我走了，正如我轻轻的来"。我喜爱作品的浪漫主义气息，曾在海宁硖石访问过作者的故居与墓地，然而，那晚我却忘了作者的名字，让我憋了很久才想起。这种突然性的遗忘，或者说选择性遗忘，在我身上频频出现，让我觉得要加强注意了。人是生活在记忆中的，失去了记忆也就失去了生活。不管你曾经历过什么，如果忘却了，"往事如烟了无痕"，那就等于没有活过，当下的生活也就失去了意味。阿尔茨海默病导致的老年性痴呆之所以是一种危害很大的病，就在于它让病人忘却了过去，忘却了自己，活着等于死去。我的遗忘还只是老年生理性的遗忘，虽有其不可避免性，但是，注意维护记忆，减缓忘却的进展，则是可能的。学界早有艾宾浩斯遗忘曲线的研究，现实中也有健康老人（如活了 111 岁的周有光先生），在"茶寿"过后仍然头脑清晰，记忆清楚，坚持读书、思考、写作。这说明，遗忘虽是难免的，但也并非完全不可避免。

强化记忆，尽量延缓记忆力的衰退，是老年一个重要的养生课题。减少生理性的遗忘，重要的一点是要开动脑筋，多思多想，因为"流水不腐，户枢不蠹"，用进废退。我曾针对社会上那些"九分无用一分歪曲"的东西说了要"学会遗忘"，而在更多的方面，则是要强化和维护记忆。记忆之花常开不败，生命之花也就光鲜靓丽。

2022 年 9 月

回忆让人生更美好

我最近听到两个关于记忆的故事：

第一个说，一对中年夫妻本是青梅竹马，近年来由于双方工作较忙，聚少离多，感情日趋冷淡，以致萌发分手的想法。一天，妻子在整理旧物中看到几本蒙有灰尘的相册，从一张张旧照片中，重温到两小无猜、花前月下的时光，长期封闭的感情闸门迅即被打开，情不自禁地哭了起来。她把相册递给丈夫，丈夫同她一样忆起了旧情，一把抱住妻子，表示永不背叛白头偕老的誓言。

第二个说，有位中国女士与美国男士结婚，感到与对方最大的不协调是缺乏共同的记忆。她对过往生活的回忆与倾诉，对方听来一脸茫然，难有感情的呼应。而她参加男方的亲友聚会，人们谈起往事兴高采烈，她也是"局外人"，难于融入其中，常有向隅之感。

这两个故事，从正反两个角度表明记忆的作用。

记忆，记载着人的过去经历，尽管每个人的经历中有平坦大道也有崎岖小路，有成功也有失败，有福也有祸，有甜也有苦，有欢乐也有忧愁，但经过时光的过滤，沉淀为人们的记忆，都带有温馨的色彩，正如普希金所说："那过去了的，都会成为人们亲切的回忆。"

回忆，丰润了人生，增加了人的生活深度。当今天记住了昨天，就能从"悟以往"中吸取精神养料，更好地"看今朝""知来者"。共同的记忆，更是把同族、同国、同乡、同学、同事以及一切有共同经历的人，紧紧连在一起。没有记忆，就没有乡愁，没有家国情怀，没有同窗之情、同伴之情，乃至手足之情。虽然人不能沉溺在过去的回忆中，但人不能失去记忆，不能没有回忆。回忆让人的生活更美好。

老年人拥有更多的记忆，这不是包袱，而是一种精神的财富。西哲弗洛姆有言："人们趋向于享有他们的全部生活。"回忆能让冷寂的老年生活多一点温情，多一点色彩，有益于老人"享有他们的全部生活"，使内心充实而愉快。时下兴起的老同学、老同事、老朋友的聚会，看来是大家共同"涮"一顿，品尝佳肴之美，更大的内因则是老人借此抚今思昔，借美好的回忆进行精神会餐。

记忆是宝贵的。它不但滋润着当今，也有益于展望将来。美国国家科学院院刊网上的一篇研究报告表明，海马体受损的遗忘症患者由于不能利用过去的经验，无法想象未来。失忆症者没有过去，也没有未来。失忆症又称痴呆症，现代社会患此症的人越来越多，人们要重视保护记忆，防止失忆。

2018 年 1 月

重视"老有所为"

　　自 20 世纪末我国进入老龄化社会，老年人口数量及其占总人口的比重持续增长，2000 年至 2018 年，60 岁及以上的老年人口从 1.26 亿人增加到 2.49 亿人，老年人口占总人口的比重从 10.2% 上升至 17.9%。未来一段时间，老龄化程度将持续加深。人口老龄化是社会发展的重要趋势，是人类文明进步的体现，也是今后较长一段时期我国的基本国情。

　　近日，中共中央、国务院正式印发了《国家积极应对人口老龄化中长期规划》，国家发展改革委负责人就《规划》有关情况回答了记者提问。文中谈到在人口老龄化背景下，要改善劳动力的有效供给，一方面要全面提高人力资源素质，另一方面要推进人力资源开发利用，包括创造老有所为的就业环境，充分调动大龄劳动者和老年人参与就业创业的积极性。

　　重视"老有所为"，确是积极应对人口老龄化所不可忽视的。"莫道桑榆晚，为霞尚满天"，不宜片面、错误地把老年人看成无用之人。老年人虽然不再有年轻人那样朝气蓬勃的锐气和精力，但是老年人饱经世事风霜，拥有年轻人不具备的经验和智慧，也自有其价值和作用，俗话说得好："家有一老，如有一宝。"尽管有些老年人，特别是高龄老人因健康原因不再能参与社会活动，需要社会照顾，大多数老年人则因寿命的延长，还是能为社会发挥余热的。季羡林先生曾表示，他对报纸上天天大声叫嚷"老龄社会"有着极大的反感，好像人一过六十就成了社会的包袱。他说，不少人虽然寿登耄耋，年逾期颐，向着百寿甚至茶寿进军，但仍然勤勤恳恳，焚膏继晷，兀兀穷年，难道这些人也是社会的包袱吗？季羡林先生就是这样的老人。他逝世于2009年，享年98岁。改革开放时他已是60多岁的老人，但他用三十多年的老年人生，在学术文化上继续创造了耀眼的辉煌。1992年，上海文艺出版社出过一本书，叫作《文化老人话人生》，内中收有冰心、巴金、吴组缃、贺绿汀、薛暮桥、艾芜、臧克家、楼适夷、冯至、赵超构、钱伟长、柯灵、李霁野、萧乾等前辈为此书写的文章。当时他们都已"寿登耄耋，年逾期颐"，进入了高龄老人的行列，但都还怀着强烈的社会责任心著书立说，发出明亮的光与热。"杂交水稻之父"袁隆平，生于1930年，89岁高龄仍在为解决人们"吃"的问题，卓有成效地向上攀登。

除了文化老人，其他老干部、老战士、老工人、老模范，也都有"余勇可贾"，"献了青春献白发，甘洒余晖托朝阳"。"将军农民"甘祖昌夫人龚全珍从1957年到退休的五十多年中，一直在农村中小学执教，坚守为人民服务的初心，热心公益，关怀儿童，被评为"感动中国2013年度十大人物"，习近平总书记赞扬她，两次接见她，亲切地称她为"老阿姨"。随着人寿命的延长，低龄老年人健康水平的上升，国际老年学会的一份研究报告认为，老年人活到75—80岁时，其生理和心理功能，可能和从前一样没有多大变化。加之技术的不断发展，重劳动岗位日益减少，在不少国家，劳动生产岗位也有不少老年人的身影，老年技工深受欢迎。这就是说，老年人既可以从"文"，也可以从"武"。读《三国演义》，那些建功立业的将领，固然有周瑜这样的年轻人，但也有黄忠、赵云、严颜这些老年人，他们过了古稀之年仍在战场上驰骋。

这些都说明，要全面看待老年人。人不可能青春常在，但可以老当益壮。不要把老年人视为社会的负担和包袱，而应一样看作是社会的创造者和推进者。关怀老人，在重视老有所养、老有所医、老有所学、老有所乐的同时，不可忽视"老有所为""老有所用"。退休老人如果身体尚可，让他们有机会做一些力所能及的工作，在为社会发挥余热，改善社会劳动力的有效供给的同时，也有益于加强他们与社会的联系，摆脱孤独寂寞感。让精神有所寄托，使生活充实起来，延缓老年人生态和心态的老化。2002年联合国第二届世界老龄大会，强调以尊重老年人的人权为前提，以"尊严、照料和自我实现"为原则，建立"一个不分年龄，人人共享的社会"。其中强调的是，老龄人口要积极参与到社会中去，通过参与外界活动，收获主观幸福感和生活满意度。这就需要社会改变对老年人的形象定位，积极创造条件，便于老年人用适合他们的方式融入社会，让他们在"有所为""有所用"中燃烧他们的余热，而不是把他们冷藏起来，窒息了他们生命的晚霞之光。

基于此，创造"老有所为"的就业环境，既是一种爱老尊老行为，也是一种人力资源的开发利用，在"积极应对人口老龄化"的努力中应得到充分的重视。

2019 年 11 月

康寿重心态

人到老年，生活不再像年轻时以学习或工作为中心，而是以健康为中心了。随着老年人口的大量增加，各种媒体上关于养生的话题也急速增多，老年人虽然从中得到不少有益的启示，但也常为一些"悖论"所惑，不知究竟该何去何从。

第一，关于运动。虽说运动有益健康，但长寿者也不乏缺少运动的人。乌龟没有兔子跑得多跑得快，但代谢也慢，寿命反而较兔子长得多。看来，"生命在于运动"并非绝对，生命同时少不了静养。

第二，关于饮食。一般的养生方法都强调少吃荤腥，但有一对百岁夫妻，老爷爷终生吃素，而老太太却经常吃肉，可见饮食的影响也不是绝对的。

第三，关于睡眠。一般都认为要保持健康必须睡眠充足，但也不乏睡眠少而寿命长的人。有些人没有午睡就像"煨灶猫"一样没精神，而有些人从不午睡却也精神十足。

如此等等，各种养生说法往往互相"打架"。在我看来，种种说法都有它的合理之处，但也都只是"片面的真理"。对待各式各样的养生说法，不宜囫囵吞枣一并收下，而要根据自身情况，包括体质、遗传、环境等差异，择其善者而行之。

这样说来，老年养生是否就没有可以共同奉为圭臬的东西呢？那也有，就是要有好的心态，开朗乐观，淡泊豁达，不要因过度欲求或盲目攀比而忧愁苦闷，也不可斤斤计较于一些小事而焦虑烦恼。轻松愉快的心态是健康长寿的基础，而愁闷不安的情绪则是长寿健康的最大杀手。这是放诸四海而皆准的真理，是故极度紧张焦虑的伍子胥一夜白了头，悠然自得的张学良虽然长期被软禁却活过百岁。

人的生命是一个发展的过程。每一个生命阶段都有其特有的风景。什么年龄干什么事，过了这个年龄阶段，就要调整心态。如果说青年时期要勇于在第一线跃马横枪，那么进入老年后就要安于退到幕后，安享生活。比如在体育界，青年时做运动员，中年时做教练，刚迈入老年时还可当裁判，到了晚年就该安于当观众了。年老时不再执着于重新获得运动员的光彩，而是高高兴兴享受做观众的乐趣，就会拥有一个平静的心态，不叹老，不悲秋，从而免生一些不必要的烦闷。

孔子说，老年人要"戒之以得"。"得"即贪欲，必须戒之，方能淡泊名利，知足常乐，"倚南窗以寄傲，审容膝之易安"，在宁静怡适中享受自由与悠闲。有一个佛教故事说，众僧在坐地修炼，先后来了桃贩、枣贩，众僧起立观看，唯甲僧端坐不动，如是者三。后甲僧修成正果，余僧一事无成，问甲僧为什么能抵住外界诱惑？甲僧答：我们在修炼时本没有想吃桃枣，我并不需要它们。我和你们的差别在于，我在这些分外的东西面前能够说"我不需要"。是的，不能见到别人有的，自己就想要，这就是贪。勇于说"我不需要"，就能免生许多烦恼。摆脱了功利的羁绊，不贪婪，不攀比，就会进入恬淡宁静的人生境界，让老年生活幸福安康。

从某种意义上说，老年人活的就是一种心态，要健康长寿，就要重视培育好心态。

2021 年 2 月

人老贵有心怡忙

老同事涂石先生家学深厚，自小就浸润在书法文化的氛围之中，他一直喜爱书法，后得名师指点，广泛观赏临摹历代名家作品，技艺不断提高，退休十多年来，他更是把写字作为精神寄托，勤学苦练不辍，书法逐渐从临帖摹写、脱帖临意的阶段，进入了自成一体的境界。近日，他以"字如人生"为题，写了一篇他怎样学习书法的文章。我读后给了八个字的评价："化茧为蝶，可喜可贺。"

他的书法人生为"老有所为，老有所乐"提供了一个范例。老年人在物质生活需求基本得到保障的情况下，还要重视满足精神需求，加强文化养老。

我参加过一个老年座谈会，会上反映较多的也是老年人退休后，往往因不再工作而提不起劲来，失去了生活的热情，每日只能无聊地打发时光。当下需要进一步重视老年人的精神生活，让他们不受孤独寂寞情绪的侵扰，仍然能有滋有味地生活。最为重要的，是不要割断老年人与社会的联系，使他们在精神上失去了希冀与追求，而是要让他们在"老有所为"中感到生活仍有奔头、有意义。

自然，"老有所为"不是说要再重新去工作，而是要根据老人的不同情况，做其所爱做，学其所爱学。现代画家郑午昌在老年时写有一副自题对联:"煎茶煮饭扫地洗衣自己有力自己做,学佛读书养花绘画终日如痴终日醉。"这既反映了老画家内心的淡泊宁静,同时也表现了心怡之事可让生命特别充实有味。养生学表明,老年人不宜过于闲懒,无所事事,而要"闲里找忙",忙自己喜欢做的事,虽然不一定都要像郑午昌那样达到"如痴如醉"的程度,但有了爱好,这种随心所欲的忙,就会使人拥有精神寄托和生活情趣,就能让老年生活有滋有味,充满憧憬,与消沉孤寂的情绪相揖别。

涂石说,他退休后练字"不知疲倦",在"终日如痴终日醉"中"化茧为蝶",既在书法上自成一格,体现了"老有所为";同时又在精神上得到很大的愉快与满足,实现了"老有所乐"。这表明,老年要永葆生之乐趣,在不忽视物质养老的同时,重视精神养老,培育文化爱好。除了写字,还有绘画、唱歌、弹琴、读书、诵诗、写作、赏戏、下棋、旅游、养花、烹调、工艺、摄影、跳舞等,内容多种多样,各人可根据自己情况择善而选之,有了心怡之事就会产生积极的心态,避免出现"心如枯井"的消沉。

文化养老以享受快乐、放飞心情、愉悦精神为目的,是一种更高境界、更高品位的养老方式。这需要老人增强文化自觉,努力培育文化爱好,拥有自己心怡的忙;同时需要政府与社会加强规划与投入,为文化养老提供更多大大小小的平台与机会。

2017 年 11 月

老疾者不妨多"卧游"

梁实秋的随笔小品生动深邃，烟火气浓，我十分爱读。只是有些看法，我并不完全赞同。比如他说，"我们中国人是最怕旅行的一个民族"，就不够准确。近代中国能去旅行的人确实不多，但并非"怕旅行"，而是没有旅行所需要的基本条件：钱与闲。如今时代变了，人们生活条件好了，旅游热就迅速兴起，国内外处处都有中国的"看花人"。

在庞大的旅游人群中，老年人占有相当大的比例。因为他们有更多的"闲"。旅游，赏自然风光，观名胜古迹，看风土人情，见前所未见，闻前所未闻，开阔眼界，增加知识，陶冶性情，放飞心情，让退休后生活丰富多彩、晚晴绚烂，旅游已是现代老年人享受快乐人生的重要内容。

不过，旅游是要迈开双腿的，平常的生活节奏也会被打破，这对低龄老人或者健康老人不会构成问题，但高龄老人或身患病痛老人却难以适应。这就是说，旅游还需要有良好的身体条件。我75岁以前还乐于远行，此后就逐渐感到力不从心，80岁后长时间坐飞机也不大吃得消，我就再不远游了。日前有人问我，是否就此与"游"拜拜了，我说那也不是，我还经常在附近景区园林赏水看花，"眄庭柯以怡颜"。更经常享受着"卧游"之乐。

什么是"卧游"？来人要我具体谈谈。我说，就是在家里随意读书，在书中亲近大千世界，书香不输花香。自然，这时的读书，不是那种正襟危坐的"职业的读书"，而是鲁迅指出的那种"嗜好的读书"，它不受具体功利的羁绊，"就如游公园似的，随随便便去，因为随随便便所以不吃力，因为不吃力，所以觉得有趣"。当今出版业发达，你要看哪个地方的风光、哪个时代的风尚，都可以不费劲地找来相应的图书，任你阅读欣赏。何况，当今还可观看电视网络，更加生动鲜活，只是这些媒体不断有广告扰人，静心的"卧游"还是以阅读为佳。

高龄老人，尤其是那些身体不佳的老人，虽然有钱也有闲，但因病弱不耐舟车劳顿，不耐生活节奏被打乱，不耐旅游地那人山人海的喧嚣和摩肩接踵的拥堵，但又希望有出游之乐，那就多多"卧游"吧。

"卧游"之说，是南朝宋的宗炳最早说的。当年他游历之后，以疾还江陵，叹曰："老疾俱至，名山恐难遍游，当澄怀观道，卧以游之。"这就是说，他也是因"老疾"而"卧以游之"的。我们今天因"老疾"而不能远游的老人，快乐地投入"卧游"的行列吧。

2019 年 5 月

负暄话负暄

杜甫在《西阁曝日》中云："凛冽倦玄冬，负暄嗜飞阁。羲和流德泽，颛顼愧倚薄。毛发具自和，肌肤潜沃若。太阳信深仁，衰气欻有托。欹倾烦注眼，容易收病脚。"意思是说，严冬登上高阁晒太阳，经阳光温暖的照耀，毛发随即和畅，肌肤渐渐润泽，衰败之气很快驱散，羸弱之体得以调和，太阳散布着温暖的恩泽。

杜诗中提到的"负暄"二字，意思就是晒背取暖。典出《列子·杨朱》，说宋国有田夫，常衣缊黂，仅以过冬，暨春东作，自曝于日，不知天下有广厦隩室，绵纩狐貉，顾谓其妻曰："负日之暄，人莫知者，以献吾君，将有重赏。"这个身穿乱麻破絮的农夫，冬春经常晒太阳，觉得十分暖和，他不知道天下还有高屋暖房、丝棉绸缎、狐皮貂裘，却要把他发现的这一享受呈献君王，以便得到厚赏。故事中的农夫囿于生活所限，虽有坐井观天之弊，但温暖的冬日，确实是一种"阳光维生素"，能助发阳气，温通经脉，激活免疫细胞，大有益于人体的健康，民间早有"药吃一柜，不如晒晒后背"一说。陶渊明在《自祭文》中，认为人要常有欢乐，必须乐天委分，顺应自然，"冬曝其日，夏濯其泉"，是其重要的一项。

抗日战争初期，我还是一个儿童，随家人逃离沦陷区，落脚于一个小小的乡村，其时农村凋敝，居住简陋，多为泥墙草屋，全村没有什么公共活动场所，只有一块地面比较平整的打谷场，为大家所共用。秋收以后进入农闲时节，一些农户在上面垒起一个个稻草垛，犹如一座座碉堡，小孩子常到这里追逐游戏，乃至躲进草垛捉迷藏。冬晴日，农家则喜欢提着小板凳来到这里，三三两两聚在一起，边晒太阳边聊闲话，呈现着古诗中所描写的那种"负暄邻叟，两两私语茅檐"的闲适。孟浩然在著名的《过故人庄》一诗中，以"开轩面场圃，把酒话桑麻"的场景，展现了农村亲切自然的生活情趣，而这种闲聚打谷场、负暄话家常的景象，也映照着其时农村日常中特有的散淡温馨，为我不时所忆及。

在以往漫长的历史岁月中，"负暄"也为上层人士所喜爱。《红楼梦》中就写到贾珍在宁国府除夕准备祭祖时，在安排在了下人做好准备工作后，就走到阳光下，"负暄闲看各子弟们来领取年物"。

现在，人们的居住条件有了很大的改善，冬天有空调取暖，负暄的人越来越少了。实际上，人工是不能完全代替天赐的。"冬曝其日"，不仅可以防寒保暖，还可以补阳气、补正气，促进气血的生成和运行。中医的"采日精"一说，就是主张采集阳光以生发清阳之气。丢弃这种"天灸"，是有违自然规律的。同时，晒太阳生发出的那种暖洋洋、热乎乎、香喷喷的感觉，那种"薰然四体和，恍若醉春酿"的快意，也非孵空调所能代替。

入冬以来，只要是晴天，我总要坐在南窗下负暄一二小时。太阳光下不宜看书，却宜静思。一些文人喜欢把"负暄"题为书名，如《负暄录》《负暄集》《负暄闲话》乃至《负暄三话》等。我这篇谈负暄的小文，也是在负暄的静思中生发的，因而名之曰《负暄话负暄》。

2022 年 12 月

倚老卖"丑"的为老不尊

　　老人，一般都已"隐归山林"，在家安度晚年，不再会成为社会热点。然而，这些年来，关于老人的新闻却是接二连三，网络上更是连绵不断。这些大都是一些负面新闻，比如近日，公交车上，一老人因没人给自己让座，下车后发飙，与同行的一位妇女站在马路中央用身体拦住公交车，大喊"谁也别想走"，在警方调解下，闹剧直到两小时后才得以收场，道路方恢复畅通。此事又引来一小波热议，舆论普遍责备老人"倚老卖老"。老人的这些行为，确应予以批评指责，不过，说它是"倚老卖老"，也并不十分确切。

　　什么叫"倚老卖老"？按辞书解释，即仗着年纪大，卖弄老资格。《红楼梦》写薛姨妈与黛玉侍女紫鹃谈起寻"小女婿"，紫鹃红了脸笑道："姨太太真个倚老卖老的起来。"这里的"倚老卖老"，意思是指薛姨妈仗着自己的老资格老经验在看待事物。此外，《官场现形记》云："冯中书见他倚老卖老，竟把自己当作后辈看待，心上很不高兴。"茅盾《霜叶红似二月花》中说："此人倚老卖老，不通时务。"这些经典名著的描写表明，"倚老卖老"作为成语，意思是依凭年纪高，仗着自己的经验或功绩主观地处理事情，轻视或忽视别人。它确是个贬义词，但它贬的并非前述老人那些蛮横无理的缺德行为，对此可称之为倚老卖"丑"，给它戴

"倚老卖老"的帽子是不合尺寸的。

在我看来，说这些老人"为老不尊"，也许要确切些。一个人从小到老，随着年龄的增长，应当日趋成熟和豁达。孔子说："吾十有五而志于学，三十而立，四十而不惑，五十而知天命，六十而耳顺，七十从心所欲不逾矩。""不逾矩"，就是说到了古稀之年，社会规则都已经被内化，具有很高的理性与德性，由必然王国走向自由王国，因而老人一般都会有较高的道德修养和宽大胸怀，待人接物多慈祥和善。社会之所以尊老，固然是由于"年高"，更是由于"德劭"。同时，也因为老人一生的贡献，为后人的前行铺了路、架了桥，基于"喝水不忘掘井人"的道理，小辈因而尊老。因此，年龄大只是表象并非主要原因。如果哪位老年人不知道尊重这些，而将"老"当作率性而为的资本，任意破坏社会秩序，侵害他人权利，如此"倚老卖'丑'"，必然也就失去别人的尊重。自尊者人必尊之，自贱者人必贱之。若为老不尊，损人害人，谁还愿意尊重你？在我国传统的话语中，尊老与爱幼是连在一起的。幼者尊老，老者也要爱幼。否则，就会引来"幼者不敬"。

鉴于"为老不尊"的现象时有出现，有人说是老人在变坏，也有人说是坏人在变老。我以为二说均不妥。"老人在变坏"吗？如今老人中更多的是德高望重的好人。"坏人在变老"吗？任何年代的好人都是大多数，不宜轻率地贬低某些年代的人。实际上，人变不变坏，与年龄乃至性别、学识、职业、地位都无多大关系，主要还是由于自私自利意识恶性膨胀。

自然，对那些放纵的老人来说，还有一点特殊原因，那就是由于老人年老体衰，作为一个弱势群体，在尊老敬老的风气下，受到社会的一些优待，比如优先乘车、优先入座、优先挂号等，老人对此本应当感谢与珍惜，可有些老人却把这些优待当作可以"无理取闹"的资本，不自爱，不检点，企图摆脱社会法规与公共秩序的束缚，以逞一己私欲，从而变成了"为老不尊""倚老卖'丑'"。这表明，在关怀老人的同时，也不能忽视对老人进行教育，在让社会尊老爱老的同时，也要使老者自尊自重。

2019 年 3 月

　　　　　　　　　　　　　　　　　　　　　　　　　九十乱弹

四代喜相逢

2021年4月8日申时，我的孙媳妇在产院顺利产下一女婴，有朋友知道后，致电祝贺我"升级"为曾祖父，实现了少有的"四世同堂"。我想，一个人如果20多岁结婚，70岁左右就可"四世同堂"，它为什么会"少有"呢？过去，是由于人的寿命短，新中国成立前人的平均寿命只有35岁左右，"人生七十古来稀"，能够达到"花甲之年"就算高寿了，因而"四世同堂"稀少。我祖父逝世时为56岁，其时我这个长房长孙年方8岁。如今社会生存条件大为改善，人的寿命大大延长，全国平均寿命已达77.3岁，上海地区更高达83.67岁，但由于结婚年龄普遍延迟，多结缡于而立之年之后，更出现了不少不生育的"丁克族"，因而"四世同堂"仍是稀缺。老舍的长篇小说《四世同堂》受到社会热情关注，自然由于它的思想性和艺术性堪称上乘，其以"四世同堂"的独特角度展现纷繁的世俗生活，无疑也增添了作品的吸引力。

重孙女取名江天晨，"江"袭其父姓，"晨"取自母名，"天"则因为她出生在四月，不是有著名诗句"人间最美四月天"吗？同时，她居住的街道名称也是"天"字打头的。7月18日中午，近亲属欢聚一堂，为小天晨举行百日宴，我在一方宣纸上，用墨笔写了一篇"藏头文"相贺，老伴黄影虹则以彩笔在文旁画了几枝高雅纯洁的水仙作寄语。文曰：

江风拂沪渎，

天朗气清时。

晨夕转换间，

人寰添新葩。

共聚百日宴，

祝福花更艳。

四代喜相逢，

世俗共情好。

同颂河海晏，

堂中笑语频。

　　每句头一个字联在一起，为："江天晨人共祝四世同堂"。我们在庆贺"人寰添新葩"，赞美"四代喜相逢"的同时，也"同颂河海晏"的盛世，为"堂中笑语频"创造了时代条件。在座的亲人相继在这份写有藏头文的纸笺上签名，其中有曾祖父母、祖父母、外祖父母、姑祖父母、父母、小姨、表叔。大家说，这是庆祝小天晨出生的最富纪念性的礼物。

2021 年 7 月

"牢"有所养的悲喜剧

　　随着人口老龄化的加剧，老年人犯罪率也呈现逐年上升的趋势。在日本，高龄犯罪人士被称为"银色罪犯"。据路透社报道，日本60岁以上的罪犯占全国监狱人口数的二成，比十年前上升了7%，其中许多老人都是入狱6次至7次的累犯。

　　为什么"累犯"的比例那么高呢？说来令人有点不可思议，不少"银色罪犯"都是故意犯事，一次出狱以后，又主动设法"二进宫""三进宫"乃至多次"进宫"，为的竟是能够在监狱里"安度晚年"。他们或因为孤独寂寞，或由于生活穷困，觉得大墙之内的生活还优于大墙之外。一名"奶奶罪犯"表示，她丈夫去年死了，也没有孩子，她非常孤独。自己一个人去超市买了蔬菜，看到一袋子牛肉，非常想要，但这对她来说，经济负担太重了，于是她只好偷，进了监狱，过得反而较愉悦。还有一位78岁的老人，因偷了一瓶能量饮料、一罐咖啡、一罐茶、一个米饭团子、一只芒果而第三次入狱，被判一年零五个月。他说："监狱对我来说就是一个沙漠里的绿洲，一个放松和享受舒适的地方。虽然在这里我没有自由，但是也没有任何操心的事。有人可以聊天，还有富含营养的一日三餐。"

　　监狱，是囚禁犯人的牢房，按一般想法，人们都是拒而远之的。然而，世事纷繁难料，不少地方早就出现过宁愿在牢里度过余生的人，一些文学作品对此均有反映。影响较大的要属美国作家欧·亨利所写的《警察与赞美诗》。作品主角苏比是个无家可归的流浪汉，因为寒冬难捱，想去监狱猫冬，所以他故意犯罪，砸窗骗钱，扰乱治安，调戏妇女，小偷小摸，不停地刻意违反法律，就想着被警察抓进监狱。然而，警察就像睡着了似的，对他的违法行为置若罔闻，让他沮丧而消沉，后来，事情终于有了转机，警察逮捕了他，被判处了三个月监禁，送他进了梦寐以求的牢房。

欧·亨利生活的年代，是美国经济高速发展，同时各类社会矛盾不断积累的时代。社会福利和社会保障跟不上，各类低端劳动者、底层人民，贫困潦倒，生活艰难，从而产生这种"老有所养"异化为"牢"有所养的怪现状。

值得注意的是，随着我国老龄化步伐的加剧，老年人的犯罪率也呈上升趋势。"银色犯罪"大都建立在社会机制的缺失之上，其中一些耐不住孤独与贫困的老人，就会像欧·亨利笔下的苏比一样，通过犯罪而自愿走入牢房。2016年底，一名尚在假释期的65岁老人，为了能回监狱养老，又故意实施抢劫犯罪。2017年，某地一村民故意犯罪，不仅要求法官多判几年、不想被减刑，出狱后还抱怨敬老院生活比不上监狱。另一地某位86岁的囚犯，由于年老瘫痪，监狱里配有护理人员为他护理，饭食也是监狱特供。出狱后民警回访，他的第一句话就是"政府，我想回监狱"。

这表明，"银色犯罪"虽与老年人的个人品质修养脱不了干系，对老年人也仍有一个教育管理问题，但老年人犯罪率的上升，特别是出现了一些愿在"牢"中养老的老人，也提醒社会方方面面要紧随变化，加速养老设施的建设，提升养老的水平，让所有老年人真正能"老有所养，老有所医，老有所用，老有所乐"，无生活之忧，少孤寂之苦，不再向监狱求出路。有识者认为，"老年人犯罪治理既在刑法之内，更在刑法之外，需要有更多的综合治理手段，而不是仅仅依靠刑法威慑治理"。我以为然。如此，"老有所养"变为"牢"有所养的悲喜剧也就会落幕了。

2019 年 8 月

儿戏不是"儿戏"

2018 年 3 月 16 日，教育部部长陈宝生在人大举行的记者会上回应教育热点问题，在谈到发展幼儿教育时，指出要综合治理小学化倾向。他说，好多幼儿园有小学化倾向，应当明确幼儿园的基本教学模式是游戏模式，不是教学模式。

这一"明确"十分重要。游戏是儿童的天性，儿童的成长离不开游戏。儿童教育家陈鹤琴说过："游戏是儿童的心理特征，游戏是儿童的工作，游戏是儿童的生命。"幼儿通过游戏获得自由与快乐，并从中在情感、态度、认知、技能等方面获得发展。对幼儿的教育必须与游戏相结合。幼儿园的教育要尊重幼儿身心发展的规律，以游戏为基本活动，以游戏模式为基本教育模式，寓教育于游戏之中。

然而，由于盲目的竞争，担心孩子"输在起跑线上"，在儿童教育上，家长与学校纷纷拉着孩子"抢跑"。低年级的小学生，要学会小学中年级的课，中年级的小学生，要学会小学高年级的课。三五岁的幼儿，则要把进了小学才要学的东西都学会。如此就如陈宝生部长所说，形成了幼儿园的小学化倾向。

这违反了幼儿的成长规律，成了"拔苗助长"，看起来是想让"苗"生长得快些，反而损害了它的正常发育，甚至导致其萎缩枯槁。幼儿园属于学前教育，基于幼儿离不开游戏的天性，其教育模式只能是游戏，让孩子们在玩耍娱乐中，接受潜移默化的积极影响。

幼儿园小学化倾向的出现，除了由于盲目"抢跑"以外，同时也因为"我们现在有一些幼儿园老师是从小学老师转过去，没有学过幼儿托育，把小学的一些教学方法带过去了"。这说明学业有专攻。加强幼儿教育，需要加强对幼师的专门培养。不要小看"寓教于游"，如何安排组织好各种自由游戏与主题游戏，既以趣味性吸引幼儿，又用启示性感染幼儿，是大有学问的。我看过一篇幼儿园的教案，讲如何让孩子在游戏里"玩中学，学中玩"，使幼儿乐在其中，心灵得到畅游，心智得到成长，品格得到培养。从中，我深感幼教教学不可小觑。幼儿老师与大、中、小学老师一样，都是值得尊重的。

实际上，游戏不仅有益于幼儿，对已经入了小学的学生而言，也是不可或缺的。因为12岁以下的儿童心理都是向往游戏的。鉴于孩子整天被学业、电视、电脑包围，上海有一所小学特意开展了"唱童谣，玩游戏"活动，让跳皮筋、踢毽子、做木头人、造房子、骑白马等民间传统游戏重新走进了小学生的生活，为孩子们增添了浓浓的童年乐趣。游戏让儿童动了起来，也让教育活了起来。孩子们在游戏中伙伴多了，心境好了，自然而然地提升了他们的人格与情趣。

游戏，特别是"儿戏"，在日常生活中往往是处事轻率、不认真不严肃的代名词。某件事被说成"儿戏"，就不会被看重了。实际上，真正的儿童游戏，是让儿童健康成长的必要方式，在一定意义上可以说，游戏与童年、幼儿是"同义词"。儿童教育工作者要勇于发扬游戏精神，而人们则要改变世俗观念，不宜把儿戏看作"儿戏"。

2018 年 3 月

"抓娃娃"活动不宜过滥

据报道，当前，打着"从娃娃抓起"的旗号，各种进校园活动呈泛滥之势。各种传统文化进校园、税法进校园、禁毒进校园、防治艾滋进校园、文明养犬知识进校园、秸秆禁烧知识进校园、防范金融诈骗进校园……据不完全统计，近年来陆续有100多项相关工作试图进校园。对此，许多学校感到头疼，不堪重负。

"从娃娃抓起"，此话出于1984年2月16日，在上海市展览馆举办十年科技成果展上，13岁的李劲坐在计算机前操作计算机程序，演示给前来参观的邓小平看，邓小平看完后说："计算机的普及要从娃娃抓起。"此后此话被延伸为"教育要从娃娃抓起"。这是很对的。"人不学，不知义"，"幼不学，老何为"，"少成若天性，习惯成自然"。作为人生的起始阶段，教育必须从娃娃抓起，让孩子们一个个健康成人成才。

中小学校园是打造人生基础的园地，应当根据娃娃们的特点，在德智体劳美等多方面进行引导培养，教育内容上不可过于偏窄单薄，对引入校园的教育内容，宜持开放容纳的态度，充实丰富自身的教材。不过，这需要按规律办事，根据需要与可能，让一些有益的文化内容或文化活动进入校园，用以丰富提高教育内容与质量。

然而，时下一窝蜂地打着"从娃娃抓起"的旗号，不管三七二十一，随意将一些文化项目硬塞入校园，却让学校添堵。比如，有的以学习传统工艺为名，不顾幼儿身心负担，要求幼儿园老师带领 3 岁幼童进行"刺绣训练"。有的以某项文化项目要"从娃娃抓起"为名，不顾学生爱好的不同，不顾因材施教的原则，一锅煮式地要求学生普遍参加。有的不顾学校缺乏师资条件，要求学校开设某一传统文化课，结果学校只能去搜罗民间艺人，连路边摆地摊做竹编的老人一并请来。有的项目，如文明养犬、秸秆禁烧、防范金融诈骗等，主要应是成人世界的问题，为什么还要来挤占娃娃们可贵的时间，给孩子们加负呢？这样做，有关部门也许是要彰显自身对主管工作的重视，但这种形式主义，是无益而有害的。

当下，各种进校园活动仍在不断加码，似乎成了一些部门重视某项工作的标配。据说，有些部门是举着"抓娃娃"的大旗，以"积极响应上级要求"为名，通过各种渠道，把自己的一摊工作挤进学校课程表，甚至对学校下任务、定指标、搞检查。对此需要进一步规范各种进校园活动，定标准、设门槛，于法无据、于理不合的项目都要挡在校园之外。这方面，教育行政部门应该行使好监督权，凡是不必要、不适合的"娃娃项目"，都应该果断禁止，对未经教育行政部门批准的项目，各中小学都有权拒绝，如此，方能有效制止泛滥化的"抓娃娃"活动，"从娃娃抓起"也才能恢复它的本真，让娃娃们在丰富多彩而又适合他们身心特点的教育中健康成长。

2017 年 11 月

让走向成年的孩子学会"单飞"

又到了"开学季"，2018级大学新生这几天已陆续到校报到。由于大学是住读，这些从小在父母卵翼下生活的年轻人，没有独立生活的经验，大多由父母陪送到学校。尽管有人对此不以为然，认为不利于培养孩子的独立自主意识，但我以为，"可怜天下父母心"，孩子第一次离家，为了减少他们因生存环境变化而滋生的忧虑，送他们到学校，再做些针对性的安慰与鼓励，也是可以任便的。

不过，家长送孩子到学校报到，是为了"最后送一程"，在新的生活基地，激励孩子学会"单飞"，健康成人，而不是继续把他们当作不会飞的小鸟进行呵护。这点要在送别的过程中体现出来。如果孩子在大学报到以后，做父母的还是像在家中一样，在生活上为他们代劳一切，什么事情都不要他们动手，这确实是"不利于培养孩子的独立自主意识"的。

其中最突出的一个现象，是父母为孩子打扫宿舍，铺床叠被，而孩子却在一旁作"壁上观"。有的家长也懒得自己动手，干脆花钱请家政保洁人员来打扫宿舍。有的家长还未雨绸缪，提出今后为孩子雇钟点工的要求。理由是孩子在家很少做家务，让他们去打扫卫生，于心不忍。同时，不让孩子因生活琐事分心，也有利于专心学习。

应当说，这一现象早已有之，舆论上也多有"以一室不扫，何以扫天下"的道理。我对此是赞成的。因为一些大学生在中小学阶段，被父母过度宠爱，"饭来张口，衣来伸手"，依靠父母作"拐杖"生活，进了大学，成人后本该丢掉这一"拐杖"而自立，再不该找保洁员与钟点工做新"拐杖"了。学会一点生存技能，是走向人生自立的必经之途。"学术有专攻"，并非要做不食人间烟火的书呆子。做些必须做的生活事务，谈不上是什么"分心"。如果一定说是"分心"的话，这个"心"也是需要"分"一"分"的。

不过，如今却出现一些新的说法为其辩护，比如有人认为："盲目吃苦没有任何意义，人类的目标应该是解放自我，实现智能化。"这是一种驴嘴不对马唇的狡辩。打扫自己的宿舍，整理自己的床铺，这是理所当然的事情，怎么成了"盲目吃苦"？请家政人员打扫，不过是代替自身的打扫，它与"实现智能化"是八竿子也打不到一块。再说"智能化"可以减少体力劳动，但并不意味着取消一切体力劳动。煮饭烧菜可以用机器操作，但吃饭还是要自己动手与动嘴的。

还有一种说法，新生的家庭经济条件不错，家里从来都是请家政打扫卫生的，父母花钱请家政为孩子打扫宿舍卫生，也是正常的。实际上，这与财富多少关系不大，关系的是独立成人的问题。在西方国家，亿万富翁的孩子大多也会在课余时间进行勤工俭学，为的是能学会自立，躺在父母的余荫下是永远长不大的。

据此我以为，父母对走向成年的孩子，最大的爱是让他们尽快尽好地走向生活独立，学会"单飞"。

2018 年 9 月

使用"戒尺"要基于爱

2019 年 11 月 23 日，教育部公布《中小学教师实施教育惩戒规则（征求意见稿）》（以下简称《规则》），明确教育惩戒是教师履行教育教学职责的必要手段和法定职权，向社会公开征求意见。一项网上调查显示，大多数人支持教师行使惩戒权，同时也有人表示疑虑，感到惩戒必须适度，但这个"度"难于掌握，搞得不好，会加剧教学矛盾，对学生造成身心伤害。

我是赞成教师应有惩戒权的。孩子的成长，尽管需要老师怀着满腔的爱，对其优点给予热情的鼓励，但对其负面的表现，也需要以严正的态度及时帮助矫正。"教不严，师之惰"，严也是一种爱。赏识教育与惩戒教育并不相悖，奖惩分明才利于学生健康成长。由于如今中小学教师缺少必要的惩戒权，手中没有"戒尺"，以致老师对一些因过分溺爱而形成的"熊孩子""小霸王"，不敢管、不能管、不想管，教育部的《规则》有的放矢，正是为了解决这一亟须改进的问题。

不过，我以为那些持有疑虑的看法也是有道理的。因为教师在运用惩戒权时确实要掌握好"度"，不能"一朝权在手，就把令来行"。惩戒，只能惩戒应当惩戒的学生，不能扩大惩戒面，而且"惩"是为了"戒"，不可造成学生的身心伤害。《规则》将惩戒分为一般惩戒、较重惩戒、严重惩戒等不同等级，并且明确了不得对学生进行体罚、变相体罚或者其他侮辱人格尊严的行为。教师在具体实施时，必须认真考量。

为了使老师手中的"戒尺"使用适度，取得最好的效果，《规则》可以在听取各方意见后，充实一些具体的操作细则，在保证合理有效的前提下，避免教育惩戒沦为变相体罚。

依据一些优秀老师的实践来看，恰当、适度地使用惩戒权，最重要的是要有爱心和智慧。一位全国优秀教师认为，诸如罚抄作业之类的惩戒手段，如果不能打开学生的心结，即使抄一百遍、一千遍，也无法解决根本问题。"只有让学生真正认识到错误，意识到你的惩戒是为了他好，惩戒才能起到应有的作用。"她允许每个孩子每学期迟到两三次，尤其是冬天。如果有学生超过允许的次数，她会在孩子的课本封面上用红笔显眼地标注出孩子的实际到校时间，标注次数超过三次，她就会让学生拿着课本给家长签字。这一措施实行后，她带的班级不再有多次迟到的学生。如果学生之间发生扯皮之类的事，一位中学老师会让双方把当时的情况说清楚，再互相检查，看是否漏掉细节。写情况说明的过程，也是学生自我反省的过程，能让他们更好地认识自己的错误。另一位中学老师则很重视"因材施惩"，她的班上曾有一名学生，长期不交作业，但考试成绩一直在进步。她判断这个学生私下其实很认真，只是出于不愿意透露的原因而不交作业，她便没有对这名学生进行惩戒。有的学生能力确实有限，完成不了学习任务，她便适当降低要求，不搞一刀切。

这些优秀教师的实践表明，"戒"是"惩"的目的，爱是使用手中"戒尺"的动力，如此就会较好地掌握使用惩戒权的"度"了。

2020 年 11 月

绰号的"脏水"与"孩子"

　　校园内的欺凌事件时有发生，凡是动手动脚造成学生身体伤害的，由于其危害显著，一般多能得到及时处理，而对只限于动嘴动笔造成精神伤害的，则因为其隐蔽性难于测定，则往往听之任之，以致危害日增。其中一个典型事例，是随意为他人起侮辱性绰号。例如，称身材矮小的为"矮冬瓜"，叫腿脚不便的为"铁拐李"，等等，虽然这些绰号有的是闹着玩，但其中也不乏故意的羞辱。21世纪教育研究院发布《中国教育发展报告（2017）》，其中一份针对北京中小学校园欺凌情况的调查显示，40.7%的中小学生有被叫难听绰号的经历。"恶语伤人六月寒"，侮辱性绰号无疑会给有关学生身心造成伤害。一名学生因为长期被起侮辱性绰号，用凳子把其中一个嘲笑他的学生脑袋砸成重度脑震荡。最终，这名被欺凌的学生被迫转学，对校园和学习产生抗拒，中途辍学，而那个欺负别人反被打的学生，则留下了后遗症。

　　为改变这一情况，各地先后加强了这方面管理。2018年10月30日，广东省教育厅等13个部门联合出台了《加强中小学生欺凌综合治理方案的实施办法（试行）》，对校园欺凌的分类、预防、治理等问题做出规定。其中明确规定，给人起侮辱性绰号也属欺凌，而在社交媒体上传被欺凌者受欺凌图像的，属情节恶劣的严重欺凌。学校在进行批评的同时可给予惩戒，严重者可以给予留校察看、勒令退学、开除学籍的处分。

对此，舆论普遍表示赞同，认为这有助于遏制侮辱性绰号的滋生与传播，减少校园精神欺凌事件，促进青少年健康成长，希望认真落到实处。

我也竭诚举双手赞同。只是我想说一句，我们反对的，是给别人起侮辱性绰号，并非认为所有绰号都不可有。绰号，或者说外号、诨号自古有之，是根据一个人的特征等情况，在本名以外另起的名号，往往能"画龙点睛"地体现人物面目。据说，绰号最早见于汉代，当时的三个酷吏严延年、郅都、董宣，用法严酷，世称之为"屠伯""苍鹰""卧虎"，而杨震因为博学，而被人尊称为"关西孔子"。这样的绰号，是有利于识人的。

至于文艺作品中的人物，也往往都有绰号。突出的如《水浒传》，108将皆有诨名，宋江叫"及时雨"，吴用称"智多星"，李逵叫"黑旋风"，鲁智深称"花和尚"，不都很贴切吗?《红楼梦》中人物也多有绰号，宝玉的绰号"无事忙""富贵闲人""混世魔王""呆雁""银样镴枪头"等，也都深刻揭示了宝玉的生存状态和处事特征。文学中的人物，有许多是以绰号名扬天下的，如"豆腐西施""骆驼祥子""座山雕""二诸葛""三仙姑"等，以至这些人物的本名是什么，人们倒往往并不怎么在意，这也正反映了小说家们在创造人物形象时，绰号命名艺术的成功!

绰号也是一种文化，不可"倒脏水把孩子也倒掉"。自然，也不能把"脏水"当作"孩子"。绰号中那些善意的昵称，是要保护的"孩子"，而那些侮辱性的外号，则是用以欺凌的"脏水"，必须坚决倒掉。有人把禁止起侮辱性绰号，简单说成"禁止给同学起绰号"，似不全面。那些出自善意而起的绰号，往往含有一种亲切与关怀。有故事说，钱三强原名钱秉穹，在校时有同学称他为"钱三强"，父亲钱玄同问其原因，钱三强说，自己是因为在家中排行老三，身体又强壮，喜欢运动，所以别人称他为三强，钱玄同听到儿子的解释后，感觉颇有道理，于是把儿子的名字改为钱三强。

民间有句俗语："有起错了的名字，没有叫错了的绰号。"这话有点绝对，但根据对方的外貌、性格、特长、嗜好、特殊经历等命名的名号，可用以臧否人物，与那种出于恶意、起侮辱性绰号的行为是对立的，两者的界线不要混淆。

2018 年 11 月

身高之困

据报道，陕西师范大学外国语学院的小李，为2014级英语专业的学生，也是免费师范生，读了四年大学，现临近毕业，并已确定工作单位的她，却因身高不足1.5米而拿不到教师资格证，面临失业的危险。此事引起舆论的关注，有人认为，这是一种"身高歧视"。

人们说，教师是传道授业的人，需要的是知识，是品德，而不是容貌，也不是身高。身高不代表水平，也不代表师德，一个人的身高和他能不能成为一名优秀教师没有任何关联。同时，《中华人民共和国教师法》等法律中也并没有关于身高的限制。对教师进行身高的设限，既有悖情理，也有违法理。

这种"身高歧视"并不限于小李一例，而是早已有之；它也不限于教育部门，而是广泛存在于多种行业。有些高校招生简章上，就明确标明男女生身高分别要达到多少米以上。有一年，浙江省有个"三好学生"在高考中考出了579分的好成绩，高出某大学投档线37分，但因身高只有1.48米，结果被该校退了档。当时也有人对这种现象进行质疑，高校解释说，学校对身高进行限制并非歧视学生，主要是有些大学生因身高问题，在就业上遭"闭门羹"。为学生将来的就业着想，干脆把身材矮小的学生关在高校门外，以免将来就业麻烦。在小李的事件上，也有人问，学校既然不准备发毕业证，为什么当时又要录取她？实际上，确有一些身材矮小的学生还不如小李幸运，因"身高歧视"，根本就未能踏进大学之门。

这表明，清除"身高歧视"要全面进行，既要在学生读大学之后，也要在学生进大学之前，既要在学校进行，也要在社会各行业进行。社会三百六十行，行行都可以出状元，状元孕育于德与才之中，与身高没有半点关系。虽不能说所有职业都完全没有身高要求，但真正需要有身高要求的特殊行业、特殊工种，实在也不多。即使一些传统上认为有身高相貌要求的职业，比如空姐，这一框框也正在打破。在外国的一些航班上，就常有一些身材矮小的空姐，她们的热情服务，同样得到旅客的认可。正确的用人观，应当是多多注重内在，而不是外在的要求。

历史表明，人的身高与才智没有必然的联系。春秋时期鼎鼎大名的晏子，就是个矮子。被马克思恩格斯称为"真正的伟大的拿破仑"，身高也没有超过 1.6 米。因此，决不可以身体高矮论人才。社会主义现代化建设呼唤方方面面要"不拘一格降人才"。我们再不可编织各种歧视网，扼杀人才成长。应以更加开放的心态，不拘一格育人才，不拘一格用人才，将"身高歧视"与"性别歧视""年龄歧视""地域歧视"等不应有的歧视现象，坚决扫到历史垃圾桶里。

2018 年 12 月

话"神童"

　　"神童"应当说是有的。不过，他并不是"神"，而是一些禀赋特异、智力超群的儿童。古代人把那些幼而敏慧、少而老成的儿童，称之为"神童"。早在春秋战国时期，就有了关于"神童"的记载和传说，如7岁而为孔子师的鲁国项橐，12岁成为秦国宰相的甘罗。随后，又有孔融、曹冲、王勃、李贺、司马光、夏完淳等，可谓代不乏人。为了选拔和发挥"神童"的作用，古代科举中设有童子科试，录取甚严。据记载，宋代所记载的"神童"，如杨忆、晏殊，后皆成为名相。

　　"神童"虽然有过人的天赋，但也需要勤学苦练，不断奋进，方能最后成材。否则，就会"小时了了，大未必佳"。王安石名作《伤仲永》讲的就是这样的故事。仲永5岁就能写诗，一时名胜，有人花钱求取仲永的诗。仲永父亲认为这样有利可图，就每天带领着仲永四处拜访同县的人，不让他学习。随后，仲永的才能日退，20岁时，"泯然众人矣"，已经和普通人一样了。王安石说："仲永之通悟，受之天也。其受之天也，贤于材人远矣。卒之为众人，则其受于人者不至也。"就是说，方仲永的通达聪慧，是先天得到的。他的天赋，比一般有才能的人要优秀得多，但最终成为一个平凡的人，是因为他后天所受的教育没有达到要求。

　　这说明，"神童"也不会一劳永逸，同样是不进则退。中国科技大学曾办过少年班，第一届有个学生当时有"中国第一天才少年"之称，但他在 38 岁时，却突然宣布出家为僧，被看作是当代的"方仲永"。还有一个被誉为"神童"的男孩，14 岁时，以 572 分的高考成绩，考入沈阳工业大学自动化专业。然而，他在大学 4 年的各门功课陆续亮起了"红灯"。最终，面对仅有一科英语及格的毕业成绩，被学校责令退学。英国米德尔大学多年跟踪调查过 210 名"神童"，结果只有少数人长大后成就大业。

"神童"不仅会在成长过程中发生变化，同时也是不可复制的。教育要因材施教，"神童"教育更是一种个别教育、特殊教育，不宜盲目照搬。尽管"望子成龙、望女成凤"是人们自古以来的难舍情结，但那种不管自己子女和学生的资质如何，兴趣如何，一味地要他们向"神童"看齐，把他们作为"神童"来培养，往往会适得其反。

现在，还出现了一些"假神童"事件，也许有些才智的学生会受"出名要早"的蛊惑，但"孩子犯错，上帝都会原谅的"，责任在他身边的成年人。父母、老师，以及教育部门的官员，应当从中认真吸取教训，端正教育思想，切实地因材施教，把孩子培养成社会有用之才。遇到"神童"当然是大喜事，要保护其不夭折，全力引导其成长为拔尖之才，但决不可造假造"神"，败坏社会风气，危害孩子的健康成长。

2017 年 12 月

二

人与人

人诞生在道里

　　据称，庄子说过：鱼诞生在水里，人诞生在道里。我不清楚此话出自《庄子》何处，但是我觉得它吻合庄子的思想。鱼"不如相忘于江湖"和人"不如两忘而化其道"的论述，就是说明鱼离不开水、人离不开道，颇耐咀嚼。

　　鱼离不开水，这是大家都清楚的一个生活真理。离开了水，鱼就活不成了。人呢？出生以后，人类需要相互依存。西方神话说，天神创造了天地万物之后，派天使为他们分派能力。天使给一类生物以飞的能力，它们以后就被称为"鸟"；给另一类生物以游泳的能力，它们以后就被叫作"鱼"；又给一类生物以奔跑跳跃的能力，它们以后就被叫作"兽"……天使将自己手中的所有能力都分派完了，发觉竟漏了一类生物未给。这类生物体量不如老虎，奔跑不及猿猴，生命力十分脆弱，在险恶的环境中难以生存。天神不忍心这类生物灭绝，就要天使教这类生物群居，用群体的力量维持生存。这类生物就是"人"。因而人生下来以后，就离不开社会。

　　马克思说："人的本质并不是单个人所固有的抽象物，实际上，它是一切社会关系的总和。"人和社会是紧密联系在一起的。社会关系对于人，就如同水对于鱼一样重要。不过，鱼进入水中，可以任意浮沉，而人要在社会中进退自如，行止有度，则需要理性的指导和文化的修养。人是大千世界唯一有理性的、有文化的动物。

这种"理性"与"文化"，就接近庄子所说的"道"。道，一般指道理、道德。道理，即事理，反映事物的规律。人只有按照规律办事，才能取得成功。庖丁解牛之所以能达到化境，就因为他"所好者道也"，"依乎天理"而行。道德，则是指人们共同生活的准则和规范，尽管不同时代不同的阶级，道德的观点不一定完全相同，但是任何时代任何社会，都不能失去道德规范，否则人类社会就会陷入混乱。而且，人类有着许多优良的道德传统，代代相传，日益发扬光大，如尊老、爱幼、扶贫、济困等。这些"道"中所蕴含的基本精神，就是一个生命对另一个生命的尊重、体贴和爱护，就是我们常说的"人道"。作为一个社会的人，作为依赖群体才能生存繁荣的人类的一分子，就不能没有这样的"人道"。

"人道"，是人间的大德，是社会之基，立人之本。康德称"道德是心中的太阳"，雨果说"道德是真理之花"，社会的幸福文明度，在很大程度上，正是由"道德太阳"的明亮度与"道德鲜花"的鲜美度所决定的。

因此，人们都应加强道德修养。这样，对有损社会、集体及他人的个人欲求，就能加以遏制。正如庄子所说，"道人"乃"约分之至也"，即自我约束的结果，庄子是强调个性自由的，但全面地看庄子的思想，他讲个性自由也不是天马行空式的，而是指规律下的自由。人类的历史表明，只有适应道德约束，才能在人与人的相处中获得真正的自由。

由于人会受到私欲的蛊惑，特别需要以羞耻之心来规范自我。孟子云："无羞恶之心，非人也。"朱熹解释道："耻者，吾所固有羞恶之心也。有之则进于圣贤，失之则入于禽兽，故所系甚大。"因此，孟子说：

"人不可以无耻，无耻之耻，无耻矣。"如今那些缺道少德的人，犯下见利忘义、坑拐诈骗、弄虚作假、损公肥私、凶狠霸道、违法乱纪等恶行，都是丧失了耻感的表现。

"诞生在道里"的人，首先要有耻感，有自律之心，从而去恶向善，成为真正的人，有道德的人，高尚的人。

2022 年 6 月

公德三境界

　　一次闲谈中，一位年轻朋友谈到如今人们对"多管闲事"的看法，舆论并不一律。褒之者赞其为急功好义，贬之者称其为"狗捉耗子"。我认为，这要看所管的"闲事"是什么。如果纯属亲友生活上的一些习性爱好，只要不妨害他人，就不宜按照自己的喜恶去干涉。否则，确有"好事之徒"之嫌。不过，倘若他人的"闲事"走偏了道，有违公德，或者是遇到不测，需要济危解困，这就不能"事不关己，高高挂起"，而是应当热心地去"管"，那确是一种德性。时下两种情况都存在，我们要注意克服"狗捉耗子"的现象，更要重视发扬急公好义、与人为善的美德。

　　所谓"闲事"，即跟自己没有关系或关系不大的事。"事不关己莫出头"，传统的"明哲保身"哲学是排斥"多管闲事"的。然而，人不能脱离社会而存在，人是社会关系的总和，不是生活在孤岛中，只有在相互关爱相互扶持中，才能赢得共同的幸福。人固然要关心自己的切身利益，但不能漠视他人的需求。"老吾老以及人之老，幼吾幼以及人之幼"，救死扶伤，守望相助，济困解危，热心公益，方能使社会像春天般温暖。实际上，这样的"闲事"并不"闲"，它是人人应当遵守的社会公德。近些年来不断涌现出助人为乐、"爱管闲事"的雷锋式人物，显示了社会公德的耀眼光辉。

1933 年 6 月，鲁迅在题为《经验》的一文中写道，"也有经过许多人经验之后，倒给了后人坏影响的，如俗语说'各人自扫门前雪，莫管他人瓦上霜'的便是其一"。"莫管他人瓦上霜"，就是莫管"闲事"的意思，鲁迅早就对它摇了头，说它"给了后人坏影响"。坏在它倡导一种自私冷漠，"只要事不关己，还是远远地站开干净"。因此，爱管"闲事"，热心公益，需要"让我们沉睡的同情心受到激发，我们麻木的自私心受到震撼"。

不过，在社会生活中，关心"他人瓦上霜"，与"各人自扫门前雪"并不矛盾。有年年底，我在纽约恰逢大雪，清晨起来，只见家家户户都在各自门前铲雪扫雪，以维护行人安全。当地政府规定，这是公民的责任。如果由于没有清除积雪造成行人跌倒，在谁家门前，就由谁家承担责任。这样的"自扫门前雪"，在境界上虽不及关心"他人瓦上霜"那么高，但相对于连"门前雪"也不肯"扫"的情况，也是值得肯定的。能够长期坚持"自扫门前雪"，减少了社会公共管理方面的问题，在一定程度上，也包含着对"他人瓦上霜"的关心。

需要花大力气清除的，是那种连"门前雪"也不肯"扫"，反而到处乱抛"垃圾"的"拆烂污"行为，诸如随地吐痰、大声喧哗、损坏公物、践踏花草、高空掷物、好勇斗狠、以邻为壑，等等。前不久，有一名男子将一口痰吐在地铁车厢内，肆意污染公共环境，受到旁边阿姨的批评。然而，他不仅不接受批评，竟再把一口痰吐在车厢的地上，惹起了众愤。此男子的任性胡为，表明有些人公德的缺失，已到了多么无耻的地步；而"众愤"，又显露了公德意识正在人民大众中蓬勃兴起。鲁迅在文章中指出："在中国，尤其是在都市里，倘使路上有暴病倒地，或翻车摔伤的人，路人围观或甚至于高兴的人尽有，肯伸手来扶一下的人却是极小的。"应当说，这一情况现在已有了很大改变，我国社会的公德水平正在有效提高。

王国维曾用三句诗词，表明治学的"悬思苦索顿悟"的三重境界，我也用三个俗语来形容公德的三种境界：上品为关心"他人瓦上霜"，急公好义；中品为"自扫门前雪"，独善其身；下品则是不及格的随地乱抛"垃圾"，污损社会。加强公民道德建设，需要弘扬上品，多一些爱管"闲事"的人；提升中品，把"自扫门前雪"与管"他人瓦上霜"结合起来；要改造下品，用教育的、行政的、法律手段，让这些人不愿、不能也不敢再在社会上随地乱抛"垃圾"，随意"拆烂污"。

2018 年 8 月

人人相善其群

时下，人们都十分重视自家住房的整洁，致力于做到窗明几净，一尘不染，从外面进屋还要换鞋，以免将龌龊的东西带进房间。然而，大楼的公共过道，有的却往往杂物乱堆，混乱不堪，更有人将自家房中的垃圾偷偷地扫到过道里。房门内外俨然是两个世界。

"以讲卫生为光荣，以不讲卫生为耻辱。"讲卫生，爱清洁，也是人的一种德性。按照梁启超的说法，道德有公德、私德之分。他在1902年写的《论公德》一文中指出："中国偏于私德，而公德殆阙如。"说我国"偏于私德"是对的，但称"公德殆阙如"就有点过了，仁义廉耻的公德传统在我国也是绵延不断的。

国人在熟人的圈子中，待人接物都较注意礼节。而在公共生活领域，则往往放纵自己。梁实秋有篇题为《排队》的文章，论述了这一现象。他写道："很多地方我们都讲究揖让，尤其是几个朋友走出门口的时候，常不免于拉拉扯扯礼让了半天，其实鱼贯而行就够了。我不太明白为什么到了陌生人聚集在一起的时候，便不肯排队，而一定要奋不顾身。"

人是社会的动物。现代社会较之"鸡犬不相往来"的农耕社会，人们的互相交往日益频繁，公共生活领域不断扩大。为了维护公众利益、公共秩序，保持社会和谐，愈来愈需要发扬社会公德，公德成为公民个人道德修养和社会文明程度的重要表现。可以说，作为现代人，特别是社会主义国家的公民，如果"公德阙如"，真是不知其可乎。

梁启超把公德定义为"人人相善其群"。"群"既指公共领域，也指共同生活的公民。"群"是公德的参与者，也是公德的受益者。要"善其群"，就要对一切损人利己或损群体不利己的缺德事件坚决说"不"，对公共场所一切陋习坚决说"不"，在社会生活中形成良好的道德环境，这也是我们国家兴旺发达、人民幸福安康所要大力培育发扬的"软实力"。

2018 年 7 月

莫做"小气鬼"

　　生活中有的人被称为"小气鬼"，这倒不是说他们在经济上吝啬，一毛不拔，而是指其气度小，以为自己"常有理"，听不进不同意见，容不得别人的批评，待人接物左也不是，右也不是。有朋友劝他们胸怀要大些，不妨学学弥陀佛，"大肚能容，容天下难容之事"，他们听不进去，最后弄得朋友越来越少，以致成为孤家寡人，被贬为"鬼"。

　　"小气鬼"之所以气度小，是由于以自我为中心，小肚鸡肠，目光短浅，既少宽容，也缺超脱，这样的人是成不了大事的。

　　成大事者必须有大气，具有"海纳百川"的气派。对性相近者固然引为同道，对习相远者也应"求同存异"。别人的观点吻合自己的口味，固然可以欣欣然，但若观点不符合自己的想法，也不可就鄙之为谬论。人们的交往、交流、交融，首先需要有包容之心。有了包容，才能相互取长补短，从而加强人群的团结、社会的和谐。人各有面，经历、性格、学养各不相同，和谐并非"千人一口"，说话做事都同质化，而是如哲学家哈贝马斯所说，包容不是把他者囊括到自身当中，也不是把他者拒绝到自身之外，而是形成一个共同体，"这样的共同体对所有的人都是开放的，包括那些陌生人或想保持陌生的人"。在"不同"和"多"中寻求共识，结伴同行，方能形成大的力量，成就大事。是故"海纳百川，有容乃大"八个字，成为人们十分重视的座右铭。

历史上那些成就了大事业的圣君明臣，莫不具有"有容乃大"的特质。唐太宗时，魏征常常犯颜直谏，他的《谏太宗十思疏》，意见尖锐，警告太宗皇帝是船，老百姓是水，"载舟覆舟，所宜深慎"。魏征过去与唐太宗有过节，唐太宗刚开始难以接受魏征对他龙颜的冒犯，但想到做大事必须有包容之心，还是决定采纳了魏征的直言，造就了"贞观之治"。历史上其他各方面取得大成就的人，莫不"宰相肚内能撑船"，以包容的精神，团结一切可以团结的力量，调动一切可以调动的积极因素，把事业做大做强。

人有包容之心，就必然显得大气，在集体交往中，重视发挥每个人的天赋、才能与优势，从而形成一个人尽其才、"美美与共"、生气勃勃的世界。自然，包容不是包庇错谬与罪恶，包容大气的核心是仁与爱，是对人的"一视同仁"，是一种纳百川、怀日月的气概，是一种从容大方、豁达大度的气量，也是一种以诚相待、宁静和谐的气度。

2018 年 8 月

得理也让人

　　有句老话说："得理不饶人。"在人际矛盾中，如果指"不饶人"必须以"得理"为前提，这句话有其道理。如果自己"无理"还"不饶人"，岂不是太过蛮横霸道吗？不过，即使"得理"，也不宜总是"不饶人"的。凡事都有边界。有哲人说过，真理向前迈出一步，也可能变成谬误。我们看到，生活中一些人与人之间的小矛盾，本可以持宽容的态度，"相逢一笑泯恩仇"，却常常因"得理不饶人"而被激化。

　　我曾见一位年轻人对靠站公交车司机喊道："喂，某某路去吗？"司机没有反应。年轻人生气了，吼道："喂，你耳朵聋了。"司机说，"我不叫'喂'"，随即开车走了。对此，有人认为年轻人无礼，有人觉得司机少理。我想，在人际交往中，各方都应当尊重别人。年轻人对司机不称"师傅"而以"喂"呼之，有一种呼仆吆役、颐指气使的味道，确是无礼在先。而司机尽可以对对方的无礼表示不快，但不宜以眼还眼，以牙还牙。司机当时如能"得理让人"，回答年轻人的问题，然后再说一句："先生，我不叫'喂'。"不仅以自己的修养影响那位年轻人，也不会再有后面的争执。

　　得理也让人，理直气也和，显示的是一种宽大的胸襟，一种与人为善的情怀，一种不拘小节的潇洒。它得了孔子所主张的"恕"道的真谛。较之那些在人际关系上斤斤计较、小肚鸡肠、好勇斗狠的人，不仅有利于化解矛盾，而且展现了一种较高的精神境界。试看，如今一些"得理不饶人"者，比如在餐厅吃饭，对着稍有疏忽的服务员就乱发脾气；叫外卖，送来稍微迟了点，立马指着外卖小哥的鼻子骂；乘飞机或坐火车，完全容不下乘务人员的一点差错，稍有不满便恶语相向；别人不小心撞了他一下，对方已表示歉意，仍不依不饶，说些伤人的话，等等，都过度以自我为中心，对他人没有尊重，没有体谅，自以为有"理"就可以揪住别人的小辫子不放，盛气凌人，让对方下不了台。实际上，这样做，"有理"已经转化为"无理"，如果对方再"以其人之道，还治其人之身"，那就激化了矛盾，把小事引爆成人与人之间的"战争"。这种缺少胸襟与情怀的人，暴露了他们精神层次的低下。有人说得好："精神层次越低下的人，心灵边界越褊狭，越喜欢得理不饶人。"

自然，"得理也让人"，并不是说有人打你的右脸，你不进行任何分辩，连左脸也转过来给他打，而是要宽以待人，在显示必要的态度后，对方也表示了歉意，就不要在鸡毛蒜皮问题上寸步不让，不要非弄个"东风压倒西风"不可，从而避免激化人际矛盾，避免出现"冤冤相报何时了"的情况，有利于社会与人际关系的和谐。

2018 年 9 月

邻情抵万金

　　老话说"远亲不如近邻"。远亲，一般指血缘关系较远的亲戚，在这句话中则指居住较远的亲属，也就是说，离得远的亲戚还不如住得近的邻居，遇到急事难事，可以及时互相帮助。

　　邻居，抬头不见低头见，守望相助，患难相扶，不是亲人，胜似亲人。"亲朋相邀，邻里相招"，是我国的优秀人文传统。《琵琶记》中就有这样的批语："远水难救近火，远亲不如近邻。"

　　然而，随着居家走向现代化，近些年来，邻里关系却日益淡漠。住在同一楼层的人，开门之声相闻，老死不相往来。邻里间大多是点头之交，一些人长年相处，却根本不知对方姓甚名谁。

　　应该说，邻里关系没有过去那么紧密浓烈，其中含有一种历史发展的必然。现代生活节奏的加快，现代人自主意识的增强，使得个人隐私越来越受到重视，在邻里关系上不可能继续保持过去那种"零距离"接触，需要与时俱进，但"倒洗澡水不要倒掉孩子"，应按照现代生活的条件，发扬相互关心、和睦相处的精神传统，不让"近邻成陌路"。

　　在 2022 年上海的抗疫中，再现了"远亲不如近邻"的现实，有力地促进了邻里间的相亲、相爱、相助、相帮，大大弘扬了民间的团结友爱精神。有人说，这次如果没有好邻居的热情相帮，是难于在长时间的居家中挺过来的。

我深有所感。我与老伴均虚年九十，平时靠子女关心，阿姨帮忙，生活无忧少虑。疫情期间，首先，我们少有食物储备。"人是铁，饭是钢，一天不吃饿得慌"，幸有邻居热情为大家组团外购，代我陆续购得一些食品。邻居吴健平老师为我代购豆制品，食品是半夜送达的，她到小区门口取货，为免除我这个老朽深夜上下奔波，又特地把我的一份带到我房门口。还有一位我不知姓名的同楼邻居，赠我一盒鸡蛋。我在群里的微信写道：邻情脉脉，至感甚感。

其次，因为没有储备，缺少料酒、生抽，我微信致互助群，建议团长能组一个带有辅料的食品购买团，谁知一刻钟不到，我家的门铃响了，开门一看，原来是邻友余震琪老师见微信后，当即送来了生抽与料酒。我感谢他"雪中送炭"，他却说是"家中多余的"。

再次，老人多病，药品也是必需品。老伴患过脑梗，要吃一种活血化瘀的药，志愿者小方老师曾代为到医院配过，未能配到。徐建英老师鉴于我不会网上购药，主动伸出援助之手。郭志坤老师更从他备用的药品中支援三瓶救急。邻情拳拳，感人心腑。

最后，令我印象最深的，更是修手机事件。5月2日傍晚，我在与妹妹视频通话中，手机突然黑屏了。任我怎么摆弄，它都呈死寂状。处在家中，没有手机，收不到居委会的各种通知，没有手机，也无法加入团购，无法购得食品用品，那将如何生活下去？我一下晕了，犹如二十多年前我第一次听到医生宣告我得了癌症一样，瞬间似五雷轰顶，身心极度不安。

怎么办？我想先去找居委会指定负责联系我们楼层的志愿者杨老师，汇报情况，请求帮助，但未能联系上。此时急中生智，想到邻居标标老师。他虽已退休，但熟悉现代网络技术。我登门求他帮助，他热情对我的手机进行检验校正，几经反复，终于让我的手机起死回生。我喜出望外，有绝处逢生之感，连连向他道谢。他则笑着说，他的车子也放在小区内，如有急用，可去找他。他本不住在我们这里，为了照料90多岁独居老爸的生活，前几个月住了过来。孝悌者往往是仁义者。

自然，我也为一位需要高血压药的老师送去有关药品，来而不往，非礼也。

疫情之中，与邻为善等美德得到了有力的发扬。人际关系的美好，是人们生活具有幸福感的重要因素。一个人除了家人外，邻居是经常接触的人。维护与加强邻居的友好关系，能使人生活在一种温馨愉悦的环境中。而且，在遇到特殊情况时，邻居是最能相互帮助的人。《水浒传》中有句话："远亲不如近邻，休要失了人情。"

因此，我说：邻情抵万金。

2022 年 5 月

拱手为敬

20世纪60年代，邓拓在《北京晚报》"燕山夜话"专栏写了一篇题为《握手与作揖》的杂文，探讨以握手为礼究竟好不好，值得研究。他说，人手是最不干净的。因为人的一切活动，几乎都离不开手。手既然要接触一切东西，就不可避免地会沾染各种细菌。即便经常洗手，也不容易使细菌完全消灭；而且刚洗了手，又可能重复受到沾染。出于卫生健康的考虑，邓拓认为，一般朋友见面还是不握手为好，可由古礼中的"作揖"来代替。

"作揖"，按辞书解释，就是"拱手行礼"。林放随即在《新民晚报》"未晚谭"栏目撰文响应，主张"拱手为敬"。

古之"作揖"虽有多种形式，然而，不论是拱手前伸而稍向下的土揖，还是拱手向前平伸的时揖，抑或拱手前伸而稍上举的天揖，等等，其共同点是都要举手。因此，清代的阎若璩在《论语·述而》的注释中明确指出："古之揖，今之拱手。"林放主张的"拱手为敬"，就是赞成以"拱手"代替握手，作为人们之间的相见礼。

"拱手为敬"的"揖礼"，据考证大约起源于周初，有3000年的历史了。周武王死后，其子周成王年幼即位，由叔叔周公旦摄政，采取了许多措施来巩固政权，其中就包括建立起了周朝的各项典章制度和礼乐制度。自此，揖礼开始大行于天下。《周礼》写道："孤卿，特揖；大夫以其等，旅揖；士，旁三揖。"表明针对不同对象还有着不同的揖法。此后，"揖"更多为"拱"所代替。《论语·微子》云："子路拱而立。"西汉董仲舒《春秋繁露·五行相生》云："立而馨折，拱则抱鼓。"清孔尚任《桃花扇》云："（副净拱介）得罪得罪！"，如此等等。

近代以来，西风东渐，我国传统的揖礼、拱手礼，渐渐为西方的握手礼所代替。握手，象征友谊，也象征和平，吸收这样的外来文明自有它积极的意义。然而，以握手乃至拥抱、吻面、吻额等动作，显示见面的礼节，由于身体的直接接触，可能带来卫生健康方面的问题，随着自然环境的恶化，越来越多地显现出来。比较下来，重拾我们传统的揖礼，拱手为敬，不能不说是个有见地的主张。

拱手为敬，除了可以避免身体接触可能带来的细菌病毒的传播，维护双方健康外，也比较从容方便。当代人的交际繁多，假如一个人同时会见多位客人，握手就要排队进行。而且，谁先谁后还要斟酌一番，搞得不好，还会引起纠纷不快。如果实行揖礼，对着大家拱拱手，就能干净利落地把心意表达了。对方也可以用同样的礼节来表达敬意。如今逢年过节的团拜，还多行拱手礼，不是情意不减而又简洁潇洒吗？

自然，"拱手为礼"，并不是要照古礼那样亦步亦趋，原封不动地搬来，而是要"取其精华，去其糟粕"，改造成适合现代社会的见面礼。当今的"拱手为礼"，需要根据现代社会的需求，在继承与批判古礼的基础上，制定出吻合现代社会的简明礼规礼仪。

2022 年 4 月

"一人六座"之我见

　　近日，在从哈尔滨驶往长春的列车上，有一名妇女带着两个小孩，占了6个座位，躺在上面休息，有乘客认为这是"霸座"，讽刺地说："火车是你家开的呀？"随后叫来了乘务员问明情况，该女子随即掏出6张火车票，表示自己是因为没有买到卧铺车票，才买了6张硬座车票让孩子休息。有关乘客知道情况后，也多表示理解，不再愤愤然了。

　　然而，此事经媒体报道后，却在社会上引起热议，而且舆论并不一律。也许近来"霸座"事件频发，一些人对此特别敏感，认为这是1人6座的"超级霸座"。实际上，这与"霸座"是沾不上边的。"霸座"，是指无票霸占他人的座位，而这位妇女是持有这6个座位的火车票的。有了票，就是有了这6个座位的合法使用权，何来"霸座"？

　　或曰：一张身份证同车次只能买一张火车票，该妇女为何能买到6张火车票？这也简单，借家人的身份证就行了。铁路规章制度只是要求必须实名制购票，可没要求这张票不能转让赠送给别人。这就是说，不管是用几张身份证购买了几张票，即使同行的人并未前往，手持车票的人也是可以占用其座位的。

　　然而，有人认为这是在浪费公共资源。火车座位确是一种公共资源，不过，它不是那种任何社会成员都可以自由享用的公共资源，而是要花钱去买的。谁花钱买了，在列车运行的这个时间段里，这个座位的使用权就属于谁。车票相当于是一张合同，这位乘客在该时间段租赁了这个座位，别人无权干涉其"浪费"。

自然，铁路客运是为大众服务的，应当充分重视发挥这一公共资源的最大作用，力求为更多的人服务，不让少数人占用过多的公共资源，从而影响他人获得公共服务的机会。这是问题的另一面。

据此，我以为，对待一些社会现象，人们不妨少点情绪化，多些理性思考。不要看到一人多座就斥之为"霸座"。尽管当交通运输能力供不应求时，这种"一人多座"的现象也不宜提倡，我们可以多多思考如何"座尽其用"，提出一些"限购"的想法，供铁路部门参考，以求充分发挥铁路的动能。

铁路管理部门更要重视这一问题，广泛听取意见，依据铁路运行情况的发展变化，不断修订完善相关法规，以维护所有旅客获得相应公共服务的权益。"座尽其用"的问题，是需要铁路管理部门去努力解决的，而不能把板子打在"1人6座"的乘客身上。对"1人6座"现象的关注，最大的积极意义，就是促进交通管理要与时俱进，不断优化，合理利用公共资源，最大限度发挥交通资源作用，为全民造福。

谈到合理利用公共资源，火车与飞机就有所不同。拿"一人多座"来说，在粥少僧多、供不应求的火车上，肯定不宜提倡，但在一些客源不足的飞机航班上，国内外都有"一人多座"的产品，这既可以满足乘客的不同需求，同时也最大限度挖掘了闲置资源，实现了资源利用最大化。这表明，管理办法不能"定于一"，要因时而动，因事而定。

2019 年 8 月

悬在城市上空之痛

近来，高空抛物问题不断出现在各种媒体报道中，有的砸伤了人，有的砸坏了汽车，有的虽侥幸没有伤人毁物，但也使有关居民吓得一身冷汗，后怕不已。

高空抛物，危害显著。一枚 50 克的鸡蛋，从 4 楼抛下，会把人的头顶砸出肿包；从 18 楼抛下，就能砸破头盖骨；要是来自 25 楼，可能致人当场死亡。因此，高空抛物被称为"悬在城市上空之痛"。

为了消除这一隐患，许多城市近年都加强了这方面的管理监督，并依法处理一大批与高空抛物有关的法律纠纷。然而，"痛"并未消除，且有愈演愈烈之势。这一方面是由于城市人口越来越密，大楼越建越高，不少城市建筑的年龄也越来越大；另一方面，更由于一些"楼主"素养没能与居住环境同步提高，仍然保持着乱丢垃圾的陋习，不论是茶渣奶盒，还是废纸蛋壳，往往随手向窗外一甩，并因此影响带坏了下一代，致使这种"天女散花"式的"现代城市病"不断发作，成为现代市民之"痛"。

高空抛物会带来对生命的威胁，为保护人身安全，需要多方并进，加快治好这一"现代城市病"。应当说，无论是从加强法制，还是加强德治，抑或加强社区自治等方面，现在都有不少的好经验好做法可以借鉴。

现代技术的发展，还可以运用技防的手段加强监控。杭州市有个小区原先高空抛物频发，一时难于查到作案人，后安装了多个防高空抛物监控，能精准锁定目标，从而形成威慑力，起到了明显的防治效果。这说明，办法总比困难多，"现代城市病"也会有现代的办法去克服它。

值得一提的是，郑州某小区发生了一件高空抛物住户被全楼驱逐的事。一名 13 岁男孩高空抛下两个灭火器，虽未造成人员伤亡，但损坏了一辆电动车。事发后，该楼栋业主一致要求在此租房的男孩一家从这里搬离，这家人尽管道了歉，意欲不搬，却未获同意，后来只得黯然离开。对此，也许有人觉得邻居们有些无情。实际不然，为了高楼居民都能避免无端的飞来横祸，这样做是"看似无情却有情"，显示了民意的力量。

"择邻而居"是我国民间的一种传统。"孟母三迁"的故事，是大家耳熟能详的。择邻，驱善避恶，是为了家庭生活有一个好的人际环境。白居易诗云："每因暂出犹思伴，岂得安居不择邻。"谁愿意与那些制造危险不安的人相邻而居呢？人都是不愿自己头上悬着一柄达摩克利斯之剑的。我住的大楼曾有一名租户任宠物犬乱跑乱叫，搞得四邻日夜不安，提了意见，他又不听，邻居遂向房主提出要求，希望不要把房子租给这样心中没有他人的人，房主遂不再与此租户续约，他也只得搬走了事。我以为，居民对危害生活安全的邻居说"不"，对弘扬"人人相善其群"的良好风气，是有促进作用的，它是社会的正能量。那些有高空抛物陋习而又不积极改正的人，就品性来说，实则是不宜或者说不配住现代化高楼的。虽然这种"不宜"与"不配"不宜成为明文规定，但这种现代版的"择邻而居"，则显示了民意的力量，让这些人在"被择邻"中，为高楼业主们所扬弃，也就有力地鞭挞了"以邻为壑"的缺德行为，促进了守望相助、患难相扶的美好邻里关系的建立与发展。

顺便提一下,与高空抛物同时存在的,还有高空坠物,二者虽有区别,后者属于物体自然坠落,不掺带人为因素;前者则属于主动作为,且伴随恶意。不过,高空坠物造成的后果,是一样严重的,都是"悬在城市上空之痛",也需要针对性地加强监管治理,消除这一安全之"痛",就会让城市生活更美好。

2019 年 7 月

对"炸街党"说"不"

关于环境污染，人们谈得较多的是大气污染与水污染，实际上还有声污染，三者构成了城市的"三大污染"。

声污染严重损害人民健康与生存环境，其对人体的危害是全身性的，不仅会引起听觉系统的恶化，也可以对非听觉系统产生负面影响。噪声污染古已有之，为了保持环境安静，古罗马于公元前44年就发布过在一定时间内不得在住宅街区行走四轮货车的"交通管制"，此后多国多地，特别是大城市续有类似法规出台。然而，社会加速发展，治理措施跟不上声污染发展的脚步，如今声污染的危害日益加剧。据统计，欧洲地区噪声污染导致的疾病负担程度仅次于空气污染，每年导致约3000人死亡。

20世纪以来，世界许多城市在环境治理中，都加强了对噪音的治理。上海在这方面的起步也较早。20世纪五六十年代，由于机动车都可以按喇叭，时时处处都会听到恼人的"喇叭交响乐"，为保障医院、学校等单位必要的安静环境，上海的这些单位门口都高挂着公安部门制作的禁止鸣号的标志。50年代末，我所在单位进口了一辆摩托车，为了工作需要，我与另一位同事去考驾驶执照，操作技术顺利过关以后，接受交通规则口试。主考人提问中有这样一道题：车至人行横道线、要不要按喇叭？

我的同事说：要。我则答道：视情况需要而定。结果，我通过了，那位同志则需要补考。主考人解释说，如果不问情况是否需要，车到人行横道线都按喇叭，那马路口将会多么嘈杂，城市还能不能得到片刻安静？这表明，上海是有着重视减少城市交通噪音的优良传统的。

上海于 2007 年 6 月起，进一步禁止外环线内区域机动车鸣号，多年扰人的喇叭声就此消失了。不过，机动车的噪声仍有，往往存在加速、飙车等高分贝的驾驶行为。特别是一些被称为"炸街党""飙车族""改装客"的人，为了表现自己的"酷"，开车时往往猛轰油门或急剧加速，以至排气管发出巨大的轰鸣，真如"炸街"一样。我住在靠近马路的一幢楼房里，白天只是听到沙沙的车轮摩擦声，并不感到噪音干扰，可一到夜间，却不时会为飙车的高分贝噪声所"惊魂"。一次我被吵醒以后，邻舍同时传来了婴儿被惊醒的啼哭声，孩子的父母起床不断呵护，我想这户邻居受"炸街党"之赐，大概会"一夜无眠"了。

针对这一情况，上海根据有关法规，进一步加强了对机动车噪声污染的治理，从 2018 年 12 月 1 日起，全天禁止噪声超过 80 分贝的九座以下客车在市区道路（高速公路除外）行驶；每日 21 时至次日 7 时，禁止噪声超过 80 分贝的摩托车在市区道路行驶。当天，警方就在马路上查处噪声超标的车辆，严格依法管理，被查处的首名"炸街党"，飙车发出的噪音高达 117 分贝，还涉嫌车辆拼装改装、伪造号牌、闯红灯等多项违法事项。

噪声污染是一种公害，必须像对待水污染、空气污染一样，积极加以整治。自然，城市的噪声污染，不限于交通，还有工业、建筑以及生活的噪音。在上海电视台每晚播出的《群众中来》节目中，就有对工地噪声的投诉。而诸如狗吠扰人的纠纷，也时常出现在社区里弄里。我有一个朋友，他楼下的邻居睡得晚，总是把电视机的音量开得很响，扰得他们不能安眠。我想到，一些国家对生活噪音也是有着法规制约的，如使用收音机或电视机的声音不得传出 8 米，家养的宠物不得发出过大的叫声，在公共场所不得大声喧哗等，从晚上 10 时到第二天早晨 7 时这段"安静时间"内，更不允许高分贝噪声出现，此时连夫妻吵架也要压低音量。

制造各式各样噪声的人，都是一种"炸街党"，整治噪音需要对所有"炸街党"都说"不"，因而需要社会各方面合力推进。上海这次整治机动车噪声污染的通知，就是由市公安局与市生态环境局联合发布的，相信通过"组合拳"的整治，噪声扰民的现象必会进一步减少，上海城市的生存环境会更加安静宜居，市民生活会更美好。

2020 年 1 月

　　　　　　　　　　　　　　　　　　　　　　　　　　　　九十乱弹

冷漠的看客

最近，有一李姓女子从当地百货大楼跳下轻生。这一年轻女子在楼上曾徘徊了一段时间，当地民警、消防员竭力施救，但未能成功。其间聚集了许多围观的人，不乏冷漠者看热闹。有的还没心没肺地起哄叫喊"123，赶紧跳"，激化了跳楼者的轻生念头。更有一名女性火上加油，竟冷血地喊出"还不跳，驴都被你怂死了"这样混账的话。同时，有人则将其作为好看的"热闹"，忙着发布视频。当地公安部门随后在媒体会上称，对于事发当天在现场起哄、拍摄视频、妨碍救援的人员，已有6人被行政拘留，事件调查清楚后将依法处理。

我们对一个年轻生命的消失感到悲痛，对不顾个人安危，全力施救的公安消防人员致以深深的敬意，同时，要对那些冷漠自私的围观群众给予强烈的谴责。

喜欢围观的人，可以称为"看客"。看客，在鲁迅笔下一直是被针砭的对象。鲁迅在日本留学时，弃医学文的一个重要诱因，就是看了一个日本人枪杀中国人的影片，围着看的也是一群中国人，"一样是强壮的体格，而显出麻木的神情"。鲁迅由此感到中国固然需要治身体疾病的医生，更需要有治精神疾病的医生。他自此走上文学创作的道路，毕生致力于国民性批判，在他的"手术刀"下，"看客"始终是一个焦点。

鲁迅有篇小说名叫《示众》，主人公在看客围观中"示众"，可说是鲁迅许多小说共有的中心意象。《狂人日记》中狂人被邻人好奇地观看，连赵家的狗，也看了狂人两眼，甚至连小孩子，也"睁着怪眼睛，似乎怕我，似乎想害我"。《孔乙己》中的孔乙己，是咸亨酒店里众人取笑围观的对象，他一出现，"店内外充满了快活的空气"。《药》中革命者夏瑜被杀时，一堆看客"颈项都伸得很长，仿佛许多鸭，被无形的手捏住了的，向上提着"，华老栓与他儿子的悲剧，也一样不缺乏热心的看客。《祝福》中祥林嫂周围的那些人，也都为看客，一些看似关怀的议论实则在向祥林嫂破碎的心上撒盐。《阿Q正传》中的阿Q是看客，杀革命党，他觉得"好看"，而最后他也被推上断头台，成了被看的对象。凡此种种，都在于展现看客的愚昧、冷漠、麻木、可悲，展现了国民的劣根性。鲁迅对于看客文化，始终以其如椽之笔给予严格的批判。

尽管随着社会的发展，看客文化有所减弱，同舟共济、与人为善、人溺己溺、助人为乐的风气正日益发扬，救危济困、急公好义的事例不断涌现，但看客现象还远没有消失。街头巷尾每有"稀罕事"发生，常有一个个看客伸长了脖子向前挤，趋之若鹜，里三层外三层，挤得水泄不通。依然如故的幸灾乐祸，毫无同情心的冷漠残忍，爱凑热闹的低级趣味，似乎都没有什么大的变化。要说变化也有，鲁迅笔下的"老看客"们多是空手上阵，最多不过是瞎起哄，喊两嗓子，而"新看客"们则多了拍摄神器，争着把现场情况外传，不但自娱，还企图广泛娱人。这是在更大的程度上拿别人的痛苦与灾难取乐，更显冷血与情操的低下。

对此，在依法进行处理的同时，要如鲁迅当年所说，"改变他们的精神"，从改造国民劣根性的角度，加强对看客文化的批判与清除。

2019 年 6 月

话说"伪名人鸡汤"

　　假冒伪劣猖獗，为社会之痛。"假烟假酒假味精，假医假药假郎中"，物质领域有假冒；"假书假画假古董，假言假文假语录"，精神领域也有伪劣。近年来，网上盛传的古今名人名言，有不少都是假冒的。有一则爆红网络的"名言"这样说："我敬佩两种人：年轻时，陪男人过苦日子的女人；富裕时，陪女人过好日子的男人。我远离两种人：遇到好事就伸手的人；碰到难处就躲闪的人。"类似的还有"我谢绝两种人""我负责两种人""我珍惜两种人"等。作者署名为莫言。实际上，这是为了把它变成"名人名言"的一种伪托。莫言看到后，哭笑不得地接连三次否认，表示"请作者领回自己的'娃'吧"。

　　伪造名人名言，古已有之，不过于今为烈。现在网上流传的伪名人名言，以"心灵鸡汤"式的文字较多。"鸡汤"的叫法源自美国从1993年到2008年出版的系列畅销书《心灵鸡汤》，这些书大多用简短的故事讲述人生道理，还细分为针对特定人群的鸡汤，比如：母亲鸡汤、囚犯鸡汤、祖父鸡汤、祖母鸡汤、儿童鸡汤，林林总总，销量很高，其中有200本书被译为40多种语言，也直接推动了我国鸡汤式文字的发展。由于其大众化的口味、励志化的包装、快餐式的文本，能快速轻便地给人以一些"心理滋养"，因而受众不少，特别为网民所喜爱。

一些段子手之所以将自造或找来的鸡汤式文字包装成"名人名言"，通过微博、微信等平台在网上传播，是为了通过名人效应，博取更多网友的点击和关注，最终将流量转化为对商品或广告的关注度，实现商业目的。据网络上相关调查显示，鸡汤文大多由专门的平台进行分发，注册人员再通过转发此类附带广告的文章来获取分成。假冒的名人名言，不管它讲的是什么，本质都是一种赤裸裸的文化造假，是对思想和精神的一种污染，是对名人名誉的侵害，是对文化的亵渎。有正气与尊严的社会，是不容与"假"共舞的。

有人说，"心灵鸡汤"能给人带来一些"心理滋养"，读读不是很好吗？应当说，有选择地读一些是可以的，但它毕竟是浅薄和零碎的，满足于一鳞半爪、一知半解的阅读，会限制人的思维，使人变得无知而浮浅，因而不宜成为阅读的主流。何况，那些伪造的名人"心灵鸡汤"，往往变了味，甚至有了毒素，更是不碰它为妙。比如假托为"杨绛百岁感言"的"鸡汤"说："世界是自己的，与他人毫无关系。"这一"鸡汤"确能让个人主义者得到"心理滋养"，然而，"自己"真的能与他人毫无关系吗？多喝这样的"鸡汤"，是会中毒的。如今已经证实，这碗"鸡汤"并非杨绛先生"烧"的，而是一种伪托。人的健康成长，固然不排斥喝些好的"鸡汤"，但更要吃好精品主粮。

在当前伪鸡汤泛滥的情况下，我们在谨防伪造的名人鸡汤的同时，也还要注意不为名人所惑，即使是名人说过的话、写过的文，也不一定"句句是真理"。鲁迅写过一篇题为《名人与名言》的文章，他郑重告诫读者，"我们应该将'名人的话'和'名言'分开来的，名人的话并不都是名言"。这就是说，我们不要盲目崇拜名人。对名人的话也要分析判断，不要一见着名人的话，就不分青红皂白地加以膜拜，这样会少上一些当。何况，如今假冒的名人名言，其中固然有莫言这样的"名人"，也有些虽有点名气，却在学养修养上难以说是"名人"的人。按鲁迅的话，"对于他们的专门以外的纵谈，却加以警戒"。对"伪名人鸡汤"，就更要"警戒"了。

2019 年 3 月

话说"夸夸群"

近来，网上风行一种叫"夸夸群"的玩意儿，在这个群里，不管在你身上发生的是好事还是坏事，只要你简单说一下，都能赢来一番夸赞。比如有学生说："我游戏打得很烂，有人可以夸一夸我吗？"群里就有人"夸"了："知道自己打得烂，说明你有自知之明，并且还坚持在打，说明你有毅力，世界就需要你这样的绝世小可爱。"也有人会另辟蹊径地"夸"："游戏打得不好，说明你在其他方面发光发热，没有把时间放在游戏上面，是一个踏实肯干的青年，你真棒！"总之，不论你表现如何，你都会收获夸赞，心里暖暖的。

应当说，人的成长需要激励，适当的夸赞有助于给自己打气，增加前行的勇气。心理学表明，经常被表扬，对于一个人的成长是有益的。古话说："良言一句三冬暖，伤人一语六月寒"，擅长夸人的人，往往被视为情商高。这也是"夸夸群"得以滋生风行的一种正面价值。然而，凡事要有度。夸奖也需要实事求是，不能把错的说成对的，把丑的说成美的，把缺点当作优点来夸，如鲁迅所批评的那样，将"红肿之处"称为"艳若桃花"，将"溃烂之时"形容为"美如乳酪"。否则，"夸夸"就不是激励向上向善的促进剂，而成了吹牛拍马的危害剂。王安石的《伤仲永》，讲的就是一个神童被各种浮"夸"所害，最后"泯然众人矣"。

如今"夸夸群"的风行，在相当程度上，是存在着浮夸、虚夸、乱夸、瞎夸的现象，言多不实，这是有害无益的。更值得注意的是，这种寻求夸赞之风，已成为一种商机，成为商人牟利的一种方式。人们可以在网上搜索到一系列的"夸夸群"服务。购买服务后，加卖家微信，沟通需求后，就可以建群，开始享受众人吹捧的得意人生。盲目吹捧与商人牟利的结合，会对人的精神成长产生更多的危害，结果不是真正的"得意"，而是失意，不可不察。

清醒的人不应为"夸夸"所迷。正巧，我高兴地看到一则消息，加入皇家西班牙人足球俱乐部的中国球员武磊，在 2019 年 3 月 2 日晚的比赛中打进一球，成为自西甲联赛成立九十年以来首位在西甲破门的中国球员，他与梅西的同场比赛，我国收看人数高达 2372 万，创历史新高，网上一片"夸夸"声。面对无数狂热的"武磊吹"，武磊赛后恳求球迷把他踢出"夸夸群"。他说，他来到西甲不久，有很多东西需要学习提高，并不是国内球迷想的那样已是绝对主力，希望大家能有一个好的心态，也希望能够有一个好的舆论环境。这表明武磊是清醒的，他知道自己要走的路还很长，已有的成就并没有冲昏他的头脑。球迷们的乱"夸"、瞎"夸"、无理性的"夸"、没有底线的"夸"，实际上是一种"捧杀"。"夸夸群"内的"捧杀"者，往往是无理性的、情绪化的，"赢了狂吹，输了疯黑"，"捧杀"很快会变成"棒杀"。只要情况变化，表现稍有不佳。"夸夸群"就会变为"喷喷群"，"武红"就会沦为"武黑"。这也是有着不少前例可见的。

据此，我以为，"夸夸群"是不值得"夸"的，有理性的人、崇尚实事求是的人，应像武磊那样，与"夸夸群"拜拜。

2019 年 4 月

话说流行语"佛系"

　　日前，《咬文嚼字》编辑部公布了 2018 年十大流行语，其中"佛系"一词，既不像"命运共同体"那样富有明确的正面意义，也不同于"巨婴"那样明显含有负面意味，因而对它的评述也各不相同。

　　"佛系"一词最初出于日本，原指那些爱独处、专注于自己的兴趣、不想花时间与异性交往的年轻男子为"佛系青年"，引入我国后，其内涵延伸到整个人生态度，意指那些"不争不抢，不求输赢，不苟求、不在乎、不计较，看淡一切，随遇而安"的生活态度，"佛系青年""佛系生活"等词语迅速引爆网络。有人对其点头，赞"佛系"的流行体现了年轻人对锱铢必较、非理性争执的反感，钟情于知足常乐。也有人对其摇头，称年轻人以"佛系"自嘲，体现的是一种求之不得、干脆降低人生期待值的无奈，反映的是一种不可取的消极生活态度。

　　舆论对其既有肯定也有否定。有文章认为，"佛系"作为年轻人的一种生活方式，主动以自我矮化的方式来舒缓压力、拉低自己和他人的期望，以此来实现对现实的某种柔软抵抗，有其可取处。不过，"佛系"固然有不争不抢、不钻营不吹捧的随心豁达的一面，也有面对压力和竞争时懈怠、消极、缺乏责任和担当、缺乏上进心的另一面。"佛系"表面上是一种看淡一切、怎么都行的从容与淡定，实际上却隐伏着年轻人某种意义上的"精神缺钙"。

我赞成这样的"两点论"。一方面，人都是有欲求的，但需要控制，不可任其野马式膨胀。卢梭说，人的心灵甜蜜度在于享受适度，使烦恼无从发生。幻想多，实际却做不到，结果只能徒增痛苦。因此，每个人要拥有快乐，就要以现实主义的态度，将自己的欲望放在可实现的限度以内，这就是"知足常乐"。"佛系"展现的这方面追求有其合理性。

然而，对现状的满足，又不宜绝对化、普遍化。人们越过越好的欲望，是社会发展的内在动力。这种对现实的不满足，如鲁迅所说，"是向上的车轮，能够带着不自满的人类，向人道前进"。在实现这种不满足的欲望过程中，尽管会有曲折和磨难，但奋斗本身也就是欢乐，这里就又需要"不知足而得乐"。"佛系"青年如果在这方面缺乏责任与承担，也正是所谓的"精神缺钙"。

需要指出的是，"知足"主要指个人的一己欲望，而"不知足"，则主要是对社会的崇高欲望。处理得好，两者是相辅相成的。一位英雄说过，一个人生活上要低标准，工作上要高标准，辩证地点明了这一"知足"与"不知足"的两面。相比较而言，更要提倡有为青年为社会发展而"不知足"，努力向前。"佛系"青年在这方面胸无志向，无欲无求，显然与澎湃前行的时代大势相左。因此，我对"佛系"的评价，在"两点论"中更有"重点论"，即它的负面意味是大于正面意义的，"佛系"帽子不宜戴在奋发向上的青年群体的头上。

再说，"佛系"作为一种标签，开始用以形容那些喜爱独处、不想恋爱结婚的年轻人，还有些道理，但将其内涵延伸为看淡一切、不问是非、混混沌沌、随遇而安的生活态度，实际上已有悖"佛"理。佛教是有明确的善恶观的。释迦佛说："诸恶莫作，众善奉行，自净其意，是诸佛教。"菩萨修行的纲领是"六波罗蜜"：布施、持戒、忍辱、精进、禅定、般若，"波罗蜜"为度的意思，是佛陀要弟子以此为行动准则，自利利人，自度度人。佛教的中心思想是度众生。将世俗的某一种消极不为的生活方式，轻率地称之为"佛系"，是不科学的，也有违佛和佛学的精神。我以为"佛系"一词的腿是短的，走不长，热度不会久。

2019 年 12 月

话说"杀熟"

最近，一段有关大数据"杀熟"的微博火了。网友"廖师傅"表示，他经常通过某网站订某个特定酒店的房间，长年价格在 380 元到 400 元。偶然一次，他从前台得知酒店淡季的价格在 300 元上下。他用朋友的账号查询也是 300 元，但用自己的账号查，还是 380 元。

此事并非个案。自 2020 年 3 月以来，微博、知乎等多个网络平台上，都出现了以"大数据杀熟"为关键词的热门网帖。"3·15"前夕，青岛市民陈女士也贴出截图证据，曝光自己在某款 App 上订房的"老客价"高于丈夫的"新手价"。有媒体专门发起一项"杀熟"调查，结果显示，2008 名受访者中，有 51.3% 的人反映自己曾遭遇类似"杀熟"行为，除了酒店预订，也表现在订购电影票、网约车、机票、通信套餐等多项买卖活动中。

我国传统社会是熟人社会，以"人熟为宝"，讲的是"熟人好办事"。熟人间温情脉脉虽然是好的，但有个致命弊端，就是消弭原则，亲友故旧之间会碍于"熟人"的面子与感情，做出许多不该做的事。行贿受贿，往往要借助熟人从中牵线搭桥。传销队伍之所以能在短时间内迅速扩大，也与熟人之间的积极介绍与拉拢有很大关系。当相互间失去了处世的原则，"人熟"就不一定是"宝"，虽然"好办事"，但可能却办了"坏事"。因此，不宜无原则地赞赏"熟人好办事"。不过，熟能生情，熟人间一般拥有友情、亲情或乡情，以此为基础生发出相互间的了解与信任，在过去，即使是骗子一般也少有对熟人行骗的，"兔子不吃窝边草"嘛。

然而，时下"杀熟"事件不时发生，表明熟人社会的那层温情脉脉的面纱，已被极端个人主义的利剑所戳破。市场经济的发展搞活了经济，但由于法制和道德建设的滞后，致使利己主义的冰水泛滥成灾，如《共产党宣言》中所指出的："它使人和人之间除了赤裸裸的利害关系，除了冷酷无情的'现金交易'，就再也没有任何别的联系了。"即使是熟人，也再无情分可言，人与人的关系"变成了纯粹的金钱关系"，商人心中计算的只是能从对方那里捞到什么。熟人间原有的温情脉脉，正好成为"斩"客的麻醉剂，因而出现"杀熟"，而且是越"熟"越"杀"。

由于互联网的广泛使用，如今交易中出现的"杀熟"现象，除少量面对面的交易外，更多的"熟人"是企业通过大数据获得的。这种"线上杀熟"，获取的对象要多得多，手法花样也要多得多，其对顾客的盘剥伤害也要严重得多。对此需要"打组合拳"，进行综合整治。一是要加强社会主义伦理建设。商人赚钱虽然天经地义，但一定要取之有道。"人无信不立"，业也无信不立，不可对顾客坑蒙拐骗。二是要严格法制。《价格法》明确规定，经营者定价，应当遵循公平、合法和诚实信用的原则，经营者不得有"提供相同商品或者服务，对具有同等交易条件的其他经营者实行价格歧视"的不正当行为。对涉嫌违法的"杀熟"行为，应依法查处。三是适应大数据和新商业模式的发展。这需要与时俱进，不断建立新的法规与监管方式。道德、法规、技术三管齐下，方有望扭转与制止"杀熟"现象。

2020 年 3 月

可贵的"视而不见"

　　一篇文章中写到这样一件事：某市一家半自助性饭馆，顾客自己选菜，按菜付款，饭则管够，不再计价。一般说来，如今人的饭量不大，吃了一碗少有再添的。然而，那天却有几个穿着像农民工的中年男子，每人只花 8 元买了一盘茄子，坐在角落里埋头大口吃饭，悄悄到饭桶添了一碗又一碗，随后快速离开。

　　显然，这几位食客囊中羞涩，他们光顾这家半自助性饭馆，正是看中它的"吃饭不要钱"。然而，他们也担心吃得太多或许会让老板冷眼相对，因而悄悄地进来，快速地离开。这一切并未逃过饭馆老板和员工的眼睛，但他们却都"视而不见"，没有一句讽刺干预的话，而是任他们安静吃饭，随意添饭。文章作者赞赏道：这是可敬的"视而不见"。

　　诚然。其所以"视而不见"，是因为他们有更深的见识。这家半自助饭馆"吃饭不要钱"的措施，并非创新，而是一种"古已有之"的营销手法。1947 年夏，我从家乡安徽到南京考高中，因家道中落，生活拮据，带的盘缠很少，我在南京只能精打细算，恨不得一个铜板掰成两个用，晚上铺一条草席睡在带有社会救济性质的安徽会馆内，一日三餐则缩成两餐，早中饭合并成一顿吃。我总是到有卖客饭的小饭馆去，因为客饭比较便宜，菜有定量，饭却不限，我正可以一顿饭当两顿吃。

这种经营方法对饭店来说，能吸引更多的客源，总体上还是有益于生意的，有助于促进创收。自然，如果遇到像我这样意在能多吃点饭的人，就单笔生意来说，饭店也可能要赔的。这时，一些老板往往会冷眼注视这样的食客，甚至用"你真能吃呵"一类的冷言冷语进行讽刺，让你坐立不安，食不甘味，不敢多添饭。我就受到过这样的冷遇，为避免老板的不悦，精神上免受伤害，我一般不在同一家饭店吃两次，而是"打一枪换一个地方"。

自然，也有上面所说的那种"视而不见"、富有善心的老板，他们不是没看见那些一再添饭的顾客，而是知道这些人贫穷，为生计所迫。他们采用"吃饭不要钱"的经营方法，固然是为了吸引更多顾客进行消费，同时也基于爱心，想对生活困难者给予一定帮助，好在花费不多，在经营上是能以丰补歉的。他们知道，人是有尊严的，不愿吃"嗟来之食"。《礼记·檀弓下》记载的那位求食者，是"蒙袂辑屦"向施食者黔敖走来的，也就是说，他用衣袖遮着脸，是不希望别人张扬的，而黔敖却傲慢地大声说："嗟！来食。"那位重视尊严的饿者，容不得这样的侮辱，宁可饿死也未食这"嗟来之食"。这一故事表明，我们要重视人的尊严，哪怕是施恩人，也不能不顾及受助人的尊严与感受。

这里，正显示了那位"视而不见"老板的可贵的"见识"，他"见"到的是人的尊严，"识"到的是，即使做慈善，也不可搞侮辱性施舍，而必须以仁慈爱怜之心进行。自然，他的"视而不见"，远没有达到慈善事业所要求的"无缘大慈、同体大悲"的高度，但他的前行方向是正确的。

这启示人们，慈善行为宜以润物细无声的方式进行，不宜大轰大闹。有些向贫困地区或贫困人士捐款捐物的人，喜欢受捐人拿着他们所捐的钱物公开向他们表示感谢。这是利用慈善作秀，有损受助者尊严，是不可取的。前些年，有位企业家向低收入人士发红包，要受赠人排队上台领取，遭到了非议，指出其这样做是一种慈善暴力，后改由民间组织代为发放，保护了受赠人的尊严。类似事件的教训，促进了许多慈善行为以静悄悄的方式推行，从而有力地减少了社会上宣传"嗟来之食"的现象。据说，长沙有一家饺子店最近发出公告，说如果有人一时有难处，可以到该店，"告诉店员来一份'单人饺子'，吃完就走，不必客气"。这样扶贫济困的商家，就更加人性化了。

2021 年 6 月

获得感与幸福感

有人说，获得感与幸福感是紧紧连在一起的，有了获得感就会有幸福感。此话大致不错，获得感是幸福感的基础，不过，这也并非绝对——有一种"幸福递减律"的说法，有时"获得"多，反而不如"获得"少时感到"幸福"。

比如说，一个人在大沙漠里，口干舌燥，当时如果能得到一杯净水，会给他带来极大的满足和幸福。而当他回到现代化城市，到处都有饮用水，一杯净水再也不能给他带来幸福感。

又比如说，朱元璋还是个穷小子时，一天又饿又病，乞得一碗杂七杂八的汤水，内有几片青菜和几块豆腐，觉得滋味美极了。后来他当了皇帝，山珍海味越吃越没胃口，下旨厨房仿照从前做一碗"翡翠白玉汤"，可做来做去，也吃不出当年美味。

这些现象说明：同样的物品，对处于不同需求状态的人，带来的幸福感是不一样的，这在西方经济学中被称为"边际收益递减规律"。这就是说，人从获得一单位物品中所得的追加满足，会随着所获得的物品增多而减少。这可以说是经济发展中的一个悖论。经济发展本是为了给人类更多"获得"和"幸福"，但经济越发展，物质的边际效益却递减，人们从物质中得到的幸福就越少。

这似乎违反了经济发展的根本目的。据此，有人说，上帝之所以不时地在人间制造一些天灾人祸，就是为了解决这个悖论。对"上帝"这一做法，我们自然不会赞同。实际上，幸福感是对生活满意的一种主观感受，物质钱财是重要因素，但人的幸福感还受制于其他许多因素，其中重要的一点便是心态：是"恒念物力维艰"，"常将有时思无时"，知福惜福；还是贪得无厌，盲目攀比，陷入欲壑难填的苦境——其对幸福的感受是大不一样的。一个物质生活有基本保障的人，由于对钱财没有不恰当的奢望，"知足常乐"，可以过得很惬意；而一个腰缠万贯的人，将幸福完全物质化，在钱财上总觉得"比上不足"，内心就会常戚戚。是故，贝多芬说："使人幸福的是德性而非金钱。"歌德说："人之幸福，全在于心之幸福。"

就"心之幸福"来说，除了增强"德性"可以促进人们的幸福感外，还需要加强美育，提升人的美感素养。随着社会的快速发展，大家的物质生活有了基本保障以后，精神生活方面的需求就越来越成为增进幸福感的砝码。精神产品的特征是美——而欣赏美，要有必要的美的修养；否则，就会"如入宝山而空手回"，难有因美而带来的快乐与幸福感。

当今，为顺应时代的发展，美的旗帜在社会各个领域都越举越高，不仅是文化艺术等精神产品，就是许多物质产品也纷纷在实用耐用的基础上追求美观好看，以增加使用者的欢愉和幸福感。近些年，蓬勃发展的旅游业，也反映了人们寄情山水，接触大美天地和绚烂人间的审美需求——然而，不少人由于缺少发现美的眼睛和感受美的心灵，往往只留下"到此一游"的表象记忆，未能生发出"登山则情满于山，观海则意溢于海"的那种美感和幸福感。

据此，我以为，追求幸福不仅要重物质，重视实实在在的"获得"，同时要重精神，重视自我内心的完善。其中重要的有两点：一是贝多芬所说的"德性"，就是善；二是如马克思所说，培养我们具有"欣赏音乐的耳朵，感到形式美的眼睛"，能够知美和懂美。人类追求的终极目标不是物质财富，而是幸福快乐。当我们从社会不断"获得"的同时，又能用一颗真善美的内心去发现美、体验美，那就一定能过上更好的日子，获得更多的幸福感。

2021 年 12 月

祝您健康快乐

时下人们相互交往间使用的祝福语，越来越多地使用"健康快乐"等词语。这是因为较之钱财名禄，健康快乐更是人的幸福所在。人如果失去健康，一切都会成为浮云，而心态常戚戚，就难以有生活的欢欣。

健康与快乐，犹如鸟之双翼，车之双轮，带动人生行进在幸福的航道中。健康与快乐本是一体，有了健康方能快乐，而快乐则大有益于健康。如果说健康是"金不换"，那么快乐则是"幸福果"。

需要强调的是，健康既包括身体健康，也包括心理健康。只有二者都健康了，方能好好地享受"幸福果"。

幸福，按照辞书的解释，是"使人心情舒畅的境遇和生活"。它是人们对境遇和生活的一种主观感受，来自客观现实，糟糕的现实难以给人带来"心情舒畅"的幸福感。但同时，幸福感也与主观心态有很大的关系。在同样的社会条件下，有人感到快乐，有人却感到不快乐，这固然与各人的具体处境有关，但很多时候，是由不同的心境所致，"境由心生"嘛。亚里士多德说："幸福还是不幸福，取决于人的自我灵魂。"这话说得有点绝对，但也不乏道理，启示人们要全面正确地对待客观现实，不可私欲膨胀，盲目攀比，而是要以"知足常乐"的心态，笑对人生，享受生活的恩赐。

"知足常乐"，早有古训。老子说过："祸莫大于不知足，咎莫大于欲得，故知足之足，常足矣。"这里的"欲"，指的就是个人名利的欲望。由于人与人的情况不一样，不要与别人盲目攀比。"大狗有大狗的叫法，小狗有小狗的叫法"，每个人在生活中都有自己的位置。只要认认真真工作，清清白白做人，无愧于社会，无愧于他人，无愧于自己，就能满足而快乐，不为私心杂念所苦。

　　这样说，人是不是就不需要有所追求了？那也不是。人总是有越过越好的愿望，这是社会发展的内在动力。不安于贫穷，想变得富裕；不安于不文明，想变得文明……这种对现实的不满足，如鲁迅所说，"是向上的车轮，能够载着不自满的人类前进"。在实现这种欲望的过程中，逢山开路，遇水搭桥，其艰苦奋斗显示出"大写的人"的意义，因而总是伴着奉献的欢欣。就这一角度来说，人又并不总是"知足常乐"的，为了国家更富强，社会更美好，人民生活更幸福，则是"不知足而得乐"。

　　"知足常乐"与"不知足而得乐"并不矛盾，前者的"知足"，主要指个人一己的私欲；后者的"不知足"，主要是指对社会的崇高愿望。处理得好，两者相辅相成。"知足"，是在个人生活要求上超脱一点，豁达一点；"不知足"，是在公共事务上执着一点，投入一点，体现着入世的"有为"文化与出世的"无为"文化的互补，人生是同时需要这两面的。

　　由此可见，人的幸福愉快是与健康紧密联结在一起的。那些在生活私事上能够超脱"无为"，而在工作公事上又执着"有为"的人，最好地拥有健康这一"金不换"的品质，从而能尽享人生愉快这一"幸福果"。

　　祝您健康快乐！

2021 年 8 月

争论的"礼"与"理"

前不久，两位男士对一件事持不同看法，在公共场所唇枪舌剑，互不相让，最后竟发展为肢体冲突，造成一方受伤，被紧急送往医院诊治。

此事一时引起周围人的议论，贬多于褒，多斥之为没事找事，也有赞其勇于坚持己见，我则以为，最值得引为教训的，是要学会对他人意见的尊重。

人与人之间，由于教养、环境、处境、利害的不同，在对事物的认识上，是难于完全一致的，因而往往七嘴八舌，莫衷一是。虽然有些事情通过讨论交流，反复磋商，可以逐步取得共识，但更多的情况，还是"公说公有理，婆说婆有理"，不会做到众人一口。别的不说，就是在单位内对一个人的评价，往往也众说纷纭，褒者赞之为"鲜桃"，贬者称之为"烂杏"。哲学上有条定理：矛盾是绝对的，统一是相对的。不同意见就是矛盾，它的存在是绝对的，一个意见统一了，又会有新的不同意见产生，因而要容忍"七嘴八舌"，倡导"百家争鸣"。

容忍别人不同的意见，是对他人的一种尊重。谈到尊重，说得较多的，是敬辞称呼，是行礼如仪，是程门立雪，是张良捡履，这些自然都是必要的。然而，对他人的尊重，最重要的是尊重他人的意志和观点，这是核心所在。只要不是违法犯罪之人，每个人都拥有表达自己观点和想法的权利。别人可以不同意它，但不可以强行抹杀它。是故有句话经常被人引用："我不赞同你的观点，但是我会誓死捍卫你表达观点的权利。"

尊重他人与自己的不同意见，反映了一种平等和开放的意识。在争论中，不唯我独尊，不以自己的是为是、非为非，而是视对方为同等权利的个体，并以坚持真理修正错误的态度，继续与对方平心静气地探讨，如此不仅会逐步化解见识上的争论，而且会推进双方的情谊。

那两位争论者把一般的看法争论变成了一场"全武行"，除了提醒人们在争论中要懂得待人以礼，保持平等开放的意识外，还要注意不可自以为是，不要认为真理都在自己手里，对自己的观点盲目自信。人无完人，金无足赤。杰出人物罗斯福自称，他判断事物的正确率至多为 75%，芸芸众生视野有限，就更难一眼看准了。那两位争论者对一件事情有不同看法是正常的，但限于道听耳食形成的一些认识，是不能当作真理的，由此而听不得不同看法，甚至想以动手来压制不同意见，这就不仅无助于对真理的探讨，而是从根本上消解了争论探讨的积极意义。

据此，我以为，在各种各样的争论中，要重视两个字：礼与理。

2022 年 5 月

有关"情感劳动"

　　有一篇报道说，现代职业注重情感管理，特别是新兴职业十分重视"情感劳动"，其中，微笑是必须的劳动技能。

　　关于劳动，传统上分为体力劳动和脑力劳动两大项，"情感劳动"的概念最早出现于 20 世纪 70 年代，一位美国社会学家在研究泛美航空公司空服人员情绪表达时指出，他们的工作不仅具有生理方面的要求，而且更有情感方面的要求，必须时刻应付乘客和他们自己的情绪问题，并首次为"情感劳动"下了定义：个人致力于情感的管理，以便在公众面前创造一个大家可以看到的脸部表情或身体动作。此后，"情感劳动"逐渐引起职场的重视，许多国家的服务业均把笑脸迎客列为职业的一条基本规则。

　　我国改革开放后，也曾在商业服务业开展"微笑服务"活动，微笑服务较冷若冰霜式交易，能够给顾客带来温暖，提升了服务水平，赢得民众欢迎，促进了行业的发展。"情感劳动"确实与体力脑力劳动一样，是社会发展所必需的一种劳动形态。

　　不过，笑要以真实感情为基础。按达尔文的说法，笑是由某种事物"引起愉快感觉的强烈兴趣而发生"，也就是说"乐然后笑"。如果对着顾客的笑脸，不是基于对对方的关爱，缺少实际的服务热情，而只是一种职业化的程式动作，那就会"面笑心不笑"，成为"苦恼的笑"，既会"苦"了自己，也会"恼"了顾客。由"情感劳动"产生的微笑服务，不应只是"劳动技能"，其"脸部表情或身体动作"，应是真挚感情的表现，而不应是冷冰冰金钱交易中的一种法术。

有人指出，像微笑服务这样的"情感劳动"，在传统职业中只是一个部分，如今则"可以因为某一特殊需求新生一种职业，例如满足他人需要的'夸夸群'"。此话言之有据。不过我以为，"夸夸群"并不值得完全肯定。人的成长虽然需要激励，以增加自己前行的勇气，但"夸夸群"往往不论是非曲直，对人对事一味"夸"赞，把丑的说成美的，把缺点当作优点来夸。这样，"夸夸"就不是激励向上向善的促进剂，而成了吹牛拍马的危害剂。一些商人更借此作为一种谋利方式，从而形成一种并不健康的"新职业"。"情感劳动"不能脱离理性的指导，的确需要进行"情感管理"，把握其品性优劣。

2020 年 8 月

莫让送礼成了灾难

　　狗年春节即至，在外务工的人多准备回乡与家人团聚，内心充满着喜悦的期待，但不少人同时又害怕还乡，怕的是要付出一笔沉重的"人情消费"，甚至成了"恐归族"。邻居的一位保姆近来就有着这样的纠结：不回去，感情上失落；回去，钱袋子失落，怎么办？

　　人是社会性的动物，人与人之间的情谊是可贵的，适当的"人情消费"是正常的。我国是礼仪之邦，讲人情、重礼数，是好传统。然而，传统的贺年，多是一种祝颂，一种嘘寒问暖，一种衷心关怀，有些人互送礼品，也只是人情物化的一种表现，强调的是"千里送鹅毛，礼轻情意重"，重的是亲情友情，而不是物质的"礼"。"江南无所有，聊赠一枝春"，南北朝诗人陆凯折梅寄友，成就了一段人情往来的佳话。

　　近些年来，"人情消费"多在物质上攀比，呈越来越高之势。除了过年过节，遇到婚丧嫁娶、入学就职、子女出生、生病住院，只要有个什么由头，亲戚、朋友均要"表示"，且数额越来越大。近日，华中师范大学中国农村研究院对全国 31 个省份、273 个村庄、3829 家农户家庭开展了调查研究，发现一些农村人情消费支出近年来增长甚快，农民陷入种类繁多的人情消费怪圈。调查显示，人情支出在家庭总支出中占比仅次于饮食支出。农户饮食的平均支出为 6462.33 元，占家庭总支出的

19.72%；人情的平均支出为5297.47元，占家庭总支出的16.16%。安徽省阜阳市一农户反映，"现在农村过年办喜事特别多，要是一年没挣到什么钱，都不敢回家过年"。

"人情消费"的物质化、功利化，使礼品的价格越来越高，相互间的情谊却越来越淡，如今不少人送礼，并非真挚感情的体现，或是迫于社会风气，无奈跟进；或是碍于面子，"打肿脸充胖子"；或是拉关系，做交易的一种手段；从而把"礼轻情意重"变成"礼重情意轻"，把"礼尚往来"换成"礼上往来"，这是对人情交往传统的一种异化。

这种情况在城市虽然要好一点，但异化了的"人情消费"，也不同程度地存在。中国青年报社社会调查中心联合问卷网，对1570名大学生进行的一项调查显示，有高达55.4%的受访大学生也为人情消费苦恼。城市中的学生尚如此，成人的这方面"苦恼"当会更重些。

如今"送礼成了灾难"，为了解除百姓这一烦苦，在坚持以反腐之剑斩除"礼贿"的同时，需要大力移风易俗，培育文明新风，不断提高社会文明程度，弘扬社会主义核心价值观。"化俗不易，贵在因民。"在这方面，有些地方发动民众制定文明公约，把反对"天价人情"、铺张浪费列入其中，既起了约束作用，又为大量苦于"人情债"者解了套，效果甚好，值得借鉴推广。

2017年1月

莫把"鹅毛"易为"鹅"

　　重庆的姑娘小徐结婚，在重庆宴请同事朋友。婚宴当天只有部门领导和一个同事代表出席，18 个同事合起来给小徐发了 1314 元的红包，谐音"一生一世"进行祝福。面对平均一人不到 100 元的"合伙红包"，又只有部门领导和一个同事代表出席婚宴，小徐感到被冷落了，她说，之前同事结婚，她都尽可能地到场参加，哪怕不是很熟的人，礼金至少也给了 300 元，少于 300 元她都觉得拿不出手。随后把经过发到网上，以此抒发心中的不快。

　　此事引来网友的关注。有的认为，18 个人一共才给了 1314 元的礼金，这确是"塑料同事情"了。婚礼红包，作为由来已久的民俗，事实上已有一整套健全的"规则"，比如说礼金数目应该是偶数，并且通常要"额度对等"甚至"只加不减"。在大众认知中，红包要的就是实惠实在，切忌玩花样、耍噱头。玩谐音梗、说吉祥话当然可以，但若十几个人才凑出 1314 元这么个"大包"，就显得有些寒碜，乃至透着一股投机取巧的鸡贼意味了。

　　我同情小徐。她确实感到不愉快，同事们并未都来赴宴，可谓精神上遇"冷"；她接到的"红包"又比过去送出的小，经济上又遭"亏"；因此出现一些心理上的不平衡也就十分自然了。

不过，我并不以为婚礼红包一定要"额度相等"甚至"只加不减"。近些年，包括婚礼红包在内的各种人情消费，名目越来越多，行情越来越高，以致很多人都感到吃不消。且看成都一位倪女士的诉苦，国庆、中秋的小长假，她没有出门旅游玩耍，而是奔波在各大婚礼宴席之间。短短8天，她随了四份份子钱，花掉3000元，而自己一个月工资也才3200元。跟倪女士有类似遭遇的还有王先生。国庆期间，他赶了4场婚礼，一共随了1800元的份子钱。"其中有三场都是不熟悉的人，仅仅是认识。"王先生说，迫于情面，还是分别随了400元的份子钱表示祝贺。"婚礼红包"对许多人来说，已变成了沉重的负担。

我国是一个贵人伦、重情谊的国家，每逢亲友婚丧嫁娶或其他红白喜事时，都会有所表示，但这种关怀之情，如今大多并不是出于真挚的感情，而是迫于社会的风气，这是对人情交往传统的一种异化，使许多人为"礼"所困。

从减轻民间"人情债"的要求来说，我以为，"合伙红包"的出现，也有其积极意义，每个人的金额不大，合在一起也有一定的数字，既能表示大家的共同情意，也有助于减轻越来越重的人情负担。

就小徐来说，她过去送的礼金多，现在收的礼金少，确实有点亏，但如果送礼能够真正做到各人随意，不成为人们的负担，那一定也是她所求的。至于送礼的18位同事只有2位代表出席婚宴，在我看来，不一定是同事冷漠，也可能是他们感到自己送的礼金少，不便一起再来叨扰，以减少主人的支出。如果是这样，我想小徐也可以放下心中的不快了。

2018年2月

真糊涂与假糊涂

几位老友相聚闲谈，一人指东说西，言语混乱，被称为"老糊涂"。此人不乐，称自己虽"老"却不"糊涂"。有人出来打圆场，说人"糊涂"一点也好，郑板桥的"难得糊涂"，不是一句受到广泛传播的名言吗？

实际上，这是两种不同的"糊涂"。前者是真糊涂，后者是假糊涂。真糊涂就是头脑不清，不明事理。韩非子"郑人买履"的故事，说此人买鞋忘了带上自己量好的脚的尺寸，非要回去拿丢在家里记下的尺码，而不同意当场用自己的脚去试鞋子是否合脚。这就是真的犯糊涂了。

真糊涂往往由于脑功能退化，记忆力、思考力减弱了，或者本身就缺乏对事物的正确分辨能力。人应努力不懈地提高健康水平与认知水平，尽力避免真糊涂现象的发生。

然而，假糊涂却不妨有些。假糊涂是明白人的糊涂，它不但不是糊涂，恰恰相反，它反映的是聪慧。曹操煮酒论英雄，本是要探视刘备的底细，他一再问刘备："当世谁是英雄？"刘备则一再巧装糊涂进行应对，最后曹操用手指刘备，又指自己说："今天下英雄，惟使君与操耳！"刘备听了大惊失色，十分慌张，以致手中的筷子落于地下。此时正值大雨将至，雷声大作，刘备遂从容弯腰俯首拾起筷子曰："一震之威，乃至于此。"刘备又以害怕雷声作掩护，继续用装糊涂的办法实现了韬光之术。

在日常的为人处事中装糊涂，是一种善意与包容。水至清则无鱼，人至察则无徒。要抓大放小，大处清醒，小处糊涂。要有宽大的胸怀，凡事不走极端，不为鸡毛蒜皮的事斤斤计较，"让他三分又何妨"。孔子的中庸哲学，老子的无为思想，庄子的逍遥学说，墨子的非攻主张，无不主张人与人的和谐相处，这其中少不了一种清醒的糊涂。俗话说"不痴不聋，不做家翁"，家庭成员间也要多些宽容与爱心，对老人的唠叨多一些理解，对爱人的错事多一些包容，对孩子的想法多一些尊重，明白人的糊涂有助于和衷共济，宁静致远。苏东坡有诗云："人皆养子望聪明，我被聪明误一生。唯愿孩儿愚且鲁，无灾无难到公卿。"他并非真愿自己的后人愚且鲁，而是希望后人不要锋芒毕露，能通过"难得糊涂"，达到大智若愚的境界。

人不宜有真糊涂，变成"糊涂虫"是可悲的。然而，人有时又需要装糊涂，明白人的糊涂，或者说糊涂的明白人，是富有胸怀和智慧的。

2022 年 10 月

揣着明白装糊涂

有篇文章说，做人的境界最好是"揣着明白装糊涂"。虽然什么都知道，但又装作一副"大智若愚"的样子，不张扬，不显耀。因为一个人即便充满了智慧，但如果喋喋不休，把什么都说穿了，就会"锋芒毕露"，轻则遭人嫉妒，重则遭人报复。

我读了，心里咯噔了一下，觉得这句话似乎又对又不对。说对，是因为它确实在一定程度上体现了"大智若愚"，是一种豁达，一种洒脱，一种智慧；说不对，则是因为它在张扬"心口不一"，是一种虚伪，一种做作，一种奸诈。

再仔细一想，两种想法看似水火，实则各有道理，只是视角都局限于一个特定角度，其道理也只能是"片面的真理"。全面地看，在处理人事时，宣扬要持"揣着明白装糊涂"态度的，有各种不一样的人，不一样的动机。

有些"豁达、洒脱、智慧"的人，多具有抱朴守拙的境界，像老子说的那样，纯朴自然，"少私寡欲"。他们大事有原则，小事不计较，"难得糊涂"一下，不争强好胜，以和为贵，宽容待人，广结善缘，以便把要做的事做好。

而对那些私心很重的人来说，他们"揣着明白装糊涂"，或是在复杂斗争的情况下，为了自保，不敢亮出自己所知道的内容；或是为了讨好某些人，不愿说真话，故意"装糊涂"；或是为了向上爬，隐瞒不该隐瞒的，以"装糊涂"作为以退为进的手段。如此，就属于虚伪、做作、奸诈了。

因此，对"揣着明白装糊涂"的现象需要具体分析，不可笼统地加以否定或肯定。现今有些人服膺郑板桥的名言"难得糊涂"，在为人处世上赞美"装糊涂"，是不大确当的。郑板桥之所以将其作为处世哲学，是由他所处的生存环境决定的。乾隆时期的郑板桥在山东潍县当知县，清正廉明的他常常受到邪恶势力的嘲讽、刁难，据说他在彷徨悲观的情绪下，写下了"难得糊涂"的字幅，以求内心安宁，随后便辞官归隐。显然，其中表露的是一种消极的避世思想，与我们今天的时代要求和时代精神是相悖的。当下，凡清正廉明者，都应积极进取，无私无畏，力避"糊涂"，面对大是大非敢于亮剑，面对矛盾问题敢于迎难而上。人与人相处，则应真心真情相待，不宜虚情假意，不该刻意"连脸上也不显出心里的是非模样来"（鲁迅《世故三昧》）。

"揣着明白装糊涂"，也不宜等同于"大智若愚"。"大智若愚"一语，最早见于苏轼《贺欧阳少师致仕启》，体现着道家思想，其中的"愚"并不是真的愚蠢，而是指一种朴素的状态。《道德经》说："道常无名，朴。虽小，天下莫能臣。"意思是："道"永远是无名而质朴的，它虽然很小不可见，天下没有谁能使它服从自己。"朴"接近于"道"的实质，所以，"大智若愚"的人在具有智慧的同时，也胸怀坦荡，质朴无华，富有仁心爱心，而非为了私欲而装疯卖傻，表里不一。任何装腔作势、伪装雕饰、圆滑世故的行径都背离了"朴"的本质。

长期以来，中国盛行保身文化，人与人相处讲究世故。"见人只说三分话，未可全抛一片心""话到嘴边留半句，事到临头让三分""饱经世故少开口，看破人情但点头"，等等，都是世故哲学。鲁迅在《世故三昧》一文中就说到他"不通世故"被人冷落的事，说他由此悟到"最好是莫问是非曲直，一味附和着大家，更好是不开口"。不过，这是鲁迅的反话正说，他接着指出，"我恐怕青年人未必以我的话为然；便是中年、老年人，也许要以为我是在教坏了他们的子弟"。

当今，"揣着明白装糊涂"，多缘于"为私心所扰、为人情所困、为关系所累、为利益所惑"。基于此，我认为为人处世还是要多倡导是非分明，做明白人，不"装糊涂"，即使是"大智若愚"，也要"大事不糊涂"。把学会"揣着明白装糊涂"，称作是"做人的境界"，是"一场必要的修行"，我以为是不妥的，是会"教坏子弟"的。

2022 年 11 月

习惯要用习惯来代替

推行垃圾分类，是垃圾收集处理方式的一次革新，也是生活习惯的一次变革。

有句老话说："习惯成自然。"对一个人来说，做什么事，怎么做事，一旦形成习惯，就会自然而然地去做，有时甚至不要通过大脑，手脚也会按照惯性动起来。比如说，中国人从小养成用筷子的习惯，吃饭时就会自然地去拿筷子，而外国人习惯用刀叉，进餐时也就会自然地去取刀叉。世代相传下来的生活习惯，大多是好的，但也有坏的，还有些本来不错，但逐渐不适应时代发展的需要，成为陈俗，因而习惯也需要推陈出新。社会的前行，在精神文化领域，总是伴随着移风易俗，改变陈旧不良的习惯是其中一个重要内容。

人类要消费，就不可能不产生垃圾，而且伴着生产生活的发展，垃圾"与时俱进"，越来越多。如何处理垃圾，历来都是一个社会问题。梁实秋于20世纪40年代在重庆写过一篇题为《垃圾》的文章，讲到当时"最简便的方法是把大门打开，四顾无人，把一筐垃圾往街上一丢"。他住处有一条小河，由于成了"大好的倾倒垃圾之处"，终于变成了一条臭水沟。尽管当时已经提出治理垃圾问题，但由于缺少切实措施，加上乱丢垃圾已经成为一种社会恶习，梁实秋悲叹地说，垃圾可能是"世界上永久无法解决的问题之一"。

　　梁实秋过于悲观了，过去难于解决的乱倒垃圾问题，只要社会条件变了，人的不良习惯变了，就会一步步得以解决。自 2019 年 7 月 1 日正式实施的《上海市生活垃圾管理条例》，为科学处理垃圾提供了一个有效的途径。它一方面提出垃圾处理是一个系统工程，需要政府、机关、企业、团体等各种机构，以及投放、收集、运输、处理等多个环节人员，各尽其责，协力推进，形成全社会共同推进的强大合力。同时，鉴于市民是生活垃圾产生者，将自家的垃圾分类是实现垃圾分类管理的第一环节，是实现垃圾减量化、资源化、无害化的第一关卡，是垃圾分类管理的初始责任人，因而必须改变随意倒垃圾的陋习。由"随手丢"改为"随手分"，其中会增加一些"麻烦"，但这是公民的自身应当承担的义务，也是改变不文明习惯过程中的一种"阵痛"。随着文明习惯的养成，以及垃圾投送设备的不断改进，这一"麻烦"也会逐渐消除，从而促进生活文明和国民素质的提升，推进社会的绿色发展，让生活更美好。

　　由此可以看出，"习惯要用习惯来代替"，实行垃圾分类，革新垃圾处置办法，也是改变人们不良习惯、加快养成文明习惯的一次积极变革。《上海市生活垃圾管理条例》使大家明确垃圾分类既是一种德性要求，也是一种法定义务。好在上海市民一直崇德守法，在垃圾分类上也不例外。《上海市生活垃圾管理条例》是我国第一部由人民代表大会通过的规范生活垃圾的地方性法规，它将会充分发挥法制的引领、规范与保障作用，使垃圾分类有了硬性约束，从而促使市民更快养成垃圾分类的文明习惯。有哲人说："没有什么比习惯的力量更强大。"在以民为本的新社会，当市民养成文明习惯，在垃圾处置上就再不会有"梁实秋之叹"了。

2019 年 10 月

招呼语"吃了吗"的式微

　　过去的年代，国人见面打招呼，地无分南北，人无分亲疏，用语多是"吃了吗?"近几十年来，这一招呼语的运用频率逐渐降低，时下已较少听到，朋友间多用"你好""您好"一类招呼语所代替。

　　招呼用语的变化，也从侧面反映了社会的发展变化。

　　过去，人们见面多用"吃了吗"打招呼，一般认为是由于"民以食为天"，吃饱肚子是人生最重要的问题，以"吃了吗"作招呼语，体现了对他人的最大关切。

　　这话没错。不过，"民以食为天"在今天仍然是颠扑不破的真理，近些年不断出现的食品安全事件，舆论不都是用"民以食为天"的理念，要求政府和社会有关部门加强监管查处吗? 既然如此，人们之间为什么却越来越少用"吃了吗"来打招呼了?

　　这是因为，在较长的历史时期内，中国有许多人生活艰难，食不果腹，衣不遮体。以"吃饱肚子"作为最现实的希冀，这也成了人们之间互相最关心的问题。因而"吃了吗?"成了见面打招呼的普遍用语。然而，随着改革开放以来社会的迅速发展，"吃饱肚子"对绝大多数中国人来说，早已不成问题，人们正在追求更有品质的生活，"吃了吗"的招呼，已经远远不能体现人们的希冀与祝福，因而也就从社会交往中逐渐淡出，为新的招呼语所代替。

现在，不少朋友见面后交谈的话题，是看了什么电影演出，参观了什么展览，去了什么地方旅游，买了什么新产品，人们的消费正从物质层面的满足上升到精神层面的享受，"吃喝"已不是家庭支出的大头，按照恩格尔系数，我国人民与只能"吃饱肚子"的贫穷基本"拜拜"了。

恩格尔系数是根据恩格尔定律而得出的比例数，一个家庭或个人收入越少，用于购买生存性食物的支出在家庭或个人收入中所占的比重就越大。一个国家越穷，每个国民的平均支出中用来购买食物的费用所占比例就越大。恩格尔系数达 59% 以上为贫困，50%—59% 为温饱，40%—50% 为小康，30%—40% 为富裕，低于 30% 为最富裕。新中国成立之初，中国城镇居民恩格尔系数超过 60%，到 2018 年，恩格尔系数下降到 28.4%，七十年内降幅超过一半。

由于改革开放以来，国人的收入大幅提高，按恩格尔系数的标准，如今我国人民生活早已摆脱贫困，越过温饱，达到小康，走近富裕了。这中间虽然有着地区发展的不平衡，存在贫富不均，但总体来说，人们再不会以"吃饱肚子"为忧为念，因而那种挂在嘴边的问候语"吃了吗"，也就日渐式微。

2019 年 1 月

有爱无"碍"

据报道，上海盲道被占用的现象突出。我在街道上行走时，也看到有不少盲道都处于一种"鹊巢鸠占"的状况，为盲人行走添设了障碍。还有一些其他无障碍设施，诸如升降梯、卫生间等，也都存有"障碍"。

无障碍设施，是指为了保障残疾人、老年人、儿童及其他行动不便者在居住、出行、工作、休闲娱乐和参加其他社会活动时，能够自主、安全、方便地通行和使用所建设的物质环境。它出现在20世纪，美国于1961年制定了世界上第一个《无障碍标准》，是这方面的第一个法规。可以说，包括盲道在内的无障碍设施建设，是城市现代文明程度的一个重要标志。我国在改革开放前，几乎没有这类设施。记得20世纪80年代，我到海外访问，在悉尼等城市第一次看到专为盲人设置的盲道、专为残疾人修建的无障碍斜坡，以及专供残疾人使用的厕所，颇受感动。这既是现代物质文明的体现，也是现代精神文明的表现，从中可以看到人文关怀与人性之爱。随着我国社会的变革与发展，1986年7月，建设部、民政部、中国残疾人福利基金会共同编制了我国第一部《方便残疾人使用的城市道路和建筑物设计规范（试行）》，于1989年4月1日颁布实施，为残疾人服务的无障碍设施在城市也随即大量兴建起来，这也从侧面折射了我国社会两个文明建设的飞速发展。

然而，无障碍设施，贵在能让需求者无障碍使用，否则，也只是"聋子的耳朵"，成为一种摆设。拿盲道来说，为了让盲人能安全行走，上面是不能有任何障碍物的，而时下不少盲道上或置有电线杆、变压器，或停有共享单车或其他车辆，或为摆摊设点所占，变成了"行不得也哥哥"。还有些盲道"不连续"，是"断头路"，误导盲人吃亏上当。有些人占用盲道，还振振有词说，盲道很少有盲人使用，"空着也是浪费，不如资源利用"。这是一种倒果为因的说法。一位盲人对媒体说，他出门经常被盲道上的障碍物绊倒，或者走着走着就不知走到了哪儿，他感觉"街上的盲道多处是陷阱，万万走不得，还是待在家比较安全"。正是"万万走不得"，才使得盲道上少见盲人，使盲人难于出行，享受公共生活之乐。社会上各种残疾人和坐着轮椅的老人是有相当数量的，但在大街上少有出现，一个重要原因，就是无障碍措施尚不能保证他们无障碍行走。

　　消除无障碍设施的"障碍"，关键在于进一步发扬仁爱之心，多为残疾人这一弱势群体着想。对健全人来说，爬一个坡、登一个台阶是举腿之劳，但对残疾人来说，有时比登天还难。残疾人外出上厕所也是个难题，现在公共场所多设有无障碍卫生间，这是好的，但不少商场都不在一楼设卫生间，这自然是由于一楼空间特别金贵，出于经济利益的考量，就把卫生间设在地下及二楼以上，但对于轮椅使用者，这样的卫生间也就"可望而不可即"。从中可见，有些人搞无障碍设施往往只是迫于法规而不得不做，却缺少最珍贵的动因——对残疾人贴心的爱。

　　莎士比亚说过："城市即人。"人，是城市的核心。坚持为人民服务的宗旨，"城市让生活更美好"，理应让包括残疾人在内的所有人都享受到经济社会改革发展的成果，都获得城市文明带来的幸福美好。保障残疾人能自由出行、畅通出行、安全出行，在不断完善无障碍设施的建设的同时，需要政府加强这方面的管理，这也是考验城市精细化管理水平的一项重要指标。同时，也要求所有公民拥有"无障碍意识"，关怀盲人残疾人，把方便送给他们，而绝不可只顾自己方便，把麻烦和危险留给他们。盲道以及一切无障碍设施，是社会文明的产物，有赖社会文明来发扬它的作用。

2022 年 11 月

不要暴殄天物

　　以创作《画魂——潘玉良传》等传记文学闻名的作家石楠发给我她的一篇近作，她写道，在小区散步，常常看到被丢弃的物品，大多半新，完全还能使用。有天，她在垃圾箱旁，竟然还发现五六只完好精致的瓷碗被丢弃了。听她家中阿姨说，现在有钱的人，用具讲究成套，盘碗盆碟都要同种品牌，同样色彩，同种图案，旧的就不要了。石楠对此感到心痛可惜，遂写了一篇文章，题目叫《敬畏天物》。

　　对此，我深有同感。过去在缺衣少食的时代，人们过"穷日子"，注意勤俭节约，"一个铜板掰成三个用"，不太会暴殄天物的。然而，人们逐步富起来以后，一些人私欲膨胀，声色犬马，花天酒地，以挥霍浪费为荣，以勤俭节约为耻。就以"舌尖上的浪费"来说，那些腰包鼓起来却不"敬畏天物"的人，为了炫富摆阔，在餐厅点菜往往不是依据实际的需要，而是多多益善，致使有些菜肴上桌后根本就没有人动过筷子，最后都作为餐余垃圾倒掉了。据统计，我国在餐桌上浪费的食品一年高达2000亿元，被倒掉的食物相当于2亿多人一年的口粮。这多么可惜。"谁知盘中餐，粒粒皆辛苦。"更何况，我国还有大量的贫困人口与困难群众呵！触目惊心的挥霍浪费，严重背离了我们民族崇俭戒奢的传统美德，也有违可持续发展观。理想的社会，永远是节约型社会，是以骄奢淫逸为耻的。丢弃几只完整精致的瓷碗，相较一些更严重的浪费行为来说，也许是"小菜一碟"，但其性质是一样的，石楠由此感到"心痛可惜"，表明有良知的心是敏感的。

人富了，生活过得好些，也属正常。好到什么程度可以因人因时因地而异，不必强求一律，但是不可挥霍浪费，不宜暴殄天物。

这一现象，在一些国家和地区经济起飞的过程中也出现过，我们也应引以为鉴，在走向富裕的过程中，要学会过"富日子"。这就是要让物质富裕与精神文明比翼双飞。"仓廪足而知礼节"，经济上不去，是难以达到很高的文明状态的，但富裕与文明不是同步变化的，"为富不仁"的事多着呢。中国共产党领导我们搞社会主义现代化建设，一直强调"两手抓"，既抓物质文明建设，又抓精神文明建设。"穷得没有钱"，是一种跛足；"穷得只剩下钱"，也是一种跛足。富了，自然要扩大消费需求，提高消费质量，让老百姓过上更好的日子，这本是社会主义建设的根本目的，但这种需求的扩大，绝不是走向物质消费的挥霍浪费，而是着重提高消费中的文化量，扩大人们的精神消费力。"人是文化的动物"，只有在富有文化意蕴的消费中，"致富思源，富而思进"，才能实现最好的消费满足。

石楠说，天物是一切自然之物，是我们人类生存繁衍发展的根基，是我们的生命之本，珍惜它，护卫它，是我们每个人的天职和义务。人们现在物质丰富了，也不能像《尚书·武成》里记述的"今商王受无道，暴殄天物，害虐丞民"。天物有限，对天物应有敬畏之心。我以为然。任意将不该丢弃的物品丢弃，大手大脚地糟蹋社会的财富是不对的，对这种炫富浪费之风应加制止，要知道"历览前贤国与家，成由勤俭破由奢"，这是颠扑不破的真理。

2018 年 6 月

底线之下

近读《品中国小人》，此书集中阐述了中国历史上 13 个顶尖小人，如指鹿为马的赵高，笑里藏刀的李义府，口蜜腹剑的李林甫，擅权敛财的严嵩，狡黠霸道的魏忠贤，奸诈贪墨的和珅等。

社会是辩证的存在，有正面，也有反面，有君子也有小人。孔子说："君子成人之美，不成人之恶，小人反是。"社会的进步，生活的幸福，有赖于"成人之美"的君子增多，"成人之恶"的小人的减少。尽管二者的搏斗会有曲折反复，但总的趋势是邪不压正，恶不敌美。小人会红极一时，但难以得意一世。赵高、和珅这些一度权力熏天、富可敌国的顶尖小人，下场几乎都很惨。

考察赵高、和珅这些小人的特征，重要的一点是没有底线，他们为了获取自身的最大利益，不顾正义道德，想怎么做就怎么做，造谣生事，打击异己，手段毒辣，阴险恐怖。赵高利用其近臣身份，在秦始皇暴死后，说服胡亥与丞相李斯秘不发丧，伪诏胡亥继位成二世，并迫使秦始皇长子扶苏自杀，从而在朝廷拥有了为所欲为的绝对权力，即使在胡亥面前，也可以"指鹿为马"。后来，他又以阴谋杀了胡亥和李斯，双手沾满了他人的鲜血。他们因猖狂而邪恶，在当时邪不敌正的社会条件下，其兴也勃；同时，也正因为邪恶而猖狂，总是与人心相背，因而其败也忽。"成人之恶"的小人，最后难免要自食其果。

"成人之恶"小人的形成，是从突破为人处世应有的底线开始的。人需要底线，底线是为人伦、人际以及社会关系避免遭到侵蚀破坏而设置的最重要的防线。不可能要求每个人都成为高尚的人、大写的人，成为"成人之美"的君子，但是，人如果没有底线，就会向下沉沦为小人、恶人。这一底线，按我的想法，主要可定义为两条：一是"无害人之心"，二是"无欺诈之行"。具体说来，你可以自己管自己，但不可以损人利己；你可以见难不管，但不可以落井下石；你可以聚集财富，但不可奸诈强夺；你可以自由表达，但不可欺骗说谎。佛教的十戒，内中就有戒盗、戒淫、戒杀、戒贪、戒妄语、戒恶语等。基督教也有十戒：不可杀人，不可奸淫，不可偷盗，不可作假见证陷害人，不可贪恋人的房屋、人的妻子、仆婢、行驴，及他一切所有的。这些宗教戒律，可谓"英雄之见相同"，都规定了人要有这些不或逾越的底线。这里的核心要求就是不可害人，不可欺诈。从正面来说，就是要有善心，要讲诚信。否则，就是欺佛背主，成为赵高等被永远钉在历史耻辱柱上的小人。

当今的贪官污吏，与奸商、骗子等一样，都是"成人之恶"的小人。他们在人前满嘴仁义道德，背后却是男盗女娼，在政治上与为人上都是没有底线的。曾有落马的贪官辩称自己"不主动索礼索贿""不损害公共利益"。这是自欺欺人。官员以权谋私，不论采取什么形式，都不可能"不损害公共利益"，无论主动或被动受贿，都一样践踏了公职应有的廉洁性。如果说有差别的话，不过是"五十步笑百步"，都在人应有的底线之下。

自然，人是复杂的。社会上有些人在总体上还是能守着做人的底线的，但有时也会越出底线，做一些不该做的事。这样的人虽然没有成为小人，但已有这种倾向，需要特别加强自律，不让自己的任何言行坠在底线之下，进而以底线为基础向上攀登，努力成为"成人之美"的君子，这才是真正的为人之道。

当前，一心为公的"大写的人"在增多，整个社会和谐友好，但同时也仍存在贪腐、盗窃、诈骗、谋杀、奸淫等恶性事件，表明为人处世必须守住底线。有了这一基础，人性的堤坝才不会崩塌，正确的价值观才能确立，才有可能由此营造更高的君子境界。

2020 年 7 月

三

大与小

说大道小

王熙凤向刘姥姥诉苦，说贾家"外面看虽是轰轰烈烈，却不知大有大的难处。"实际上，大也有大的好处。贾、史、王、薛"四大家族"八面威风，不就是因为是钟鸣鼎食的"大"族吗？试想，哪个小户人家能上演这样一出绮丽而空幻的"红楼梦"？

不过，王熙凤的话，又确实点出了"大"也有"难"的另一面。尺有所短，寸有所长。大和小一样，有长处，也有短处。在某种情况下，大比小好；换了一种情况，也许小比大好。比如说，大船能抗风浪，假如要漂洋过海，就得坐大船；然而，"小船好掉头"，在小河里行进，却宜乘小船。人的生活，既需要烈烈轰轰的"大"，也离不开实实在在的"小"。

这启示我们，要注意大小结合，该大则大，该小宜小，因时因地因情况而定，既不盲目求大，也不一味恋小，让大小相互结合，创造出美好的生活。拿发展经济来说，既要重视大企业的贡献，也不可忽视中小企业的作用。中小企业规模虽小，但数量众多，小中有大，从全国来看，在产值、利润以及提供就业岗位等方面都超过半壁江山，而且机制灵活，贴近市场，能更好地为百姓提供个性化服务。

改革开放以来，上海涌现越来越多的大商场、大超市、大公司，这是显示大上海之"大"的一个重要方面，然而，传统的小店铺一度消失过快，使市民生出怀念之情。小店过去都开在弄口巷尾，经营的虽是小商品，但往往是在大商店不易买到的，为居民提供了方便灵活的服务，而且买卖双方多为熟人，日久生情，为城市生活增添了人文情怀。近年来，各种特色小店有所复兴，注册的商业个体户与日俱增。不久前，上海曾举行"逛马路节"，主要是逛有特色的小马路，逛有特色的小商店，引起人们的浓厚兴趣。小马路与小店铺也成为"有容乃大"的大上海风貌中一道亮丽风景。

城市是个活体，要不断推陈出新。前段时期，上海的城市更新采取了大块面、大规模的改造方法，得以迅速"旧貌换新颜"，其大刀阔斧的做法在当时是必要的。然而，城市的常态更新，则应当是持续而渐进的，不再宜用大拆大建的方法，而需要以"润物细无声"的"微更新"，推动城市品质的不断提升。近年来，上海通过各种微创手术，改变了许多老旧社区的陈旧逼仄状况，让老旧建筑"老得优雅，旧得有味"，适应现代生活需要。与大公园、大运动场、大剧场、大马路相对应的是，充分发掘一切可以利用的边边角角空间，让许多居民出门就能遇上小公园、小健身场、小会客厅以及任意漫步的绿色小道。这一切的"小美好"，有效地显示了大上海品质新一轮的成长。

由此可见，要辩证地看待大与小，它们本身各有特色，同时又可以互相转化，因而，不宜笼统地说"大"好还是"小"好，而要依情况而定。只是无论选"大"还是用"小"，都应该做好做强，不要像贾家那样，"外面虽是轰轰烈烈"，"内囊却也尽上来了"。这就特别需要用心用力，提升城市管理的精细度，既"在细微之处见精神"，也"在细微之处见真章"，大上海必然会越来越彰显"城市让生活更美好"的光辉。

2021 年 8 月

小店经济小中显大

2020 年 5 月 6 日，支付宝发布的首份《中国小店经济五一报告》称，五一期间，全国 800 多万小店实现逆风翻盘，单日收入超去年同期水平，其中 500 多万小店单日收入是 2019 年五一节的两倍以上，报告显示，在消费券发放和五一小长假的双重刺激下，中国上千万小店正在快速恢复元气。

该报告还称：小店数量同比增长前十的城市，上海位列第二，并有 10% 的小店已切换至"夜间经济"模式，营业时间同比增长了 6 小时以上。

随着改革开放的深入发展，近些年来小店经济展现出超出预期的活力与韧性，在《2019 中国小店经济温度图谱》中，来自网商银行和支付宝的数据显示，日流水 3 万以下的小店，年流水平均增速 35%，跑赢 GDP，一半小店过去一年增加人手，99% 有贷款行为的小店做到有借有还，体现出极高的诚信水平和发展健康度。据此，去年 12 月 30 日召开的国务院常务会议，特别提出要坚持地方政府引导、市场主导、消费者选择，以更有针对性的政策措施，发展"小店经济"。

这是因为，小店经济最富烟火气。它是稳就业、保民生最重要抓手之一，既有利于人民灵活就业，也最方便人们的日常消费，是国民经济的韧性、活力与潜力所在。因而经济学家判断经济景气程度，常常会以路边小店营业状况作为重要参考。

随着现代社会的快速发展，城市里自然会涌现越来越多的大商场大公司，但同时也不能缺少各式各样的小店。大有大的长处，小有小的好处。大上海固然有闻名遐迩的各式各样的大公司，不也同时拥有近悦远来的众多街边店、路边摊吗？云南路小吃街、田子坊小商品市场，早已成为人们的打卡地。人的需求是多方面的，有大有小，大小结合方能成尖。这次"五五购物节"，不同于过去大型购物节只是大商家的销售狂欢，而是有 10 万家小店一道参与，这是一种有远见的创新。

实际上，在商业经营上，大店可以做大，小店也可以做大。记得 21 世纪初，上海有家报纸曾经有这样一条大字标题："南京路上什么最赚钱？"一般而言，该是"老凤祥""老庙黄金"里的金首饰、钻石戒，时装公司的高档服装，市百一店、新世界里的彩电、冰箱、空调，然而，这些都不是正确答案，最赚钱的竟是那些最不起眼的售价仅 1 元、2 元、3 元的即食休闲小食品：熏蛋、凉粉、烤肉串、蛋糕、豆腐干、珍珠奶茶等。这条路上的泰康食品公司，有一个 3 平方米的自制食品柜台，最忙的一天售出熏蛋 10000 只，熏鱼块 5000 斤，3 位营业员加上帮忙顶班的总经理，一天销售额高达 7 万元，利润 3 万元左右。这家店的总营业面积也只有 220 平方米，2001 年每平方米创纯利 3 万元，而老庙黄金南京路分店营业面积有 1200 平方米，2001 年每平方米创利只有 0.4 万元，与泰康公司差距之大，令人咋舌。这种小商品卖过大商品、小商店超过大商店的情况，说明小也不小，只要操作对头，符合市场需求，小中也可出大。

小店经济在"五五购物节"上的快速回暖，显出其超高活力，再次表明了这一点。自然，这并非它自动呈现的，而是需要人的多方努力。其中有政府的大力支持，有网络平台的积极帮助，与时俱进地创新了数字化运营方式，并用发放消费券等主动让利形式调动了消费者积极性，多方合力推动了小店经济之花的灿烂绽放。

2020 年 5 月

大事与大气

　　成大事者必须有大气。对性相近者固然引为同道，对习相远者也应"求同存异"。人们的交往、交流、交融，首先需要有包容之心。有了包容，才有相互的取长补短，从而加强人群的团结、社会的和谐。

　　人各有面，经历、性格、学养各各不同，和谐并非"千人一口"，说话做事都同质化，而是如哲学家哈贝马斯所说，包容不是把他者囊括到自身当中，也不是把他者拒绝到自身之外，而是形成一个共同体。"这样的共同体对所有的人都是开放的，包括那些陌生人或想保持陌生的人。"在"不同"和"多"中寻求共识，结伴同行，方能形成大的力量。

　　"有容乃大"，历史上那些成就了大事业的圣君明臣，莫不具有这一特质。古人说，"宰相肚内能撑船"，以包容的精神，团结一切可以团结的力量，调动一切可以调动的积极因素，就能把事业做大做强。

　　人有包容之心，就必然显得大气，在集体交往中，重视发挥每个人的天赋、才能与优势，从而形成一个人尽其才、美美与共的世界。自然，包容不是包庇错谬与罪恶，包容大气的核心是仁与爱，是对人的一视同仁，一种从容大方、豁达大度的气量，一种以诚相待、宁静和谐的气度。

2018 年 11 月

"扬长"重于"补短"

一位青年朋友来访，说他近日读到一篇文章，说过去受"木桶效应"的影响，认为一只木桶能盛多少水，并不取决于最长的那块木板，而是取决于最短的那块木板，因而对人的成长，总是着重于补短板，改善薄弱环节。然而，随着社会的快速发展，社会分工越来越细，社会协作也越来越完善，人只有充分展示其"长板"，将自己的长处发挥到极致，方能显示其独特价值，因而更应重视发扬自身的长处，这叫作"长板原理"。

他问我的看法。

我说，"木桶效应"确实影响很大，其论述也自有其道理，不过，它也只是一种观察角度。"木桶效应"提出后不久，就有人提出新的看法，认为要从多方面考虑，比如将木桶倾斜后，木板倾斜面越长，就能装下更多的水，因而不能只看重补短板，也需要重视加强长板。人的成长，要避短与扬长并举，既要全面发展，又要学有所专。

青年朋友说，我国的教育方针，是要培养德智体全面发展的人，似乎更倾向补短板。我说，全面发展是要求学生在德智体等方面都要达到做人的基本要求，既不能少智，也不可缺德，还不宜成为病夫美盲，但这并不意味着在才能上都要平均发展。由于人的天资禀赋不同，有人喜工，有人乐文，有人善于逻辑推理，有人长于形象思维，因而同时强调要因材施教，充分发挥受教者的特长，培养造就各式各样的专才。

不过，"金无足赤，人无完人"，从历史上看，没有"短板"的全才是不多的，推动历史发展的多是那些虽有"短板"但具有特定专长的专才。他们并非样样有"才"，存有"短板"，但其"长板"却特别突出，在特定的领域独领风骚，呈天才之姿。学者季羡林说过，许多被称为天才的人，实际上是偏才、专才，而不是没有"短板"的全才。历史上虽然出现过像达·芬奇这样在多个领域都精彩出众的"全才"，只是数量极少，寥若晨星。随着社会的发展，学术领域的不断扩大，一个人倾其全部的生命和热情，也难于成为没有"短板"的"全才"，因而专心致志于某个心仪的领域，深耕细作，着重拓展自己的"长板"，成为特定领域的杰出"专家"，则是一条有益于成才的路。

当前，网络的快速发展加速社会的变革，行业的分化越来越细，相互的协作越来越方便，每个人既可以依靠组织和协作去发挥自身的光与热，也可以成为自由职业者挥洒自己的才与情。在这样的情况下，更需要重视发展自身的"长板"，只要将长处发挥到极致，不管是在体制内外，从事什么工作，都能很好呈现自己的价值，得到社会的尊重。即使你在某些方面存有"短板"，比如一心研究科技，并不关心那些网红时尚，显得有些"孤陋寡闻"，也不要紧，只要你拥有独特的"长板"，或有精巧的手上功夫，或有奇妙的创新设想，都能受到热情的关注。当今，越来越多的事例显示这样一个趋向：决定一个人的水平与价值的，是其"长板"，而非"短板"。铁拐李腿瘸是其短板，但他依靠拐杖就可以立在水面过海，因而成仙；孙悟空尽管争强好胜、急躁冲动，但瑕不掩瑜，凭着火眼金睛、七十二变等长板，出色地护送唐僧到达西天，终登佛榜。

任正非创办华为的成功，也印证了长处决定水平，长板促进成功。

任正非戏称自己在家里经常被太太和女儿骂"笨得要死",但他说自己一生就奉行一条原则:"我的短板,我不管了。我只把我这块板做长,再去拼别人的长板,拼起来不就是一个高桶了吗?为什么要把自己变成一个完美的人呢?"在公司,任正非说华为从来不要求人完美,也从不用完人,反而重用那些虽有缺点但有突出优点的人。这就是重视人的长处胜于短处,因为如罗丹所说,真正的大师是"用自己的眼睛去看别人见过的东西,在别人司空见惯的东西上能够发现出美来"。这些人不是四平八稳的没有"短板"的"全才",而是一些特别具有开拓精神和创新能力的人。

基于此,处于当今改革创新的时代,在人才的培养使用上,确实要使原来看重的木桶短板理论,让位于木桶长板理论,让"扬长"重于"补短",这也是社会变革前行的一种必然反映和要求吧。

2021 年 3 月

　　　　　　　　　　　　　　　　　　　九十乱弹

"微更新"与"抗衰老"

　　一股"微更新"旋风在上海越刮越猛，这就是通过充满创意的小修小补，改变老旧社区陈旧逼仄的状况，让老旧空间焕发出新生机，"老得优雅，旧得有味"，适应现代生活，宜居宜业，受到居民热烈赞赏。这种"微创手术"，有效地治理了城市衰老的一面，"微更新"可说是城市"抗衰老"的一剂良药。

　　2018 年 4 月 14 日，《文汇报》以 3 版头条报道了《"微创术"为石库门生活添彩》。其中提到，黄浦区永康里原本闲置的一个简易雨棚破败不堪，现在更新为"社区书屋"，为居民提供了一块精神憩息地。新漆的绿色葡萄藤架，也为老石库门建筑群平添一抹亮色。老石库门内居住面积多数较小，公用厨房往往置于夹层，通风条件极差，一旦到了饭点，炊烟缭绕，成了小区的安全隐患。为解决这一问题，有关方面在公共厨房的位置开几个通风窗口，并且加装管道，让厨房的油烟可以直接从顶楼排到室外。"晾衣服"也是生活的必需，然而，"晾衣架"要怎么在狭小的石库门里弄之间伸展开呢？"共享晾衣场"由此诞生：小小一个露台，既可以供楼内居民晾衣，也有木质休息椅可以让居民将天际美景尽收眼底。这里用上了"借天不借地"的"做人家"智慧。

大与小

不只是黄浦区，类似的"微创术"也在上海其他市区施行。通过"微更新"，用小而美的改造，为居民带来身边的"微幸福"。在上海，有一个由政府部门、学者、专业机构、企业和居民共同参与打造的计划，每年在上海选取若干试点，从小区内的房屋、空地，到街角的修车摊、小公园，到整个街区……用充满创意的小修小补，让老旧空间焕发新生机。两年多来成绩斐然，正在以更大的力度推行。

　　重视"微更新"，反映了城市治理风向的转变。过去三十多年来，城市治理的风向是大拆大建，城市面积大量增加，新建筑如雨后春笋般涌现，老房子则大量被拆。大拆大建带来了居民生活环境的改善，但也毁了一些应当保存下来的历史文化遗存。在增量土地不再供应、只能盘活存量资源的当下，需要着力改善存量空间的环境品质，"微空间"更新就势在必行。"微空间"更新的内容十分广泛，包括改造居住环境，美化社区环境，优化城市环境，就连自行车停车区优化、人行道栏杆等设施的优化以及户外临时构筑物设置，都属"微更新"的内容。"微更新"是城市建设走向精细化、品质化的必然选择，看似小修小补的"微更新"，相比起大拆大建，是更温情、更进步的一种城市更新模式。

　　用"微创手术"更新城市，对城市管理的要求不是低了，而是高了，工作需要像绣花一样精细。地处市中心的静安街道，还有人家每天需要拎马桶，为了满足这些居民不再拎马桶的向往，政府对他们住房进行"微更新"，但要装抽水马桶存在诸多困难，或因居住面积太小，挤不出地方，或因房屋结构特殊，管线接不出来，或虽具备安装条件，但楼下邻居不同意。为此花了远比造一个新卫生间更多的努力，才破了这一难题，让居民得到实实在在的福利。城市的"微更新"，要求管理工作做得更细更深，这既考验能力，更考验着对"以人民为中心"发展思想的

　　　　　　　　　　　　　　　　　　　　　九十乱弹

坚持。有两句话能形容这一情况：一是"细微之处见真章"；一是"细微之处见精神"。前者说在细微处能见到事物的真正实效；后者说在细微处能见到事物的内在精神。上海城市"微更新"所显示的，正是为人民服务的精神，让市民得到了实惠实效。

2018 年 4 月

凡事不宜"过"

过失，也就是过错、失误。有人把过失二字分开，认为"过"则"失"。这自然不是语义的诠释，但用以说明凡事不宜"过"，则也颇为精到。

作家谢云就此写过一篇文章，重点分析说"过头话"的危害。他说，过头话一是失真，二是失德，三是失信，其害大矣。东汉王充在《论衡》里，专门写了《语增篇》《艺增篇》等，批驳了古人说的许多过头话，强调评人记事，"不可增损"，反对"闻一，增以为十，见百，益以为千"。我们共产党人是唯物主义者，应信奉实事求是原则。

过头话不该讲，过头事更不该做。当下，有两项过头事，颇受全社会的关注。一是对孩子的"过度教育"。由于家长对孩子的期望过高，"望子成龙，望女成凤"的心情过于迫切，为了"不让孩子输在起跑线上"，往往违背青少年身心发展和智力发展规律，让孩子肩负过重的学习负担，让他们失去了童年，成为"最忙的人"。这种过度教育的方式和内容，大多超出了孩子的年龄和能力所能承受的范畴，而家长又多采取强制的方式来进行，久而久之，必然会激发孩子的厌烦情绪，使孩子的学习兴趣受到损害，并伤害孩子的自信，影响了他们的健康成长。这种过度教育实际上是"拔苗助长"，不是在育苗，而是在伤苗。尽管近来为学生减负的呼声不断增强，但正如教育部长陈宝生所说，学生的过重负担是"多因一果"的综合征，需要家长、学校、社会等多方面通力合作来为孩子的教育减负，我想，其中重要的是要大家提高认识，并非什么都越多越好，相反，欲速则不达，"过"则"失"呵！

另一个过头事就是"过度医疗"。比如，医院滥用抗生素现象严重。据报道，我国人均使用抗生素的剂量是美国的十多倍，儿童用得更多。经常输液，会严重降低人体的免疫抵抗力，特别是会让孩子的病情变得反复无常，离开了吊瓶就好不了。此外，滥装心脏支架以及过度检查等现象也较多。患者感冒，查一个血项、开点药就行，但一些医生却让患者做胸透、拍片子、输液，几元或十几元就治好的病，有时却需要花上少则数百元，多则上千元。最典型的例子是治过敏，河南一位医生只开4片氯苯那敏，4分钱就治愈，但一些医生却开一堆新药贵药，动辄几十元、上百元。钟南山院士曾吐槽：过度医疗就是"谋财害命"。

由此可见，凡事不宜"过"，"过犹不及"，就会走向"失"。对于过失的解释，按古书说，"不意误犯，谓之过失"。如今辞书的含义也大致相同，指因疏忽而犯的错误。应当说，大多数过失的发生，确属"误犯"与"疏忽"，但也不排斥内中有私心杂念作祟。"过度教育"与家长、学校、社会的浮躁心理有关，"过度治疗"则与医院缺失以病人为本的理念有关。因此，防止过失，在提高唯物辩证认识的同时，也要加强思想道德修养。

"过犹不及"之说，最早出自《论语·先进》。子贡问道：子张和子夏哪个能干？孔子说：子张过头了些，子夏不够了些。子贡说：那么是子张强一些了？孔子说"过犹不及"，过头与不够不相上下。这就是说，做事情不到位不行，但做过了头也不行。这如同列宁所说，真理再向前一步，哪怕是小小的一步，也会变成谬误。我们要发扬实事求是的优秀传统，为人做事切忌过头、过分、过度、过正，防止"过"则"失"！

2018 年 4 月

开放包容成就了大上海

在我国的城市中，上海的 6340 平方公里的面积不能算大，较之北京、天津、广州等城市都要小，然而，为什么上海独独被称为"大上海"呢？人们认为，上海的大，不在面积大，也不在人多，而在于它的大气包容，对周边有一种强烈的辐射力、影响力。

是的，正是"海纳百川"的城市精神，使上海以包容四海的大气，敞开胸怀，引来了万商云集、万士云集，使上海从一个小渔村迅速发展为国际化大都市，如今更是大步迈向全球卓越城市，"有容乃大"，开放包容成就了大上海。

这与上海是个移民城市有关，这里原本的居民很少，市民的源头多来自外地，其中尤以江浙一带为多，还有不少外国移民。五方共处，华洋杂居，必须以开放的眼光，包容的心态，相互取长补短，共同前行，从而成就了城市之"大"。这也与上海优越的地理条件有关。上海襟江带海，腹地广阔，海运发展以后，与世界四通八达。它不像北京、西安那样叫北京城、西安城，而是称上海滩。易中天说："什么是滩？滩不是圈子，而是一个开放的体系，因为它根本没有什么边际，也没有什么界限。"在这一开放体系中，更便于兼容并蓄，发展个性，从而呈现"有容乃大"的景观。

上海之"大"，正在于它以包容四海的大气，让各种人才都能在这里大展身手，各种行业都能在这里大展宏图。拿文化来说，无论文学、戏剧、电影、音乐、曲艺、绘画，都是既有高雅的、精英的，也有通俗的、大众的，流派纷呈，风格各异，呈百花齐放、百家争鸣之态。饮食文化也是千种万样，包罗万象，这里有着来自全国和全球的美食与厨师，从西点到中餐，无论是北京烤鸭、西湖醋鱼，还是法国牛排、日本火锅，乃至"四大金刚"与肯德基，应有尽有，能满足各种不同人群的口味。上海以"海"一样的胸襟包容一切。

不过，上海在包容中还要求"追求卓越"，一切产出都应该力求高质量，成为第一流。我在上海文艺出版社工作时，出书有一个要求：多层次、多样化与高质量、高品质相结合。多层次、多样化，就是说各种各样的书，无论是通俗还是高深，都要出，以满足不同读者的需要，同时，无论是提高性读物，抑或普及性读物，在它那个层次上，都应该是第一流的。文艺社当时有两个文学刊物，文学性较高的《小说界》与通俗性较强的《故事会》，在层次上有高低，但在质量上都是力争上游，《故事会》更成了全国著名品牌刊物。正是"追求卓越"，不甘于平庸，多年来，"上海货"才能以"高精尖"著名，在许多人的心目中，代表着优秀与先进，代表着现代文明的最佳成果。当今，上海正在从整体上打响服务、制造、购物、文化"四大品牌"，将使"上海货"的品质与影响更上一层楼。

上海在对人的包容上，更显出自信与"海纳百川"的气派。对性相近者固然引为同道，对习相远者也"求同存异"。

尽管上海有时也会出现一些不和谐现象，但由于有着较高的文明素质，较好的契约精神，以及较强的法治意识，矛盾往往能够得到及时化解，使大上海永葆青春活力，成为一个人尽其才、物尽其用的美好城市。

近日成功举行的进博会引起世界瞩目，再一次证实了包容大气的大上海，正把大门开得更大，有力地推进上海成为我国改革的排头兵，创新发展的先行者，在新时代的坐标中，努力建成卓越的国际大都市，进一步向国内外释放它的辐射力、影响力。

2018 年 11 月

留点空白

一位青年朋友来访，说他近来读到一篇文章，提到为人处世要"为自己留点空白"。他说，人生应当积极进取，奋勇搏击，力求留下生命的痕迹，怎么可以主张"留点空白"呢？我说，积极进取与"留点空白"并不矛盾，相反，为人处世适当"留点空白"，有助于积极进取的人生和谐发展，让生命之花开得更美丽。

古话说："一张一弛，文武之道也。"人的生活需要劳逸结合，松紧有度。如果只有奋勇搏击的"张"，生命之弦长期绷得紧紧的，会失去应有的弹性，乃至绷断。是故两千多年前的孔子就对子贡说："张而不弛，文武弗能；弛而不张，文武弗为也。一张一弛，文武之道也。"

20世纪80年代末，我第一次获得休假机会，鉴于当时我的身体过于劳累，决心在休养地不再案牍劳形，把自己完全交给蓝天白云与青山绿水。我时而坐在山石上，时而立在湖水边，仰观悠悠白云，俯视盈盈绿水，任思绪天马行空，忽而天上，忽而人间，"观古今于须臾，抚四海于一瞬"。有时则让脑海里混沌一片，虚静得一无所想。无论处于"混沌"状还是"行空"状，思绪都全无功利的羁绊，一种精神上的超脱感与自由感愉悦地灌注我的全身。我以为，这是一种极有成效的自我放松，也就是精神上"留点空白"，有效地调剂了我当时疲惫的身心。现代旅游业热的兴起，很大程度上也是基于生命长河既要"张"也要"弛"。

自然，给自己留点"空白"，更由于满招损，过则失。人都乐喜恶悲，但当春风得意时，尽管可以兴高采烈，但也不可忘乎所以，否则，就会让自己陷入昏昏然，由喜转悲。而当遇到挫折不顺时，自然会闷闷不乐，但也不可为烦恼所窒息，只要心中留有"空白"，就留有希望，悲伤烦恼就难以常驻心间。人生的路不会是平坦大道，常常有东拐西拐的弯曲，有忽上忽下的坡度，我们走在平坦处，不要让顺利冲昏头脑，我们行在弯曲处，也不要让挫折吓昏头脑，而是要"留点空白"，在顺利时能看到内中隐藏的危机，在"危"中又能看到所含的"机"遇。如此，我们就能避免"满则溢"的毛病，让生活平和冲淡，顺遂顺心："宠辱不惊，看庭前花开花落；去留无意，望天上云卷云舒。"

给自己留点"空白"的同时，也要给他人留点"空白"，不可轻率地爱之欲其生，恶之欲其死。金无足赤，人无完人。人的思想习性各不相同，不要总是以自己的标准去看人论人。遇事多从对方角度设想，就能营造和谐的人际关系，这也是让社会更美好的重要内容。据此，我对年轻朋友说，生活中留点"空白"，是生活的辩证法，是极其宝贵的生活智慧。

留点"空白"一说，源于艺术审美上的"留白"，即所谓的"计白当黑""以无为有"。画家称之为"意到笔不到"，诗人称之为"言有尽而意无穷"，音乐家称之为"手挥五弦，目送飞鸿"，总之，重视蕴藉含蓄，从而达到表达得少而呈现得多的效果。善于"留白"的人，心性也会空明空灵，不自以为是，不胶柱鼓瑟，为人处世进退有度，潇洒自如，如同那些在艺术创作中"留白"的艺术高手一样，他们是生活的高手。

2020 年 7 月

"小确幸"与"小确丧"

　　2017年7月中下旬，上海71名顾客在网红餐厅"一笼小确幸"用餐后出现肠胃不适入院治疗，经检查，是沙门氏菌感染导致的食物中毒。"一笼小确幸"在没有即食生产许可的情况下，违规加工芝士酱致顾客中毒，市场监管部门已对其进行查处。此事在引起人们对夏季食品卫生重视的同时，也引发一些中老年人对"小确幸"这一品牌的关注。他们说，"小确幸"三个字连在一起有点怪，不知什么意思？

　　"小确幸"的说法，确是舶来品，源出于日本作家村上春树的作品，由我国翻译家林少华直译而进入现代汉语，其意思是微小而确实的幸福。比如，电话响了，拿起听筒正是自己想念的人打来的；上街打算买一直想买的东西，恰好这天降价了；排队时，你所在的队动得最快；等等。"小确幸"的说法虽然不大吻合汉语习惯，但早已在年轻人中间传开，一时成为热词。因为它表达了人要珍惜微小而真确的幸福。如同村上春树在书中所写的："如果没有这种小确幸，人生只不过像干巴巴的沙漠而已。"正因为如此，"小确幸"被商家用作招牌，并借此成为"网红"。

　　不过，随着社会的发展变化，一些热词也只能走"红"一时，不可能永葆青春。"小确幸"如今已没有前几年那么吃香了，取而代之的竟是"小确丧"。"小确丧"与"小确幸"，这两个词虽只是一字之差，但意思内容却完全相反，它表达的是微小而确实的颓丧。"小确丧"们爱说的话是"我想我差不多是条废咸鱼了""每天都颓废到忧伤"；爱唱的歌是《感觉身体被掏空》；爱摆的姿势是"葛优瘫"。商家的嗅觉是敏锐的，他们为了迎合这种颓丧情绪，创造出这一词汇，也同样用以作为招牌或品牌招揽顾客。上海开有多家"丧茶"店，有的也成了"网红"，商品的名称有"一事无成奶绿""碌碌无为红茶""依旧单身绿茶""没钱买房奶昔"以及"工资不涨水果茶"等。时下在一些青年职工中流行这样一句问候语："今天喝丧茶了吗？"

较之"小确幸"，"小确丧"无疑是一种负面情绪，有人依此为青年人的精神面貌担忧，认为它不应当出现，这是把问题看严重了。实际上，世间万物都是相辅相成，恰如《道德经》所云："有无相生，难易相成，长短相形，高下相倾，音声相和，前后相随。"月有阴晴圆缺，人有悲欢离合。就人的心绪来说，小确幸与小确丧，在相当意义上可视作一个硬币的两面，喜欢"小确幸"，是为了更好地感知当下的美好生活；抒发"小确丧"，则是为了调整身心，平衡情绪，进而更好地生活与工作。俗话说，"人生不如意事常八九"，面对各种生活压力，在职场拼搏的年轻人难免在困难挫折中生发一些消极情绪，"小确丧"的自嘲调侃，正成为一种压力的宣泄口，有利于改善他们的消极情绪，让他们振作起来。

自然，"小确丧"的流行，也反映了一些社会问题。房价很高、工作很累、工资很低，户籍政策的限制以及不合理的财富分配机制等社会不公现象，使现实生活中时有令人心塞的事情发生，年轻人也是以一种类似于撒娇和抱怨的方式，向他们所生活的社会和世界提出温和的抗议。对此是需要引起重视，并努力加以解决的。

2017 年 8 月

"放得下"与"提得起"

天热，孵在家里"随便翻翻"。鲁迅写过一篇名叫《随便翻翻》的文章，称之为"消闲的读书"，虽属"消闲"，但也颇能广见闻，增知识。

我"翻"了致力于弘扬"人间佛教"的星云大师的"人生修炼"丛书，发觉他一再强调人生要学会"放下"。他写到这样一个故事：一位婆罗门带了两个花瓶去见佛陀。佛陀一见面就叫他"放下"，婆罗门依言放下左手中的花瓶。佛陀又叫他"放下"，他遂将右手中的花瓶也"放下"。然而，佛陀还是说："放下！"婆罗门不解："我已经两手空空，你还要我放下什么？"佛陀说："我不是叫你放下花瓶，我是要你将六根烦恼放下。"

什么是"六根烦恼"呢？我又"翻"了一下赵朴初的《佛教常识答问》，知道是指贪（贪欲）、嗔（嗔恨）、痴（不知无常无我之理等）、慢（傲慢）、疑（犹疑）、恶见等不善的念头与不好的情绪。佛教认为，在无常的法上贪爱追求，在无我的法上执着为"我"，或为"我所有"，这叫作惑，必然引发六根烦恼，给人生添苦。这表明，佛学所说的"放下"，主要是要抹去心中的种种尘埃，逐去贪嗔恨嫉、追名逐利一类的枷锁，让心灵轻快起来，让人生在穷通得失之间豁达自在。

应当说，这样的"放下"，对加强人生修养具有普遍的意义。不过我想，较之佛界，人世并非"四大皆空"，在重视放得下的同时，也要重视提得起。蝇营狗苟，患得患失，该放下的就放下；公理正义，责任义务，该提起的就提起。有话形容得好：人，要像一只皮箱，当提起时，你要提得起；当放下时，你也要能放得下。

既要"放得下"，又要"提得起"，两者之间有没有矛盾呢？我想起了曾经多次读过的一篇文章《学习和时局》，这是毛泽东 1944 年 4 月在延安高级干部会议上的讲演，内中谈到要"放下包袱"。于是，翻阅了《毛泽东选集》第三卷，文中谈道："所谓放下包袱，就是说，我们精神上的许多负担应该加以解除。有许多的东西，只要我们对它陷入盲目性，缺乏自觉性，就可能成为我们的包袱，成为我们的负担。"文章说，"为了争取新的胜利，要在党的干部中间提倡放下包袱"，"使自己的精神获得解放"。这就表明，放下那些妨碍我们前行的"包袱"，不仅不与"提得起"的担当精神相悖，相反，两者正是相辅相成的。

自然，这里该"放下"的，是那些名枷利锁式的绳索，"六根"的精神包袱。放下它们，正可以去掉盲目性，增加自觉性，减少负重，轻装上阵，显出敢于担当、勇于奋起的风采。俗话说，无私则无畏。那些不避事、不怕事、敢碰硬、敢担当的干部，正是那些勇于"放下包袱"、胸怀天下的人。

由此可见，"提起"与"放下"，是辩证的统一。人生既要"提得起"，肩负应有的责任；也要勇于"放下"，不让个人欲求成为负重的包袱。不过，不同的年龄段有着不同的重点。中青年正处于发光发热的大好年华，生活以工作为中心，应更多重视担当，"放下包袱"是为了更好地为人民作贡献。而对于颐养天年的老年人来说，人生已由绚烂归于平淡，生活应以健康为中心，要如孔子所说"戒之在得"，就更需要懂得

"放下"，不为功利所役，放下一切不恰当的贪求之欲。遇到不顺心的事，也不妨肚量大一些，多点"聪明的糊涂"，以洒脱随和的态度处之。如此自觉地放下一切可以成为老年人精神负担的包袱，有助于老年生活风轻云淡，风和日丽。

2020 年 3 月

"勇为"与"智为"

近年来，江苏、武汉等省市先后修订了与见义勇为相关的奖励和保护的条例，条例中对见义勇为人员重新进行界定，将"不顾个人安危"表述删除，"见义智为"被加入法条。

修改见义勇为的标准，鼓励"见义智为"，既肯定大义凛然、不怕流血牺牲的见义勇为，又倡导科学、合法、正当的见义智为，这体现了对个体生命的尊重，符合现代社会以人为本的原则，社会舆论普遍表示赞同。

倡导"见义智为"，并非是不要"勇为"。"见义勇为"是我国的传统美德。当别人遇到危难，有正义的人都应当勇于站出来，"路见不平一声吼"，不逃避，不袖手旁观。孔子说："见义不为，无勇也。""勇"，根源于"义"。一个人之所以能见义勇为，而不是"不为"，就是因为心中有"义"，有社会责任感，有人溺己溺、人饥己饥的宽广胸怀。见义勇为，永远是社会需要大力弘扬的一股正气。

由于见义勇为的行为，多显现在应对歹徒或险情的紧急时刻，往往交织着刀光剑影、火烧水淹，充满着人身安全的危险。多年来，因见义勇为而受伤的人员不在少数，死亡的也不乏其人。见义勇为目的是为了制止犯罪行为或阻止险情发生，把损害降到最低限度。然而，因见义勇为反而加大损害的情况时有发生，这与提倡见义勇为的目的背道而驰。江苏省新版条例将"不顾个人安危、挺身而出"删除，"同违法犯罪行为作斗争"修改为"制止违法犯罪行为"，并将"见义智为"加入法条，是多年来见义勇为实践、导向不断修正的结果，符合新时代的见义勇为特征。

见义勇为免不了流血牺牲，毛泽东说，有奋斗，就会有牺牲，但要避免不必要的牺牲。这就提出一个问题：见义勇为固然离不开"勇"，同时也要提倡"智"。要有勇有谋，见义"智"为，以最小的牺牲取得最大的社会效果。见义勇为之"勇"，讲的是一种大无畏精神，既包括敢于斗争的精神，也包含善于斗争的精神。勇敢不是鲁莽，真正勇敢的人，既讲勇，又讲谋。杨子荣是勇敢的，他以最小的代价，捣了座山雕的老窝；阿庆嫂也是勇敢的，她以智斗的办法，避免了不少牺牲，保护了新四军伤病员。鲁迅说过："无谋之勇，非真勇也。"鲁迅这句话，是于1933年写给《榴华周刊》唐诃的信中说的。当时，白色恐怖严重，鲁迅提醒唐诃创作作品"必须观察看环境"，不要过于激烈暴露，"反致不能出版"。鲁迅说："战斗当首先守住营垒，若专一冲锋，而反遭覆灭，乃无谋之勇，非真勇也。"这说明，勇士也要讲究策略和智谋，不宜只凭一股热情盲目上阵，以免造成一些原本可以避免的损失和遗憾。

北京市前几年在修订中小学生守则时，将原小学生日常行为规范第20条最后一句"遇到坏人坏事主动报告、敢于斗争"，改为"遇到坏人坏事主动报告"。作这样的改动，是因为小学生缺乏对事物潜在危险的判断能力，缺乏在紧急状况下自我保护的能力，敢于与坏人坏事斗争的精神虽然可嘉，但他们挺身而出之后往往会受到不同程度的伤害，乃至死亡。为了保护他们，不要求他们在遇到坏人坏事时，做他们力所不能的事，这体现了人性的关怀。当然，他们还是要"主动报告"，通知大人来处理，以表明他们的是非观和责任感。这对小学生来说，也是一种见义勇为。

因此，见义勇为，虽要有拔刀相助的勇气，但并非蛮干，更要重视智取智斗，要在"勇为"中多多"智为"。在见义勇为中流了血的勇士值得崇敬，没有流血的更值得发扬，不宜单看"情节"是否复杂，不宜以行为过程中的惨烈程度和付出的代价大小论英雄。

当然，提倡"智为"，仍然要以"勇为"为基础。没有"勇为"的前提，抱"莫多事，少管闲"的哲学，做缩头乌龟，也就根本不会有什么"智为"。有个提法：将"勇斗"变"智斗"。意图是要强调在见义勇为中多用"智"，但"智斗"并不能完全代替"勇斗"。还是有智有勇、智勇双全好。

2019 年 3 月

平凡中包孕伟大

2019 年 2 月 25 日，上海各界人士共 1500 人到龙华殡仪馆沉痛送别李斌同志。同时，上海还有更多的人在怀念着他。23 日中午，我与几位老友相聚，座中有两位在《劳动报》工作的老同志，与李斌有过直接交往，回忆李斌的为人处事，一贯闪烁着"爱岗敬业、刻苦钻研、勇于创新、无私奉献"的精神，大家惋惜他英年早逝，认为他的生命之花必将在他熠熠闪光的精神中延续下去。

一个普通工人逝世后为什么能得到这样的哀荣？因为他在"平凡中包孕伟大"。他多次在技术革新中取得突破性成果，为国家和人民作出了突出的贡献，荣获多种荣誉称号。他是著名的全国劳模范、全国道德模范，是当代产业工人的杰出代表，是"知识型、技能型、创新型"职工的楷模。他的逝世，是国家和社会的一个重大损失，人们敬重他、怀念他。

李斌作为一根标杆，告诉人们"三百六十行，行行出状元"。如今不少年轻人对"蓝领"避而远之，认为工人这个职业没奔头，没前途，李斌的成长经历表明，这一看法是错误的。工人阶级是我国的领导阶级，是先进生产力的代表，是建设和改革的最基本力量，工人是有着广阔天地可供驰骋的。只要像李斌一样，积极学习，刻苦钻研，勇于创新，艰苦奋斗，淡泊名利，甘于奉献，一样可以成才。李斌的讣告称他为中国共产党的优秀党员，一般只有党的高级干部，才能获此称呼，由此可见，这也是"行行出状元"的。

李斌追悼会上有一副挽联："平凡中包孕伟大，朴实间天成不朽。"精当地展现了李斌的人生，值得我们每个人认真品味学习。

2019 年 2 月

需要权威

近来，不时想到生活中需要权威。不过，这里所说的权威，并非一般所指的权力与威势，而是一种在生活中使人信服的力量和威望。

当下网络的快速发展，人人都能利用网络平台发声，这自然有利于打破"万马齐喑"的社会沉闷，但由于个人随意发出的信息缺乏必要的提炼与过滤，鱼龙混杂，真假莫辨，以致人们往往为一些错误信息所误，亟须具有权威性的意见及时指明正误，让大众有所适从。

错误的信息，涵盖方方面面，政治、经济、社会、文化诸领域都有涉及，其中科学类占比较高，举凡医疗养生、防患减灾、食品安全、生活常识等，随意挥洒，任意登场，其中还有一些人出于私利，有意造假，把黑的说成白的，坏的说成好的，扰乱视听，从中牟利。由于这些信息与百姓生活密切有关，因而多被反复转发，形成"乱花渐欲迷人眼"态势，令人无所适从。

且以防治便秘来说，有说要吃香蕉，有说要食山芋，有说要生吃，有说要熟食，有说要单吃，有说要和别的食材一块吃，但都没有说出道理，让人听谁好呢？

据此，我以为，针对议论纷纷、莫衷一是的现象，社会需有辨真伪分是非的声音。这种声音不仅要观点正确，而且要具有权威性，能为人们共同信服。这就不是由个人随意发点声音就能实现的，需要富有权威性部门建立一些权威性平台，约请一些内行里手，有理有据地写出一些针对性文字，点明是非，为民解惑。网上也出现过"真相榜""照谣镜"一类栏目，可惜用力不足，缺少权威性，从而也少了应有的影响力和信用度。

我想，出版部门也可以"真相""照妖"为内容，组织编写一些相关的书，像当年编"十万个为什么"一样，编一本"××个真相"，将大大有助于读者在纷繁的舆论场中辨真伪、明是非，取得社会效益与经济效益的双丰收。自然，首要条件是它的内容要具有权威性，人们信它服它。权威是什么？真实、真诚、真知、真理，这是平息制服一切杂思乱说的最大力量。因此，近来我想到需要权威。

2024 年 5 月

人工智能的利害两面观

新世纪以来，人工智能（AI）发展很快，正渗入社会生活的方方面面，它极大地方便了人们的生活与工作，如霍金所说，"人工智能甚至可帮助根除长期存在的社会挑战，比如疾病和贫困等"。然而，由于人工智能的发展蕴含着不可控的危险，霍金也同时提出，"人类必须建立有效机制，尽早识别威胁所在，防止新科技（人工智能）对人类带来的威胁进一步上升"。

近年来，多种多样的智能机器人先后问世，代替了许多行业劳动，使一些人从笨重、重复、机械的劳动中解放出来。有人担心，这会带来一些人的失业。确实，这一情况已经出现，不过，这本质上不是"失业"，而是逼着一些人"转业"，转到更富智慧的工作中去。18世纪工业革命后，机器夺走了一些工作岗位，曾经引起一些工人愤怒地去砸机器，但机器出现的结果却大大提高了社会劳动生产率，从而使一度"失业"的工人也都得到更好的生活工作条件。人工智能的发展，尽管也会带来一时的"转业"之痛，但根本上是有利于人的发展的。对此，应当"风物长宜放眼量"。

人工智能的威胁，在于它的不可控性。看到一个争论：要不要发展带枪的机器人？有人赞成，认为只要好好控制，就可以协助警察维持治

　　　　　　　　　　　　　　　　　　　　　　　九十乱弹

安。美国就出动过一个机器人，携带炸弹消灭了一名枪杀 5 名警察的狙击手。然而，不少人对此表示质疑与警惕。机器人警察的存在不光是威胁了一部分危险分子，更威胁了其他"良民"的安全。试想一个场景，大街上有着拿枪的机器人，你真的敢从他的身边路过吗？一不小心系统坏掉怎么办？一颗子弹直接命中心脏怎么办？把你当成逃犯怎么办？结果都会使百姓失去安全感。更严重的是，假如人工智能进一步发展，机器人能建立自身的决策流程，拿着枪在大街上任意扫射人群，这不成了灾难吗？

这并非杞人忧天。人工智能技术确是一把双刃剑。一方面，人工智能对社会经济有着无可替代的重要推动作用。另一方面，人工智能技术对社会也带来了近期和远期的风险。随着人工智能技术的发展，许多知名人士都对人工智能对社会的影响发出了预警。太空探索技术公司创始人、特斯拉 CEO 埃隆·马斯克说过，人工智能是人类文明的最大威胁。日前又说，人工智能的独裁统治期限将远超出任何一个政权，从而实现对人类的无限期压迫。他说，他对最前沿的 AI 技术很了解，它的能力远超出我们的想象，而且在以指数增长的速度进化。看看阿尔法狗就知道了，它用短短的 6—9 个月的时间，就可以从一个业余选手，变成一个战无不胜的世界围棋冠军。如今，又出了阿尔法零（alpha0），完全碾压之前的阿尔法狗。阿尔法零可以自己不断学习进化，基本上可以玩任何游戏。只要你规定好游戏规则，它会读懂规则，然后开始玩，就像人类一样。人工智能的危险要远大于核武器的危险。我们需要确保 AI 技术安全的发展，让这些超级智慧可以和人类和谐共存。

马斯克的观点与霍金一样，就是在发展人工智能的同时，需要充分认识它给人类带来的危险与威胁，要以清醒的头脑防患于未然。对此，早在 1950 年出版的美国著名科幻小说家艾萨克·阿西莫夫撰写的《我，机器人》小说中，就提出了著名的"机器人三大定律"：第一定律，机器人不得伤害人类个体，或者目睹人类个体将遭受危险而袖手旁观；第二定律，机器人必须服从人给予它的命令，当该命令与第一定律冲突时例外；第三定律，机器人在不违反第一、第二定律的情况下要尽可能保护自己的生存。总之，要让机器人完全处于人类的控制之下，以防止其出现超越规则的行为。此后，这"三大定律"不断激发出对于人工智能安全性的新思考。

为此，当今许多国家在发展人工智能的同时，也都启动了相关的立法立规。我国于 2017 年 7 月发布的《新一代人工智能发展规划》，在强调要构筑我国人工智能发展先发优势的同时，也提出了要逐步建立完善人工智能的法律法规、伦理规范和政策体系。这就是两手抓：大力用其利，积极防其害。

2018 年 2 月

四

诗与美

诗在远方，也在当下

有句话说："世界不只有眼前的苟且，还有诗与远方。"这话很好。要补充的是，"诗"并非只在"远方"，也在"眼前"。关键是要用心去发现，去感受。

《千家诗》的首篇是程颢的《春日偶成》："云淡风轻近午天，傍花随柳过前川。时人不识余心乐，将谓偷闲学少年。"淡云，轻风，花丛，柳树，这在春天郊野是十分寻常的，一般人往往会视而不见，无动于衷，而拥有"诗心"的作者，却从这一生机盎然、幽美静谧的景致中，生发了天人一体的感悟，展现了眼前寻常景象中的诗情画意。

杜甫在成都时生活艰辛，茅屋为秋风所破，漏雨如注，生活中多有"苟且"，然而，他在《江村》中却写道："自去自来梁上燕，相亲相近水中鸥。老妻画纸为棋局，稚子敲针作钓钩。"虽然环境简陋，生活清苦，然而梁上燕子相依相伴，水中鸥鹭相亲相爱，一家几口，能够团聚，那也是很美好的事情。

诗与美之所以能在"眼前"，是因为生活中虽然免不了有假恶丑一类的"苟且"，但同时必然伴着真善美的诗情美意。人们要领会这一点，则需有美感的修养。马克思说："如果你想欣赏艺术，你就必须成为一个在艺术上有修养的人。"诗情美意并不完全存在于艺术作品之中，风云花木的大自然，亲朋好友的人世间，处处都有诗情美意，就像程颢、杜甫在诗中描写的那样，然而，要能真切地发现它、感受它，需要培养自己感受美的心灵和眼睛。

对待社会生活与大自然，有实用主义与审美主义之别。面对一棵郁郁葱葱的大树，着眼于实用观点，看到的是可以作为建筑家具的木材；着眼于审美，则是欣赏其苍翠挺拔的形象。虽然实用与审美并非是绝对对立的，但着重点不同。由于地理、历史、经济、人文等诸多原因，我国的北方文化重实用，江南文化则重审美。江南文化被称为诗性文化，无论是白居易的《忆江南》："日出江花红似火，春来江水绿如蓝"，一片热闹；还是刘禹锡的《忆江南》："弱柳从风疑举袂，丛兰裛露似沾巾"，满纸伤春情怀，都是以审美的眼光看待自然，从生活中吸取诗情，丰富着人的心灵和精神世界。

德国19世纪浪漫派诗人荷尔德林的一首诗《人，诗意地栖居》，后经海德格尔的哲学阐发，"诗意地栖居在大地上"，成为广泛流传的名言。所谓"诗意地栖居"，并非是要有一幢环境幽美的房子，而是说面对经济社会的发展与人的日渐异化，要保持内心的安详与和谐，重视对诗意生活的憧憬与追求，维护人的精神家园，通过人生艺术化和诗意化来抵制物质主义和低级趣味对人的侵害与误导。也就是说，要以诗性文化来观察生活，让心灵与大自然相通，与生活中追名逐利一类的"苟且"相揖别，引发一种愉快的、自由的、审美的心理和精神体验。

近些年来，我国的经济发展，在重质量、求实用的同时，更多地注入了审美的因素，力求达到真善美的统一。当下，不论你是在城市大街上闲逛，还是在农村原野上漫步，从各式各样的建筑上，从多种多样的产品上，更从愈来愈好的大自然风景上，都能感受到美的熏染。

美学家朱光潜在一篇谈"人生艺术化"的文章里，讲到一个事例：阿尔卑斯山谷中有风景极美的公路，路上插着一个标语牌劝告行人："慢慢走，欣赏呵！"可是，驾车者多急驶而过，视而不见，让这华丽的世界成为一个了无生趣的囚牢。据此，朱光潜要求人们"慢慢走，欣赏呵！"这说明，生活中并不缺少美，不只是"远方"有"诗"，人们"眼前"的生活也有"诗"。我们可以想着梦里的远方，但不可忽视诗意的当下。要记着："慢慢走，欣赏呵！"

2021 年 12 月

白玉兰：是花又非花

连绵的冬雨终于过去，惊蛰过后，迎来了风和日丽的春天，草木萌动，鲜花开始竞放。我居室西窗对着一片绿地，有着几棵高高的白玉兰，树冠已绽放出朵朵花苞，洁白如玉，晶莹皎洁，婀娜圆润，溢满清香。前年此时，我在此树下盘桓时，曾见到一些大人告诉小孩，白玉兰是上海市市花，受此启发，我写过一篇《爱花爱赏白玉兰》的小文。

如今，3 月中旬的一天，我在此赏玩白玉兰后，读到一篇关于《拓展白玉兰的文化功能》的文章。文章说，1986 年，经上海市人民代表大会常务委员会审议通过，确定了白玉兰为上海市市花。三十多年来，作为城市象征，白玉兰得到了市民的广泛认可，并在城市风貌建设、文化艺术评奖、对外友好交往等方面发挥了一定作用。不过，市花是城市宝贵的特色文化资源，市花白玉兰的城市文化功能尚未得到应有的重视，目前还多停留在城市绿化美化等物理层面。

我想，改变这一情况需要普及与提高对市花白玉兰文化价值的认识。玉兰在我国已有 2500 年历史，屈原《离骚》中那句"朝饮木兰之坠露兮，夕餐秋菊之落英"，就是以玉兰喻美德的。它"绰约新妆玉有辉，素娥千队雪成团"，总是透露着清幽高洁的气质。白玉兰是植物界入春的使者，被赞为"春天的脚步"，在上海的气候条件下，开花特别早，清明节前就繁花盛开，花大而洁白，朵朵向上，象征着一种开路先锋、奋发向上的精神，正好体现了上海作为改革开放排头兵和科学先行者的形象和精神。上海人民选白玉兰为市花，也正是看中她可作为上海地域文化的象征。因此，白玉兰对上海人来说，不仅是可贵的绿色资源，更是宝贵的文化资源。

因此，要重视"拓展白玉兰的文化功能"。国人欣赏花，不仅欣赏花的颜色、姿容，更欣赏花中所蕴含的人格寓意、精神内涵。可通过举办市花文化节，开展诸如"此生当如玉兰洁"等活动，让市花紧密融入城市文化，进一步密切市花与市民文化生活的联系，借助花语、花艺、花意、花事，彰显城市气质品格，提升市民文明素质，弘扬城市精神价值。同时，建立市花白玉兰文化传播体系和形象标识，整合以白玉兰冠名的各种市级奖项，健全和完善可代表上海城市最高荣誉的白玉兰奖项体系，拓展白玉兰的城市名片功能。鼓励扶持文艺工作者创作高品质的反映市花的作品，用喜闻乐见形式塑造市花品牌，走出上海，走向全国，走向世界。

有句名言说，"城市是文化的容器"。市花在一定程度上能代表一个城市独具特色的人文景观、文化底蕴、精神面貌，如今国内外相当多的城市都拥有自己的市花，用以彰显自己的文化。作为上海市花的白玉兰，可说是花又非花，我们在发挥它作为绿化的美化功能的同时，需要重视拓展它作为城市名片的文化功能。

2019 年 3 月

落叶的凄美与壮美

霜降过后，进入深秋，"无边落木萧萧下"，申城迎来了最美的赏叶季。为了便于市民观赏落叶之美，上海结合区域特点、历史文化内涵与建筑风格，近年打造了多条风格各异、新颖别致的落叶景观路。2016 年国庆期间，我没有"轧闹猛"，涌向那些人满为患的热门景区，而是极为自由轻松地去武康路寻芳。武康路曾属法租界，具有浓郁的欧美风情。人行道上的法国梧桐高大挺拔，浓密如盖，入秋后落叶缤纷，由于不再清扫，众多的金黄色落叶铺在地面上，构成一幅唯美的油画。当时时令尚未到霜降，在零星的落叶中，还不时听到树上的蝉鸣，展示夏秋转换季节的特有自然景致，路上车稀人少，静谧幽雅的气氛令人心醉。一幢幢别墅风格各异，有法国式的、英国式的、西班牙式的，展现上海作为"世界建筑历史博物馆"的历史文化内蕴。我缓步观赏，身心都得到极大的满足。

2018 年赏秋，我来到世纪公园。世纪公园推出了一条"秋之景"景观步道，步道两边栽种有红绿相间的榉树、深黄的鹅掌楸、褐色的杉树、火红的枫树、绿色的香樟，景色随气温的变化，正由绿变黄，由黄转红，美不胜收。同时，该园近年一直辟有一条近 800 米的落叶大道，两旁高大的梧桐枝干相交，形成一条长长的黄色甬道。霜降过后，树叶犹如彩蝶一样纷纷向下飞落，形成另一种"落英缤纷"的景象。我们去的那天，风和日丽，白云悠悠，阳光通过枝叶的空隙形成一道道明亮的光线，照耀着在空中轻盈旋转着的"彩蝶"。地上积蓄了不少投入大地母亲的怀抱的树叶，虽然要将整个大道铺满铺厚还有待时日，但大道上已经是一片金黄。人们漫步其上，树叶沙沙作响，似乎以细细絮语欢迎游客的观赏。不时有儿童挣脱大人的牵引，追逐飘飞的落叶，有的还停步弯腰拾取他们喜爱的落叶。这种"落叶满阶红不扫"的景致，充溢着人与自然和谐融合的韵致，令人心旷神怡。

我们长时间坐在大道两侧的座椅上，观白云悠悠，看落叶飘飘，间或还听到几声鸟鸣，心境特别宁静恬淡。我想到"叶落知天下秋"的古诗，面对经历了无数个风吹雨打、失去了生命力的落叶，人们容易滋生悲秋伤秋的情绪，所谓"无端木叶萧萧下，更与愁人作雨声"。实际上，落叶是树木生长的必须，是植物减少蒸腾，保持体内水分，度过寒冷和干旱季节的一种积极的对应措施。叶虽落，根尚存，严冬过后，树木又长满了新的绿叶。凋落的旧叶，是为着更富生命力的新叶的诞生作铺垫。包括梧桐在内的许多树木，就是在这样一轮轮新陈代谢中成长为参天大树。龚自珍诗云："落叶不是无情物，化作春泥更护花。"它在护花养木的同时，也呈现了一种自然美，成为一种审美物。带给人们的不仅有那种"早秋惊落叶，飘零似客心"的凄美，也有"化作春泥更护花"的壮美这份美丽也久久涤荡在我的心胸。

世纪公园里还有一条 1000 米长的银杏落叶道，银杏叶色彩更加斑斓，有年深秋，我在江都走过银杏落叶道，放眼望去，上上下下都闪着金黄色光芒，美得令人心颤。由于银杏落叶期略晚于梧桐，最佳观赏期要到 11 月中旬，我想再去世纪公园，领略一下秋日银杏叶落时的凄美与壮美。

2018 年 11 月

野草美

　　暮春初夏，北京奥林匹克森林公园北园，一片片金灿灿的小野花引人驻足，受到游客欢迎。据《北京日报》报道，从 2018 年起，这类野花野草首次被纳入北京市园林部门自然抚育范围，曾经的杂花野草，不再被一拔了之。

　　长期以来，对城市绿化、公园植被的营造，往往着眼于整洁有序，只重视人工栽种或培育的树木花草，对自然生长的野花杂草则一律除之而后快。上海过去的公园等级评比，五星级公园的达标标准之一，就是公园绿化养护"无杂草"。记得上海吴淞炮台湾国家湿地森林公园在建造中保留了长江滩涂地的原生态风貌，莺飞草长，充满野趣，深受游客喜爱。然而，在前些年的公园等级的评比中，尽管它各方面都达到五星级公园标准，却一再名落孙山，原因就是园内有野花杂草。此事曾引起人们对评定标准的质疑：公园能不能容纳野花野草？从而促进了绿化理念的改变："杂英小巧亦欣人"，野花野草不仅不应为公园所排斥，恰恰相反，应加强对其合理的利用和开发，这是增添公园自然情趣的重要一环。此后，公园"无杂草"的标准被消了，锄草也不再是公园绿地管护中的惯常作业，上海一些公园，特别是郊野公园，对杂草野花都不再"斩草除根"了。

然而，公园绿地容纳了杂草野花，并不等于充分认识了它们的价值。有关生物学专家认为，自然生发的杂草野花，绝大多数是最适合本地生长的，它们是城市林地、公园绿地的底色，和人工栽植的花草相比，具有更旺盛的生命力，不但能丰富城市植物的种类，而且能为各种昆虫提供栖息地，形成完整的生态系统，甚至可以防止水土流失。北京园林部门把它列入"自然抚育范围"，表明对其只止于不排斥还不够，还需要积极加以抚育。

　　抚育善待杂草野花，可以大大增添公园绿地的自然美。对园林的设计，人们一般习惯于追求几何之美，规整有序，致力于营造古典式小桥流水之诗情画意。这些没有错，不过园艺美又远不限于这些。在国内外多次获得设计大奖的广东中山岐山公园，其原址是一片废弃的造船厂，公园设计者运用生态恢复和城市更新等先进设计理念，成功地将一个工业旧区改造成一个现代公园，它在公园的种植设计上，就大量使用了野草。有一处景观给人印象深刻，在保留下来的作为造船厂象征的长长的铁轨两侧，长满了萋萋的野草。这种大自然的野草与以往工业革命标志的铁轨相伴，给人带来一种历史与生态交融的氛围，生发出一种别具一格的美感。我在想，上海市新建的徐汇滨江也保留了一长段旧铁轨，如果让其两侧也长满野草，也许会给人们带来更深沉的美感。

　　我有两次被野草美深深震动了心弦。一次是在从德国去荷兰的途中，有段高速公路的两旁和中间隔离带，都是密密麻麻的野草，它们相互攀附着，挤压着，疯狂地向上生长，自由自在地随风摇摆，一股浓浓的原始野味向我扑来，使我感到一种未经人工过滤的纯净的大自然的真切气息。还有一次在北戴河，有个地方也长满茂密的野草，在杂乱中透露出不可遏止的生命力，吸引我经常从人工精致营造的景观中，到那里去独自盘桓。

野草，不断为文人骚客所吟咏。南朝丘迟《与陈伯之书》，描写江南暮春三月的美景，从而打动陈伯之心的，就是"草长莺飞"。"细数落花因久坐，缓寻芳草得归迟""独怜幽草涧边生，上有黄鹂深树鸣""映阶碧草自春色，隔叶黄鹂空好音"，以及"国破山河在，城春草木深""野火烧不尽，春风吹又生"等古诗句，也表明野草是一个重要的审美对象。鲁迅在《野草》的题词中，表示"我自爱我的野草"。这都提醒人们，要重视野草美。

2018 年 8 月

林荫道成为漫步好去处

据报道，2019 年上海各区推选上报的拟创建林荫道共 35 条，8 月 20 日—23 日，市绿化部门及行业专家按照《林荫道评定办法》现场考评，最终确定 24 条道路（段）符合林荫道标准。

上海市"十三五"绿化规划提出，要创建命名林荫道 100 条、新建储备林荫道 100 条。从 2016 年至 2018 年，全市已经创建命名林荫道 68 条，新建储备林荫道 79 条。2019 年拟创建命名 24 条，新建储备 10 条。目前上海的林荫道已"连点成线、连线成片"，形成了衡山路区域、瑞金二路区域、曹杨新村区域、奉贤南桥区域等"林荫片区"。同时，一些新的林荫片区雏形也逐步形成。

林荫道是指一种两侧树木茂密、浓荫围绕的宽阔道路，或街道中央供行人通过、散步和休憩的带状绿化地段。它最能体现"街区是适合漫步的"这一城市宜居目标。

漫步，或者说散步，是一种随意闲行、怡心悦情的生活方式，也是一种能增加生活幸福感的日常活动。漫步的好处，古人是充分享受了的。《千家诗》中第一首程颢的诗："云淡风轻近午天，傍花随柳过前川。时人不识余心乐，将闻偷闲学少年。"第二首朱熹的《春日》："胜日寻芳泗水滨，无边光景一时新。等闲识得东风面，万紫千红总是春。"写的都是信步游春的愉快心情。这种恬静美好的散步环境，当年不仅在乡村，在城市也同样存在。韩愈就有一首描写长安的诗："天街小雨润如酥，草色遥看近却无。最是一年春好处，绝胜烟柳满皇都。""皇都""天街"充满着如烟如雾的杨柳，有多少漫步的好去处呵！

然而，随着现代城市的发展，许多马路变成"行不得也哥哥"，城市人难于找到弥漫"烟柳""草色"的街道，也就少有那种可以随意"逛马路"的去处了。不少城市鉴于车辆拥挤，造成了行人走路难，特辟了"步行街"，这是好的；但这样的"步行街"，多为商家集中的通衢大道，主要是为了方便市民购物。唯有使人们居住的街区都能适合漫步，广大市民随时能在悠然漫步中享受悠闲生活的乐趣，"任性灵而直往，保无用以得闲"，才会大大提高城市的宜居度与市民的幸福感。

上海在市政建设上，较早重视城市的"可步行"，将"街区适合漫步"作为一种追求。因而，早就对一批具有历史文化风情的马路进行了保护，像被定为"落叶景观路"的武康路，法国梧桐高大挺拔，浓密如盖，遮掩着一幢幢欧陆别墅，深秋时金色落叶铺在地面上，静谧幽雅的氛围令人心醉。我每年秋冬之际，都会去那里漫步。同时，上海又不断新增林荫道，让其逐渐成片，使景观越来越协调，树种也越来越多。据统计，2011 年起创建林荫道，当时评选时，树种方面只有悬铃木、香樟、栾树 3 种，而到了 2018 年，已有悬铃木、香樟、栾树、榉树、无患子、珊瑚朴、臭椿、朴树、日本晚樱、水杉、广玉兰、乌桕、重阳木、金丝柳、银杏、中山杉 16 种。

还值得一说的，是有些林荫道会特意在周边绿地中增添步道，让绿地融入步道中，行人可以在其中自由穿梭。我以为，这体现了一种开放、共享的理念。上海的有些绿地本是可步行的，后来不知为什么，却被栏杆圈起来了，不让行人经过，这也许有利于相关人员的维护，但大好的绿地资源不让市民享用，符合为民之道吗？

2019 年 5 月

城市公园与公园城市

公园，被称为"城市的肺"，是维护、改善城市生态不可缺少的场所。改革开放以来，为减少污染，绿化城市环境，各个城市都新辟了不少城市公园，让城市更宜居。然而，随着市民对城市环境生活品质的追求不断上升，人们希望"城市让生活更美好"，企盼城市的绿意更浓，让整个城市成为一个大公园。于是，"公园城市"成为一个话题，受到城市规划师、风景园林师和城市建设决策者的广泛关注。2019 年 4 月，首届公园城市论坛在成都召开，将与该主题有关的讨论推向高潮。

首届论坛设在成都，是因为成都于 2018 年明确提出将加快建设美丽宜居公园城市。2018 年 2 月 11 日，习近平总书记在成都市视察天府新区时提出："天府新区一定要规划好建设好，特别是要突出公园城市特点，把生态价值考虑进去。"同年 4 月 2 日，习总书记又在参加北京义务植树活动时进一步强调："一个城市的预期就是整个城市就是一个大公园，老百姓走出来就像在自己家里的花园一样。"自此，"公园城市"的概念，引起各地各方的重视，纷纷就如何让公园城市落地扎根进行积极的探索与实践。

公园城市不等于"公园＋城市"，不能单纯看公园数量，更不是大建公园。按中国工程院院士吴志强的说法，公园城市应是四个字分别表达的汉语意义的总和。"公"对应公共交往功能，"园"对应整个生态系统，"城"对应人居与生活，而"市"则对应产业经济活动。因此，公园城市的内涵，其实应该是公共、生态、生活、生产的叠加，吴志强将其概括为"一公三生"，这是一个各类功能相互协调、复合性高的系统。成都市规划设计研究院总规划师杨潇以成都为例，说城市发展思路在公园城市语境下的转变：从原来的"产—城—人"，转换到"人—城—产"。公园城市具备两大特征：普惠，提高全民生活品质；系统，将生态引入城市。不是在城市中建公园，而是把城市变成大公园。

这表明，公园城市不同于城市公园，只是一个个绿色孤岛，而是覆盖全市的大系统，将系统性、生态价值和服务品质都纳入评价标准，做到良好生态环境与市民宜居生活相得益彰，突出人、城、境、业高度和谐统一的大美城市形态。据此，建设公园城市就远不止是多添一些公园，多种一些绿色花草，而是要求整个生产系统、生活系统、生态系统都能道法自然，生生不息，成为市民安居乐业的家园。

为了合理配置道路资源，让城市更和谐宜居，有关部门曾发文提出"新建住宅要推广街区制，原则上不再建设封闭住宅小区，已建成的住宅小区和单位大院要逐步打开，实现内部道路公共化"，这无疑能解决城市交通道路网布局问题，建设快速路、主次干路和支路级配合理的道路网系统，打通各类"断头路"，提高道路通达性，使居民行走更绿色，生活更方便，有助于向公园城市前行。这一由"封闭"向"开放"的转换，大多是赞同的，但因涉及一些人的切身利益，进展并不大，近来我发现，一些原本开放可以任人穿行的小区，近来也都设置路禁卡，走向封闭了。我以为，要使"整个城市就是一个大公园"，形成符合"人的尺度"的城市空间，也需要改封闭心态为开放的心态。新加坡是著名的花园城市，它的小区是不封闭的，著名的新加坡大学的整个校园，都融合在城市居民圈内，里面是有公交车行驶的。由城市公园走向公园城市，是城市品格的全面提升，需要人们多方面合力推进。

2019 年 6 月

胜日寻芳莫伤花

最是一年春好处，出门俱是看花人。这些年，由于环境的改善，绿化的推进，遍地都是万紫千红，繁花似锦。公园和风景区经常游人如织，节假日往往会呈"爆棚"状。

人们争着看花去，在踏青时节享受大自然的抚摸，大大增加了生活的幸福度，同时，大自然也因人的眷恋与欣赏而倍增生机，构成一种人与花的叠加风景。卞之琳有诗："你站在桥上看风景，看风景的人在楼上看你。"讲的就是观风景的游人，也能成为风景中的风景。

人有花可看，是因为人们生态文明意识增强了，努力种花、育花；花有人来看，是因人们审美情感提高了，重视爱花、赏花。当今观花胜景的出现，从根本上说，反映的既是人们生活幸福指数的提高，也是人们文明修养程度的提高。

然而，在观花时也出现了不和谐的现象。一些游人随意摘花折柳，践踏绿化，把赏风景变成了"煞风景"。武汉大学的樱花林中，有一名男子在游赏时疯狂摇动樱花树干，使绽放中的樱花纷纷落下，下起一场人造的"樱花雨"。这种不文明行为既伤害了花木，也践踏了文明，受到舆论谴责。

这并非个案，类似情况时有发生。由于现在人人都带有手机，可随时拍照，为了使自己的形象能出现在落英缤纷的景象之中，像制造"樱花

　　　　　　　　　　　　　　　　　　　九十乱弹

雨"的那个武汉男子一样，也有游客摇动花木，使花瓣形成各种"花雨"，作为照片的背景。还有带着孩子来拍照的游客，任由孩子攀爬上树，踩踏树枝，打落花瓣，既"煞风景"，也把不文明的种子落到孩子的心里。

"煞风景"的事古已有之。写下"春蚕到死丝方尽，蜡炬成灰泪方干"名句的唐代诗人李商隐，曾指出12种"煞风景"的事："花间喝道，看花泪下，苔上铺席，斫却垂杨，花下晒裤，游春重载，石笋系马，月下把火，妓筵说俗事，果园种菜，背山起楼，花架下养鸡鸭。"时间过了一千多年，随着社会生活的变化，有些形态如"妓筵说俗事""花下晒裤"已经减少；有些则变换了形态，如"石笋系马"变成了乱停轿车；有些则是新增的花样，如"花雨拍照"；"斫却垂杨"等大部分的煞风景现象仍在上演；还有李商隐未提出的种种，如喧哗吵闹、乱丢杂物、乱涂乱刻及随地吐痰等不文明行为。应当说，随着文明建设的深入推进，情况正明显好转，但还远未绝迹。需要继续努力，让自然美与文明美交相辉映在人们的"胜日寻芳"之中。

特别需要一提的是，现在仍有游人会将风景区的一些好看的花木攀折带回，美其名曰将"春"带回。实际上，带回的不是明媚的"春"，而是阴冷的"私"。它既破坏了大自然的风景，也损坏了游春人的风景，可谓双重的"煞风景"。徐志摩《再别康桥》的结句是："悄悄的我走了，正如我悄悄的来；我挥一挥衣袖，不带走一片云彩。"看花赏景的人，也应如是，不带走一片风景，让大自然美景不受一点损害。需要带走的，应该是在那里制造的杂物垃圾，不要留下任何一点对自然环境的污染。

看花而不伤花，赏风景而不"煞风景"，应是增强社会主义文明的题中之义。

2018 年 4 月

《世说新语》的速效审美刺激

　　编于南朝的《世说新语》，主要写的是魏晋名士的言行故事，每篇少则几十个字，多则二三百字，这一笔记小说的形态，实则就是现在所称的微型小说，篇幅虽然微小，但内含丰饶，既纸短情长，又言外有意。

　　试举《华王优劣》一则：华歆、王朗俱乘船避难，有一人欲依附，歆辄难之。朗曰："幸尚宽，何为不可？"后贼追至，王朗欲舍所携人。歆曰："本所以疑，正为此耳。既以纳其自托，宁可以急相弃邪？"遂携如初。世以此定华、王之优劣。

　　谁优谁劣？在乘船避贼过程中，先有一人要搭乘，王朗首肯，华歆不同意，后贼至，王朗"欲舍所携人"，华歆则不赞同。看来半斤八两，难分轩轾。实则境遇不同，优劣大异。当贼未至，船多乘一人，无损自身利益，王朗同意对方搭乘，还可表现自己关爱他人之心，而当贼至，影响到自身安全，就"欲舍所携人"而自保了。华歆先反对他人搭乘，正是担心"贼追至"，有先见之明，而既已容许搭乘，就不该"急相弃"了。华展现的是不计较自身利益的无私的仁爱，与王表现的"仁爱"有云泥之别。百字左右的作品在跌宕起伏的情节中，寄寓着耐人咀嚼的意蕴，堪称精品。

　　再以大家熟悉的《管宁割席》来说，管宁、华歆共园中锄菜，见地

　　　　　　　　　　　　　　　　　　　　　　　九十乱弹

有片金，管宁挥锄与瓦石不异，华歆捉而掷之去。二人同席读书，有乘轩冕过门者，管宁读书如故，而华歆废书出看。管宁遂割席分坐，曰："子非吾友也。"为什么呢？因为管宁从中看出华歆思想境界低下，不能正确对待金钱与权势。华歆对地上的金子是"捉而掷之"，"捉"这一动作，不自觉地暴露了他内心对金钱的贪婪，而丢开书本去看乘坐豪车过门的高官，则泄露了他内心对权势的膜拜。"道不同不相为谋"，管宁遂与华歆断交。这一"百字小说"，要言不烦，用两个小动作生动地刻画了华歆的隐秘心理，具有"以一目尽传精神"的效果。

"东床祖腹"的故事，也出自《世说新语》。此文笔法简练空灵，字数虽不满百，却有曲折的情节和鲜活的人物，尽现了微型小说的"不写之写""不全之全"的艺术手法。

改革开放以来，随着社会节奏的加快，要求作品精炼的呼声越来越高，我国的微型小说（小小说）得以迅速成长，从原来的短篇小说中分化出来，成为一种独立文体，小说由原来的长篇、中篇、短篇的"三足鼎立"，变为长、中、短、微"四大家族"。微型小说的健康发展，需要充分发挥自身的特点与优点，篇幅上要"小"，内涵上要"大"，就像《世说新语》中许多作品一样，大小结合，方能成"尖"。

时下，微型小说篇幅拉长的现象值得注意。虽然对微型小说的界定，主要应视其内部的结构特征，但也要重视字数这一外部的形体特征。正如长、中、短篇小说的划分，除考察其文体特征外，也是以字数多少划分的。微型小说的字数，一般以千字为宜，下限不限，古今中外都有几十字的优秀作品，上限可到一千五百字，个别的最多不能超过两千字。然而，现在"百字小说"难见，千字以内作品也不多。近年的全国微型小说的年度评奖，参评作品多为一千五百字以上作品，有的还超过两千字，显得精短不足，冗长有余。

微型小说之所以会从短篇小说中"独立"，就在于它"用最小的面积集中最大的思想"，以特有的"速效审美刺激"，给读者以审美满足。微型小说的发展，要在精炼上下功夫，如高尔基称赞契诃夫那样，"用一个词儿就足够创造一个形象，用一句话就足够写一篇故事"。不在内容精炼上下功夫，不以小见大，只是拉长篇幅，是无助于微型小说的发展的。

微型小说在我国有着优良的传统，千年以前的《世说新语》，就为我们提供了多篇以小见大、以少胜多的微型佳作，值得我们认真学习、继承和发扬。

2023 年 1 月

宋诗的理趣

　　谈起古诗，人们多注视唐诗的辉煌，实际上，宋诗成就也很高，并非只是唐诗的余韵，而是自有风采。钱锺书在《诗分唐宋》一文中指出："唐诗、宋诗亦非仅朝代之别，乃体格性分之殊。唐诗多以丰神情韵擅长，宋诗以筋骨思理见胜。"诗评家洪亮赠我大著《宋诗随笔》，内中说到唐诗如芍药海棠，秾华繁采；宋诗如寒梅秋菊，幽韵冷香。这就是说，两者各美其美，美美与共。

　　宋诗的"筋骨思理"，一个重要特征是"议论入诗"，对此，有些人认为其有违"诗贵情"的本性，从而贬低宋诗的成就。确实，诗贵情，切忌抽象说理，然而，诗歌与一切形式的文学一样，又是不能完全不关理的，由于哲理反映生活中最本质的东西，一些富有哲理的诗篇，往往是最富有生命力的。关键是哲理与形象、感情要融成一片。包括唐代在内的历代优秀"言志诗""咏怀诗"，都是"情中有理，理中寓情"，将理趣与情趣融合在一起，好读又耐读，成为诗坛的精品。相较于唐诗，宋诗更具"筋骨思理"，从而使其在我国诗歌的长河中，因理趣而独树一帜。

　　此时，我突然意识到，我家客厅中挂着的三幅书家墨宝，内容竟都是取自宋人的诗词。一幅为书法家费新我书赠，写的是"问渠那得清如许，为有源头活水来"。摘自朱熹的《观书有感》，诗的前两句是："半亩方塘一鉴开，天光云影共徘徊。"朱熹是理学大师，此诗无疑含有深深的哲理。然而，他并没有直说，而是将其寄寓在一个"半亩方塘"的生动画面中，通过引发读者的审美情趣，从中领悟艺术哲理，可读而又可思。"源头活水"，以景喻理，已成为激发人们不断努力前行的名句。

另一幅为书法家周慧珺书赠，内容为范仲淹的《江上渔者》："江上往来人，但爱鲈鱼美，君看一叶舟，出没风波里。"此诗生动形象，寓意深刻，读者从中自然而然地会想到"谁知盘中餐，粒粒皆辛苦"，想到"先天下之忧而忧，后天下之乐而乐"。由此可见，虽不能"以议论为诗"，但诗也并不是"非关理也"，关键是要把哲理像盐溶于水一样，和形象、感情紧紧融化在一起，成为耐人回味咀嚼的理趣。

还有一幅为园林大师陈从周书赠，写的是"舞低杨柳楼心月，歌尽桃花扇底风"。语出晏几道的《鹧鸪天》，此非宋诗，而为宋词。词极盛于宋，为宋的标志性文体。诗言志，文载道，词抒情，各擅其长。此词景真、情深、语美，为千百年来的传诵名作。主情的宋词与重理的宋诗珠联璧合，造就了宋代文学的高峰。

宋诗重理，贵在识见出新，自铸伟词，而不是人云亦云，老调重弹。这次阅读中，我发觉它还多有"翻案文章"。王昭君和亲，在前人的吟咏中，毛延寿多为一个被谴责的对象，王安石的《明妃曲》，则说"意态由来画不成，当时枉杀毛延寿"。严子陵富春江垂钓，前诗多赞其淡泊之志，宋诗则有句："一着羊裘便有心，虚名留得到如今。"陆游晚年息影江湖，在《一竿风月》中也写道："时人错把比严光，我自是无名渔父。"这些"翻案文章"自然是一家之言，但文贵创新，不蹈旧说，给了读者以满满的新鲜感。

2022 年 5 月

读诗记感

　　近来眼力突然下降，戴上老花镜也看不清书刊上的五号字。到医院检查后，说是白内障惹的祸，承医生关照，较快住院手术。这一手术现在已经相当成熟，手术台上不到 20 分钟就完事，然而，术前检查与术后观察，附带又看了别的病，也在医院待了 9 天。出院时，医嘱不可过度用眼，近一段时间不要长时间连续看书或使用电脑手机。

　　退休后，读书是我生活的主要内容。如何既能亲近图书而又不过度用眼呢？我想到读古诗，不论是五言七言、律诗绝句，每首诗的字数都比较少，不需要长时间用眼去看，但其内涵丰盈，足以让读者反复思索玩味，并进行背诵。

　　这就是说，读诗除了用眼之外，可将更多的时间交付于脑与口，以看、思、诵相结合的方式，深入领略其奥妙。于是，我从书架上抽出《唐诗三百首》《千家诗》和《宋诗三百首》。

　　读韦应物《寄李儋元锡》，"邑有流亡愧俸钱"的诗句引发我闭目深思。我想，做了刺史的韦应物为他管辖地区有流亡的灾民而深深引咎自责，体现了一种"忧济在元元"之心。

　　这在唐宋诗人官员中并非孤例。同样做过刺史的诗人白居易，也有类似的"自愧诗"："有禄肥妻子，无恩及吏民。念彼深可愧，自问是何人?""一生憔悴为诗忙"的梅尧臣，在襄阳县任职时，曾作《大水后城中坏庐舍千余作诗自咎》："岂敢问天灾，但惭为政恶"，责怪自己事先未想到派人修理好水道。心系民众、严于律己，即使在官位上没有做错什么，面对大众生活的艰难困苦，"韦应物们"也常感到负国负民，有愧于心。这点，在韩愈、刘禹锡、柳宗元、欧阳修、黄庭坚、苏轼、陆游等诗文中也有反映，所以他们诗名盛，政声也隆。在唐宋诗人官员群中，与优秀的诗歌传统一样，也流淌着廉政勤政的文化传统。

为官最可贵的首先是清廉。高呼"民病我亦病，呻吟过五更"的江西诗派盟主黄庭坚，特意手书了《戒石铭》："尔俸尔禄，民膏民脂，下民易虐，上天难欺。"他一生清贫，操守不变，"我虽贫至骨，犹胜杜陵老"。这样的诗人官员，不以权谋私，多像诸葛亮一样，死后"内无余帛，外无赢财"。

官员不仅要清廉，不贪赃枉法，同时还要勤政，为民造福。既不能胡作乱为，也不可无所作为。"邑有流亡愧俸钱"所表达的，正是唐宋时代许多诗人官员的高风亮节、心系百姓、清正廉明、一身正气、两袖清风。"为官一任，造福一方"，如苏轼、白居易那样，在治地留下了"苏堤""白堤"，惠泽后世。

我原来以为"邑有流亡愧俸钱"是韦应物在苏州刺史任上写的，这次重读，才知道是他在滁州刺史任上的作品。滁州是我的家乡，因而倍感亲切。《寄全椒山中道士》诗云："今朝郡斋冷，忽念山中客。涧底束荆薪，归来煮白石。欲持一瓢酒，远慰风雨夕。落叶满空山，何处寻行迹。""山中道士"住在神山一石洞中，此洞现名仙人洞，离我老家约20公里，前几年我曾去参观过。韦应物挂念这位道士，不仅因为这位道士束薪煮石，生活清苦，还由于后者每当在社会发生瘟疫时，就积极煮石为药救治百姓。它再次显示了韦应物关心民生疾苦。

患眼疾后读诗，用眼时少，用脑时多，思考时间多于阅读时间，速度虽然慢了，领悟却较深了，促使我不时要记记写写。杜甫的《绝句》："两个黄鹂鸣翠柳，一行白鹭上青天。窗含西岭千秋雪，门泊东吴万里船。"此诗是对他所居住的成都草堂外围环境的描绘，语境明快，意境开阔而优美。过去读过就算了，这次慢读，闭目思考，如果由我来描绘自己的居住环境，该怎么写呢？我居住在靠近徐汇滨江的一条马路上，居住区虽多楼宇，车流不断，但近年绿化增多，秋闻桂香，夏赏樱红，不时可听到鸟鸣。据此，我写道："窗含浦江东西船，门对高架南北车。鸥鸟翩翩水面上，绿色点点楼宇间。"这自然是东施效颦，不过也促进了我学习的深化。

眼疾读诗，迫使我用脑多于用眼，这也是"上帝为你关闭一扇门，就会为你打开一扇窗"吧。

2022 年 10 月

两本大美之书

资深出版人陈鸣华曾任上海文化出版社社长，2010 年底去香港联合出版集团工作。十余年来，他先后在港主持三家出版机构工作，既做传统出版，又搞电子出版，成就斐然，其中曾用五年时间将一家严重亏损的电子出版公司带出谷底。日前，接到他所在的香港中和出版有限公司寄来两部新书：朱光潜的《谈美书简》和李泽厚的《美的历程》，为该社策划的"人文经典系列"的开路之作。

《谈美书简》和《美的历程》是大"美"之书，陈鸣华在内地几个版本的基础上，将其列入"人文经典系列"，突出其经典性，同时在装帧设计上弄出点新感觉，简约而新颖，富有美感，这有助于这一经典的流行，有助于美学美育的推广。

人之所以要加强美学美育的修养，是由于人生的追求集中在真善美三个字上。朱光潜比喻说，面对一棵古松，木商认为它值钱在木料，这是实用的态度，可谓善；植物学家则要分析它的习性，这是求真的态度，是为真；而画家则最为欣赏它苍翠劲拔的树姿，这是审美的态度，是为美。真善美三者之间有联系，也有区别。《论语》有云："子谓《韶》尽美矣，又尽善也。谓《武》尽美也，未尽善也。"这说明，孔子也意识到事物的善与美既有统一的，也有矛盾的，尽善可以尽美，也可以不尽美。

随着社会的发展，人们对美的认识不断深化，终于把美学范畴的美，与作为道德范畴或实利功用范畴的善分开了，美学也成为一门独立的科学，这是历史的进步。

一般说来，美的需求是基于精神上的饥渴，高于物质上的需求。因而，美学活动不像实用活动那样是有所为而为，而是一种心灵的放飞，在无所为而为的活动中获得最大的享受。

美表现在生活的方方面面，集中表现在各类艺术作品中。李泽厚的《美的历程》，从龙飞凤舞的文化图腾到夏商周的青铜饕餮，从先秦理性精神到楚汉浪漫主义，从魏晋风度到盛唐之音，从宋元山水意境到明清文艺思潮，全书洋洋洒洒地讲述了中国数千年的艺术发展历史，涉及数百种艺术作品，贯通绘画、雕塑、建筑、文学、书法等艺术门类。同时，他的阐述并不枯燥，而是以诗性的语言，生动形象地展现了我国"美的历程"，耐读又好读，能够大大提高读者美的感受，增强美的修养。

马克思说过："如果你想欣赏艺术，你就必须成为在艺术上有修养的人。"而艺术修养，并非天上掉下来的，也不是内心可以自发产生的，它需要加强美学的学习，努力培养我们具有"欣赏音乐的耳朵，感到形式美的眼睛"，以及分辨美丑的大脑。朱光潜、李泽厚的两本大"美"之书，无疑是这方面的好教材，它有助于提升人的品质，让人生充满诗意与美感。

因此，我赞赏陈鸣华先生主持的公司推出这两本大"美"之书。陈鸣华有很好的审美素养，读大学时，就是一位著名青年诗人。到香港工作后，仍继续诗的创作，2021年有诗集《句权》问世。他说："构思一首诗激发的想象和灵感，足以打破随年龄增大而不断固化的认知。"这也显示了美育美感在塑造人、提升人中的重要作用。

2022 年 8 月

冬奥美

《新民晚报》刊登了一篇文章:《北京冬奥会为何这么美》,角度富有新意。奥运在展现人类赶超自我局限的无尽路途上,不仅追求"更快更高更强"和"更团结",同时追求更美。而且,正是美的魅力,使奥运会具有巨大的观赏性,吸引着全世界人民,成为全球共同的欢乐节日。

该文谈到北京奥运的自然之美,建筑之美,装饰之美,服饰之美,等等,当然更有突破自我之美。花样滑冰花团锦簇,速度滑冰兔起鹘落,高山滑雪宛若游龙,自由式滑雪翩若惊鸿,冰球智勇兼备,冰壶君子之风。这些运动让人为美而感到愉悦,深受感动,吸引人观赏它,赞誉它。

体育竞赛是要让人爱看的。曾任国际乒联主席的徐寅生说,在 20 世纪八九十年代,乒坛曾有过"小球改大球"的改革。原因是小球使比赛中的回合减少,让赛事的观赏性降低,观众认为不好看,因而从 1991 年日本千叶的世乒赛开始,用球由 38 毫米的小球改为 40 毫米的大球,增强了比赛的观赏性,壮大了观赏群。

自然,"重视美"与"更快、更高、更强"及"更团结"是相辅相成的。这"四更"的基本内涵就是要不断超越自我局限,在体育竞赛中充分展示精神之美与技术之美。作家史铁生两腿残疾,不能行走,生前却十分喜爱体育,与一些奥运运动员有较深的来往,他认为,在奥运竞赛场上向自身极限挑战，是最美的事，奥运会口号"更快、更高、更强"之后，或许还可以加个"更美"。

实际上，现代奥运会创始人顾拜旦就说过："体育是美、是正义、是勇气、是荣誉、是和平、是进步、是培养人类精神的沃土。"美与快、高、强、团结一起，作为文化底蕴，将共同组成奥运之魂。因此，我赞赏北京冬奥美。

2022 年 2 月

赵丽宏的"变形"与"疼痛"

近日，收到赵丽宏同志惠赠的几部大著，其中有两本诗集：《变形》与《疼痛》，为人民文学出版社近年次第出版。丽宏多才多艺，诗文书画均为其所长，比较起来，以诗与散文的影响为最。过去，我读他的散文较多，诗却较少。这次比较集中阅读了他的这两本诗集，深感他的诗作精美含蓄，秀逸隽永，所创造的意象好读而又耐读，"变形"与"疼痛"都是对人的生命、生存状态的一种探索和追寻。

由此让我想到，诗作在重情的同时，也需要重理。诗和其他文艺品种一样，自然首先要重情，"无情不成书"，要让一切景语都成为情语。然而，这并不排斥理。思想是作品的灵魂，没有思想的作品，犹如失"魂"之体，是活不起来的。诗作需要"情"，也不可缺少"理"与"识"，诗人要用意象思维去创造形象，让诗作既有"象"也有"意"，从而托物言志，让读者在情感的渲染中受到感悟。

然而，"诗有别趣，非关理也"，南宋严羽在《沧浪诗话》中的这句话，成为一种盲目排斥诗中含理的依据。全面地看，严羽这句话是针对宋人"以议论为诗"的倾向而发的，有其针对性，但这句话本身是说过头了。虽然诗贵情，切忌抽象说理，但它不能完全不"关理"。由于哲理往往反映生活中最本质的东西，因而有许多富有哲理的诗词，恰恰是最富有生命活力的，关键是哲理和形象、感情要融成一片。朱熹的《观书有感》："半亩方塘一鉴开，天光云影共徘徊。问渠那得清如许，为有源头活水来。"此诗无疑含有深深的哲理，然而，他并没有直说，而是将其寄寓在一个"半亩方塘"的生动画面中，引发读者的审美情趣，从中领悟内中可读而又可思的"源头活水"，以景喻理，从而成为代代相传，激发人们不断努力前行的名句。

优秀的诗作一再表明，诗趣并不排斥诗理，只要处理得好，"趣"也可以由"理"而生，所谓理趣是也。屈原的"路漫漫其修远兮，吾将上下而求索"；曹操的"老骥伏枥，志在千里。烈士暮年，壮心不已"；王之涣的"欲穷千里目，更上一层楼"；杜甫的"随风潜入夜，润物细无声"；苏轼的"横看成岭侧成峰，远近高低各不同。不识庐山真面目，只缘身在此山中"……等等诗句，都因其充满理趣而千古传诵不绝。古今中外也不乏和严羽的"非关理"论唱反调的。英国浪漫主义诗人华兹华斯就借用别人的话说过："诗是一切文章中最富有哲学意味的。"应该说这是有见地的，只是"最富有"云云，也是一种过头话。因为其他文体多多，其"哲学意味"不一定都弱于诗。

据此，我喜欢丽宏诗作创造的意象，情趣与理趣共生，好读与耐读并存。"变形"，实则是世界的一种真谛，人间万物的一种共同特征。"把我变高 / 高成一座山峰 / 去招揽飘舞的云朵 / 把我变矮 / 矮成一块地砖 / 被前赴后继的鞋底践踏。"这首诗启示读者在"变形"中要更好地展开生命的意义。"疼痛"，也是生命的普遍现象。"欢乐是水汽云烟 / 痛苦才是江海洪波"，要"在痛苦中寻求欢乐 / 像在积雪覆盖的峡谷中 / 采撷花朵"，这种对痛苦与欢乐的辩证思考，深化了对人的内心世界的探索与表现。

2024 年 2 月

在诗的"无尽之河"中奋楫

我与崔丽娟相识于2007年12月初的一个新书研讨会上，会后读她惠赠的诗集《未竟之旅》，方知她是上海近年涌现的一位优秀诗作者。尽管她人到中年方进入诗坛，但诗神早在少年时代就驻进她的心头。深厚的文化积累、丰富的人生体验，加上一颗敏感的诗心，使她的第一本诗集就出手不凡，我读后曾以"情深文秀"赞之。如今，一年以后，她又推出第二本诗集《无尽之河》，情更深，文更秀，显示了她在诗歌的"未竟之旅"和"无尽之河"中的不懈前行。

俗话说："无情不成书。"文艺作品以表现人为中心，总是要饱含着感情的浓汁。即使对山川日月、风雨雷电、花鸟虫鱼这些"无情物"的描绘，也应经过作者感情的过滤，使一切"景语"皆成"情语"。崔丽娟的诗不干枯、不干瘪，读来意境悠长，隽永有味，正在于是"情动于中而形于言"，从而耐咀嚼，耐玩味。

我们读古诗，常为"采菊东篱下，悠然见南山""细雨鱼儿出，微风燕子斜""寒波澹澹起，白鸟悠悠下"以及"离离原上草，一岁一枯荣"等富有美好意象的名句所折服。崔丽娟的诗中也有不少富有创新的意象，像"浅浅的界河""圆润的珍珠""等待收割的金黄麦穗"等。2008年母亲节写的《母亲》一诗中提到的"绝望的藤蔓"，"不经意就爬满家的四面壁墙"。"藤蔓"这一意象深刻地揭示了处于极度孤寂中老人的无望与无奈，深深感动读者。

崔丽娟的诗在重视营造生动意象的同时，还追求"含有不尽之意于言外"的意境。"浅浅的界河"这一意象，读来意味悠长，就在于它有着耐咀嚼的意蕴。原本是条"浅浅的界河"，蹚过去并没有多少艰难，然而，"男人的骄傲和怯弱""女人的矜持和虚荣"，让它变成一条不可逾越的界河，启迪着读者对为人处事的种种思考。《你的糖》结语一句"爱情有很多滋味，并非每一种都像糖"，言简意赅，富有智性。

诗的意象与意境要用语言来展现，包括诗在内的一切文学，都是语言的艺术。文学语言不仅要准确、鲜明、生动，还追求形象、凝练、含蓄，乃至新颖、独到、风格。文学大师一般都是语言大师。对诗来说，更有音乐性的要求，要节奏鲜明，韵律和谐，悦耳动听。新诗虽然不像旧诗那样要求严格，但诗必须是能成诵的，不注意音律难于成为好诗。崔丽娟的诗可读也可诵，她的《命运吹过温柔的风》《我们》《浅浅的界河》《爱情的气息》等多首诗篇，为电视台、电台和网络平台选中，已经被很多主持人或艺人朗读。她是壮族人，以《我是五十六个民族中的繁花一朵》为题，向祖国作深情的诉说，此诗入选 2019 年庆祝新中国成立 70 周年"礼赞新中国 讴歌新时代"的原创诗歌朗诵会，抑扬顿挫，节奏分明，经朗诵者朗读后，给人以诗与音乐的双重美的享受。诗可读，也要可诵。美学家朱光潜说过："语言的音乐性在默念中见不出来，必须朗读。"崔丽娟的很多诗朗朗上口，可以诵读，表明其对语言的驾驭能力，受到读者和听众的共同首肯。

自然，"人无完人，金无足赤"。我在赞《未竟之旅》"情深文秀"的同时，也略感不足，希望她"在题材视野上更开阔些，诗情中更多地融入必要的哲思"。而《无尽之河》明显有所前进，更上了"一层楼"。诗的题材从爱情中扩展开来，历史、人生、社会、亲情、自然等方方面面都有所涉及，诗艺日臻成熟。《历史将铭记这个除夕》《阅历》《逝者如斯》《留白》《寂静》《迷路》等作品中蕴含着人生有常和人生无常的感叹，加深了诗的可思性和耐读性。

崔丽娟全身心爱诗，自称与诗有"前世之缘"，她正在诗坛的"未竟之旅""无尽之河"中勇敢跋涉，奋楫前行，必将取得愈来愈大的成就。

2020 年 8 月

原刊于 2020 年 8 月 2 日《新民晚报》

宜春

　　春节，即农历新年，已延续了两千多年，是中华民族最隆重的传统佳节，也是个弥漫着人间真情的节日。敦亲祀祖，阖家团聚，走亲探友，尊老爱幼，访贫问苦，这些飘荡着浓郁人情味的过年习俗，在漫长的历史发展过程中，具体内容和表现有了许多变化，但基本形态一直延续不断。我国是一个贵人伦、重亲情的国度，可以说，春节的基本主题，就是张扬美好的人情。这种节日民俗，成了加强社会成员团结和睦的一条重要精神纽带。

　　人们的美好的期望与祝福，既表现在口头上，也诉诸文字。前者多呈现于走亲访友的拜年活动中，后者的重要载体就是贴春联。记得小时候，家家户户都贴春联，红色的纸把节日的气氛染得火红，"天增岁月人增寿""财源茂盛达三江"一类文字，表达着"人盼幸福树望春"的愿望。那时过年，我的一个重要乐趣，是逐街一家一户看春联，从中不仅可以感受节日气氛，而且能够领略那种"新年纳余庆，嘉节号长春"的民俗心理。人们对春联十分重视，要请字写得好的人来写，贴在门上或楹上时火烛小心，力求端端正正，不容丝毫歪斜，不容一点污迹，仿佛有一种文字崇拜。铺天盖地的春联春贴，在增添了春节喜庆氛围的同时，更增强了春节的文化韵味。

如今，由于现代生活条件的变化，建筑样式的变化，在大城市里不会像过去那样家家户户都贴春联，但在许多中小城镇与乡村，贴春联与扫尘、打年糕、办年货等一起，仍是春节前必不可少的活动。近年我在一个村镇过年，家家户户的大门都贴有大红春联，虽然为节日添了喜庆色彩，但少有传统春联中的文化意味，因为这些春联都是从市场上买来的印刷品，千篇一律，内容缺乏个性，又无书法美，失去了品赏价值。传统的春联内容是要量体裁衣、看菜吃饭的。大街上住户虽然多是做生意的，但家家大门上如果都贴着"财源茂盛达三江"，那就乏味了，应当依据不同的行业不同的店铺写出不同的特色。比如酒店的"此处有家乡风月，举杯是故土人情"，茶楼的"客至心常热，人走茶不凉"，饭庄的"五味烹调香千里，三餐饭菜乐万家"，钟表店的"计时毫不失，思君肠欲回"，眼镜店的"明察秋毫，日月重光"，书店的"书林含馥郁，艺海贮英华"，理发店的"虽然毫末技艺，却是顶上功夫"，等等。即使是同一行业的店家，门上的春联也各自不同，正可谓百花齐放，美不胜收。加上书写水平高，行草隶篆各体具备，我小时徜徉在贴满这样春联的街道中，享受浓郁的春节气氛，也深深受到一种艺术的熏陶。我想，当今春联的"复燃"，宜与普及提高诗词和书法艺术结合起来，使喜闻乐见的节日民俗具有更多的文化内涵。

在大城市，就我所见，如今贴春联的人虽然也在增多，但较多的还是贴春帖。春帖是春联中字数较少的一种，在门心、窗棂、器物上都可以张贴，比较适宜大城市居住条件。年前的一次联欢活动上，人们请在场书法家写得最多的，就是"福"字，好多人家也贴着这个"福"字，有的还把"福"字倒过来贴，用"福倒"表示"福到"。这也是一种传统的沿袭，自然不错。不过，用这种方式表达心愿略显单一，且有些过实、过直，文化意蕴略逊。实际上，前人还常用"宜春"两字作春帖，就较文雅、含蓄。唐崔道融《春闺》诗："欲剪'宜春'字，春寒入剪刀。"郁达夫《立春日》诗："闲来剪个'宜春'字，贴上兰花小瓦盆。"讲的都是用"宜春"两字作春帖的。

"宜春"，自然也是美好的祝福。一方面，是渴望春天，迎接春天。一年一度的美好春天，正是通过春节跨过寒冬来临人间，我们要做好除旧布新工作。过去人们从腊月二十三日小年开始就"忙年"：打扫房屋，置办年货，添置新衣，洗头沐浴，为的就是辞旧迎新。如今时代发展加速，大家重任在肩，在年头岁尾，需要从更广泛的层面去"宜春"，更好地把"新桃换旧符"。二是适应春天，创造春天。有句古诗说："憔悴不知缘底事，遇人推道不宜春。"人"憔悴"了，就不一定能适应美好春天。以往春联中常见一句话："向阳门第春常在"，这表明只有自己自觉地"向阳"，而不是"背阴"，才能"宜春"，才能紧跟新时代，长久地赢得万紫千红的美好春色。

时值己亥猪年春节来临，我愿借用"宜春"两字作为春帖，祝福自己，也祝福他人。

2019 年 1 月

春节主题：人情荡漾

　　猪年春节的脚步声越来越近，有关春节的报道与话题也越来越多。有人觉得，喜庆的爆竹声没有了，年味有些不足。实际上，民俗是在推陈出新中发展的。"爆竹一声除旧"，确是春节的一种传统民俗，它产生于农耕时代，既寄寓着人们驱魔避邪的愿望，也适应当时人口稀少、居住分散的状况，可以增添热闹喜庆的气氛。如今早已进入工业文明时代，城市大量出现，人口集中，高楼林立，在这样的环境里大放爆竹烟花，不仅严重污染空气，而且易引发安全事故，与我们今天所大力倡导的健康、绿色、环保、和谐等理念严重背道而驰。如今，上海等许多城市先后在一定范围内禁放爆竹，吻合社会发展的需要，反映了"风俗当随时代"的变异性。

　　自然，民俗又有其稳定性。拿春节风俗来说，在历史发展中，尽管具体内容与形式多有变化，但年俗的核心精神却在变中不变，从而使春节得以成为一个传统，世代相传，绵延不绝。

　　这里，且不说"一元复始，万象更新"，节日中各种除旧布新、辞旧迎新的活动，显示着人们迎接新年、迎接春天的喜悦；也不说"一夜连二岁，岁岁如意；五更分二年，年年称心"，节日里的祭祝祈年活动，表露着人们祈望人寿年丰、国泰民安的心愿；也不说"灯火家家市，笙歌

　　　　　　　　　　　　　　　　　　　　　　　　　　九十乱弹

处处楼"，节日里丰富多彩的娱乐活动，表现了人们生活有张有弛，有劳有逸，重视生活节律的调剂；我想着重说的，是"天泰地泰三阳泰，家和人和万事和"，节日里各种走亲访友活动所透露出的浓郁的人情味。

我国是一个贵人伦、重亲情的国家，这一传统在节日里表现得十分明显。年三十的那顿年夜饭，在节俗中举足轻重。年夜饭又被称为"团年饭"，祈愿全家团团圆圆。同时，"团年饭"上还要奉祀祖先，"事死如事生"，增强家庭内部的凝聚力。因此，每逢春节，在外的游子，不论身处天涯或海角，都要想尽办法回家吃年夜饭。如今，大批外出打工者节前潮水般返回家乡，就是要赶这顿年夜饭，享受团圆之乐。由于回乡车票粥少僧多，为了克服"一票难求"的窘境，近年许多游子采取"反向过年"的办法，即请父母老人到他们工作的城市过年，共吃团圆饭，共享天伦乐。这种"逆迁徙"，与传统的过年形式一样，体现的仍然是"每逢佳节倍思亲"。

除了亲情以外，友情也在春节中分外热络。即使陌路相逢，也会含笑相对，互致祝贺。过去，节日间来往多为登门拜年，如今现代化了，多用电话、微信拜年，频率次数都远远超过以往人们互相的登门拜年，只是"线上来往"不及当面交谈亲切深入，两种方式宜并存互补。对一些老朋友来说，还是面谈情更浓。

春节里，人们也特别重视访贫问苦，关怀困难群众。从党和政府的"送温暖"，到人民群众的互帮互爱，让所有尚有困难的人，都能得到有效的帮助，过一个欢乐祥和的春节。春节里荡漾着浓浓的人情，使社会成为一个"不沉的湖"。

春节是除旧布新的日子，是祈年祝福的日子，是娱乐狂欢的日子，更是人情大交流的日子。我以为，春节中的人情荡漾，是最为醉人的。

随着时代的发展，春节的具体活动形式会有消长变化，但只要其"基本主题"还在，人的情感交流的主题还在，那么，它作为维系和强化人际关系的一种有力的感情纽带，就必然会世代相传，长命不衰。

2019 年 1 月

九十乱弹

美哉，中华创世神话

自 2016 年起，上海市启动了"开天辟地——中华创世神话"文艺创作与文化传播工程，计划从连环画、文学、电视剧、舞台剧等各层面展开中华创世神话的文艺创作工程，旨在通过创作一批优秀的文艺作品，梳理中华文明的起源，如今有关作品已陆续问世，不仅引起国内读者的极大关注，同时也引起海外读者与研究者的热情注目。

马克思指出："任何神话都是用想象和借助想象以征服自然力，支配自然力，把自然力加以形象化。"神话是人类最初感受世界与认识世界的特殊方式，是人类最初揭示自然现象和行为意义的活动，可以说是人类文明最早的印记，是人类文化的源头。

世界各族人民都有自己的神话，在一些人的印象中，中国神话似乎不如希腊、罗马神话那样成系统，这是一种误读。实际上，中华神话内容十分丰厚，只是过去缺少发掘整理，未能充分展示这一文化遗产的影响力。近年的整理研究表明，中华神话也是谱系化的，由于民族与地域特性的不同，它与西方神话同中有异。西方神话的本源是上帝造人，而中华神话则是天、地、人合作创世，有着"天人合一"的精神内核，褒扬"天行健，君子以自强不息"的思想。同时，与西方神话崇尚智慧不同，中国特别崇尚美德，崇尚英雄人物的奉献与奋斗精神。

随着中华创世神话的加速传播，海外学者也由此进一步认识了中华文化这一优秀基因。哈佛大学神学院教授大卫·查普曼在一次讲座中，就赞扬了中国神话的精神内核。他就"钻木取火"的故事说，"我们的神话里，火是上帝赐予的；在希腊神话里，火是普罗米修斯偷来的；而在中国神话里，火是他们钻木取火坚韧不拔摩擦出来的！这就是区别，他们用这样的故事告诉后代，与自然作斗争。"他还说到面对末日洪水，西方的神话是在诺亚方舟里避难，而中国则是战胜洪水，与灾难作斗争。

查普曼教授还讲到"愚公移山"。他说，那种"移山"精神，在他们神话里是没有的，有的只是"听从神的安排"。至于太阳神的传说，许多民族都有，但像"夸父追日""后羿射日"中表现出的那种"可以输，但不能屈服"的描述却没有。这位美国专家从中国神话中看到了中国人"勇于抗争精神的遗传基因"。他说，"你们现在再想到中国人倔强不服输的精神，就容易理解多了，这是他们屹立至今的原因。"

是的，上古初民的神话，是民族的精神基因。中国创世神话与中华民族精神世界息息相关。人们从神话故事中可以透视社会的发展与运行，也可以透视一个民族的心理发展过程。神话对于民族凝聚、满足民众的精神需求来说，都具有积极的价值。毛泽东在抗战胜利后，曾用"愚公移山"的故事，激励全党"下定决心，不怕牺牲，排除万难，去争取胜利"，建立新中国。"一切历史都是当代史"，深入研究与传播我国的创世神话，是对民族精神的追本溯源，对继承发扬中华民族的优秀精神基因，增强民族自信，是大有裨益的。

中华神话是世界神话宝库中的一株奇葩，会愈来愈为人们所鉴赏与赞美。

2018 年 9 月

九十乱弹

好电影要有好故事

据《文汇报》报道，最近二十年间，在电影被资本裹挟和电影技术急速发展的环境下，"故事"这个电影的核心元素正在越发被稀释，导致全球影业陷入"故事焦虑"——以北美为例，各种超级 IP 的续集撑起了半壁市场，动辄以 3D、IMAX 示人、视效令人眩晕、内容同质化的电影霸占热门档期，让观众越发疲惫。

许多专家学者认为，该回到好电影的本质了。因此，上海国际电影节开幕以来，大家都聚焦在同一个话题上："好电影"的标准是什么？透过 500 部展映影片来看，不论是实现票房"秒杀"的经典名片，还是引起观众追捧的新片，这些影片都拥有一个"好故事"。

电影有别于文学，它是吸收了文学、戏剧、绘画、摄影、音乐等各种艺术特长后形成的一种综合艺术。同时，它充分利用了科学技术发展的成果，是人类科学进步与艺术融合的产物。电影总是最先去拥抱科技新成果，用来"为我所用"，以便增强电影特有的视觉效果，这是正常的。然而，技术毕竟是"术"，而不是"道"。对电影来说，"道"还是它的内容，是它所表现的人物、情节、环境，引人入胜的故事是其核心元素。技术应是"好故事"起飞的助推器，而不宜只是展示与炫耀的工具。如果没有"好故事"，就会本末倒置，引发观众的疲惫。

讲好故事，特别是讲好中国故事，是包括电影在内的一切文艺形式的重要任务。文艺作品的认识与教育作用，都是通过美感作用而实现的。什么叫美感？按茅盾的说法，就是能使观众或读者"发生一种情绪上的激动，也许是愉快兴奋，也许是悲哀激昂，不管是前者还是后者，总之我们是被感动了。这样情感上的激动，叫作欣赏，也就是我们对看到的事物有了美感。"人的命运与遭遇，是最能感动人，从而引发美感的。是故文学被称为"人学"，展现的焦点要对准人，而不能对准物。电影也是一样，文学是通过文字来讲故事，而电影则是运用镜头、声音、光影、构图、音乐等艺术元素讲故事。电影为了讲好故事，可以充分运用现代先进技术，但不能让"人"缺席，不能喧宾夺主。只有讲好故事，生动而艺术地展现人的生态与心态，既内涵深厚，又赏心悦目，好看，耐看，才是"好电影"。

也许是由于对技术的过分依赖，"故事"这一电影的核心元素越来越被忽视，正引来电影业人士对它的呼唤。在上海国际电影节金爵奖评委见面会上，动画片单元评委主席雅克-雷米·杰瑞就"好电影"的标准，连说了三遍"好故事，好故事，还是好故事"，表明了对电影艺术真谛的渴望。

2018 年 6 月

梦笔生花

　　老来无事乱翻书，某日，在翻阅《红楼梦》后，随手又翻阅了明代剧作家汤显祖的《牡丹亭》，文前介绍说，《牡丹亭》"因情成梦，因梦成戏"，又名《还魂记》。它与作者创作的《紫钗记》《邯郸记》《南柯记》一起，合称"临川四梦"或"玉茗堂四梦"。梦、梦、梦，这些古典顶尖文学名著的梦境，让我突发了一个激灵，感到梦并不虚无，而是想象的一种驰骋，为优秀文学创作所常有。《红楼梦》《牡丹亭》尽现了"梦笔生花"的美妙。

　　《红楼梦》可说是用一个"梦"字贯穿故事的发展脉络，据统计，全书大大小小的"梦"多达一百多个。重要的情节，往往是从梦中而来。"甄士隐梦幻识通灵"，开篇就是梦。"贾宝玉初试云雨情"，写贾宝玉是在梦中领悟云雨情。同时，贾宝玉也是在梦中神游太虚幻境，看到了金陵十二钗正副册，暗示着钗黛等女子的各自命运。秦可卿的出场虽不多，但是个重要人物，她弥留之际托梦给王熙凤，提醒她不可忘了"盛宴必散"的俗语，进一步暗示了贾府会走向"落了片白茫茫大地真干净"的结局。《红楼梦》中一些次要情节，像香菱学诗，她开始总是写不好诗，后来苦思冥想，"忽于梦中得了八句"，得到一片赞扬。这也是精诚所至，梦笔生花。

"因情成梦，因梦成戏"的《牡丹亭》，更是离不开"梦"。女主角杜丽娘，名门闺秀，深居简出，一日到后园游玩，面对姹紫嫣红的烂漫春色，顿生幽怨，回房后昼寝，在一场梦境中，与一位书生柳梦梅相遇，二人坠入爱河，许下终身承诺。由于封建礼教的束缚，两人不能公开相恋，杜丽娘因思成疾而亡，以鬼魂的形式回到牡丹亭等待柳梦梅，同样痴心的柳梦梅经历多重磨难和困苦，终于在牡丹亭遇到了杜丽娘的鬼魂，并使杜丽娘得以重生，最后携手共度美好余生。全剧的"游园惊梦"一折，令人们最为赞赏。

　　梦，是睡眠时局部大脑皮质还没有完全停止活动而引起的表象活动。按照弗洛伊德对梦的解析，认为梦境是人类无意识心理活动的具体表现，又是人类内心深处的欲望和冲突的具体表现。"梦里南柯""梦里蝴蝶"中的"南柯"和"蝴蝶"，虽都是"黄粱一梦"，并不存在，但有关主人公会做"梦"却实实在在是真的，梦境是连接现实和潜意识的桥梁，"日有所思，夜有所梦"嘛。弗洛伊德说，"梦的内容是由意愿形成，其目的在于满足意愿。"因而在文学创作中善于写梦，就更有利于深入展现人物的潜意识和内心世界，更有力地展现作者的想象力和创造力。精于写"梦"，梦笔生花，也正是造就《红楼梦》和《牡丹亭》巨大光辉的重要笔墨。

　　写梦，不仅是作家在作品中塑造人物、表现现实、寄托理想的重要手法，同时，作家也常常从自身的梦中吸取灵感，创造美好的篇章。传说苏东坡《太真妃裙带词》，就是他住在华清池时的梦中所得。谢灵运的名句"池塘生春草"，也是得之于梦。人在梦中活跃的潜意识，会产生意料之外的意象，给作家带来创造性灵感启迪。因而，英国诗人济慈向伟大的自然祈求："让我好进入我的梦境。"我国现代诗人戴望舒则说："梦会开出花来的，梦会开出娇妍的花来的：去求无价的珍宝吧。"

鲁迅也重视梦在创作中的作用，他的散文诗集《野草》计收二十四篇作品，其中有七篇都是以"我梦见"开头的，如《死火》："我梦见自己在冰山间奔驰"；《狗的驳诘》："我梦见自己在隘巷中行走"；《立论》："我梦见自己正在小学校的讲堂上预备作文"；等等。虽然实际上不一定是真实的情况，但梦对创作的作用是无可置疑的。鲁迅在《好的故事》中说，他是靠在椅背上，闭了眼睛，在蒙眬中看到这个"好的故事"的，骤然一惊睁开眼后，梦的碎影还在，作家们立即欠身伸手去取笔，留下了这可爱的"好的故事"。梦中的灵感，梦中的启迪，是优秀创作的可贵催化剂。

成语"梦笔生花"的来源有几个版本，内容不尽相同，但都展示了"梦"与"笔生花"的关系。《红楼梦》《野草》等名著表明，这要求作者既敏于捕捉作品中人物的梦，同时又能善用作者自身的梦。梦暗藏着潜意识，轻易难知，又各各不同，最能显示作者"精骛八极、心游万仞"的想象力，与剖幽析微、积微成著的创造力，从而使作品别具一格，"梦笔生花"，显示出它的独特与深邃。

2022 年 9 月

柳宗元的两则寓言

近来集中读了一些寓言。寓言篇幅短小，读来轻松有趣，而其内寓哲理，又十分耐人回味。有人说过，当寓言向你走来的时候，分明是一个故事，生动活泼；而当它转身离开时，却突然变出一个哲理，严肃认真。追求有趣有益的业余读书，不妨读读寓言。

寓言是最古老的文学体裁之一，其历史几乎与神话同样悠久。世界上历史最悠久的三个文明古国，中国、希腊和印度，正是寓言最为兴旺发达的三个国家。公元前，希腊、印度分别有了《伊索寓言》与《五卷书》，我国先秦诸子著作中也多有寓言，庄子、列子、墨子等多为寓言大师；而到了唐宋时期，寓言更从散文的从属地位中分化出来，获得独立文体的身份，柳宗元的《三戒》（含《临江之麋》《黔之驴》《永某氏之鼠》三篇）与《蝜蝂传》《哀溺文序》等篇，可视为寓言创作兴盛的一种标志。

我这次重点重温了柳宗元的寓言，其篇幅都不长。《蝜蝂传》写道："蝜蝂者，善负小虫也。行遇物，辄持取，卬其首负之。背愈重，虽困剧不止也。其背甚涩，物积因不散，卒踬仆不能起。人或怜之，为去其负。苟能行，又持取如故。又好上高，极其力不已，至坠地死。"

"今世之嗜取者，遇货不避，以厚其室，不知为己累也，唯恐其不积。及其怠而踬也，黜弃之，迁徙之，亦以病矣。苟能起，又不艾。日思高其位，大其禄，而贪取滋甚，以近于危坠，观前之死亡，不知戒。虽其形魁然大者也，其名人也，而智则小虫也。亦足哀夫！"

此文虽然不到 180 个字，却生动地塑造了蝜蝂这一小虫的艺术形象，揭示其"善负物""好上高"的特点，彰显其贪婪、愚顽的本性。现实中不存在蝜蝂，但柳宗元意在借这种小虫的特征，揭露鞭笞贪官污吏的嘴脸：一是好物，贪得无厌，"行遇物，辄持取，卬其首负之"，"苟能行，又持取如故"。二是好高："又好上高，极其力不已"，醉心于不断攫取更大的权力。贪钱又贪权，这正是历代一切贪官污吏的共同特性。有学者考证，蝜蝂这一形象是讽刺当时宰相王涯，此人无比贪婪，其结局与蝜蝂一样。因而蝜蝂这一小虫的艺术形象又并非凭空捏造，而是源于生活的艺术创作，在使作品富有更强的讽喻意义的同时，也增添了审美性。因而，它具有跨时空作用，我们今天读来，不感到有"隔"，仍为其鲜明的批判精神所感染，激发我们为消灭"蝜蝂"这样的社会害虫而不断努力。

"自作孽，不可活"，柳宗元笔下的蝜蝂，终因"贪取滋甚，以近于危坠"摔死了。作者告诫人们要"知戒"，"而智则小虫也，亦足哀夫！"试想，这样行文简约，内容精妙，幽默有趣，深含哲理的寓言，不值得我们多多玩味吗？

《哀溺文序》篇幅更短，不足 120 字，全文为："永之氓咸善游。一日，水暴甚，有五六氓，乘小船绝湘水。中济，船破，皆游。其一氓尽力而不能寻常。其侣曰：'汝善游最也，今何后为？'曰：'吾腰千钱，重，是以后。'曰：'何不去之？'不应，摇其首。有顷，益怠。已济者立岸上，呼且号曰：'汝愚之甚，蔽之甚，身且死，何以货为？'又摇其首。遂溺死。吾哀之。且若是，得不有大货之溺大氓者乎？于是作《哀溺》。"

此文也是讽刺鞭笞贪欲，但没有采用动物拟人化的寓言通常写法，而是直接写了人。按照一般想象，当人面临沉没溺死的境地时，为保住生命，不会舍不得丢掉缠在腰间的那千枚铜钱的。因为"身且死，何以货为?"然而，这样贪钱不顾命的却大有人在，不仅有像"永之氓"那样的小"氓"，而且更有"大氓"。柳文最后一句"得不有大货之溺大氓者乎?"指的就是那些在宦海中贪婪成性，为"货"而"溺"的人。他们不是因为缺财少钱才伸出黑手，而是钱迷心窍，让金钱制约了他们的喜怒哀乐。庄子说："钱财不积，则贪者忧。"而贪得无厌必然会践踏社会秩序，从而获咎获罪，成为"溺"者。现实的反腐斗争表明，建立正确的世界观人生观道德观，走出金钱至上的误区，是从源头治理腐败的一个基本方面，包括那些为钱所迷的"大氓"，如果都能读一读《哀溺》，也许有助于迷途知返，减少遭"溺"之"哀"。

寓言借此喻彼，借古喻今，短小精悍，可读可思，是很适合大众随时阅读的一种文体。自然，读寓言也不宜"拿到篮里就是菜"，也要重视选择，多读经典。20世纪90年代，上海出版过一套10卷本的《世界文学金库》，内中一卷为寓言卷，比较全面地收选了中外古今优秀寓言，可供参阅。

2022年7月

用古人笔墨为古人造像

2019 年 3 月 23 日，"守望丹青"画展在上海中国画院开幕，集中展出了 100 位明代中期以来的我国卓越书画家的肖像画。这 100 幅画作皆出于画家、出版家邓明之手，因而该画展又称"邓明画坛胜流肖像展"。

邓明艺术修养深厚，从事美术出版工作三十余年，在职时全心全意"为他人作嫁衣"，策划出版了不少优秀美术著作。退休后凭借他多年的积累与才情，以七年之力，悉心创作了从沈周到黄胄等书画家的 100 幅肖像，成就了"守望丹青"，上海市文联原主席施大畏称赞其为"破天荒"之壮举。

这 100 幅肖像画装裱在镜框内，悬挂在上海中国国画院一楼、二楼的两个展厅里。每幅肖像画旁还配了一首七言绝句，展现画中人物的生平个性。绝句也是邓明作的，并以劲秀灵动的行书加以书写，本身也是书法佳品。画、诗、书珠联璧合，使得整个展厅充满浓浓的文情画意。参观者边看边吟，边赏边思，参与了一场艺术盛宴。

作肖像画，贵在要"像"，不能随意臆造。因此，画肖像一般都要有所依据，或见过本人，或有影像等资料作参考。然而，"守望丹青"中的画家，多是古人，邓明不可能见过他们，这些人大多也无画像传世，为了克服这一困难，邓明动用了他多年美术出版工作的积累，查阅了大量资料，根据画家同时代友人辞章笔记中的零星记载，以及不同时代、不同地域、不同阶层的衣冠服饰制度，综合考虑后加以塑造，在容貌上力求形似。

在此基础上，他还力求神似。画家文人都有鲜明的个性。晚明以来，绘画风格流派多姿多彩，不同的画家有着不同的笔墨特征，重视这一点，就能突显不同画家的精神气质。邓明认为，笔墨是中国画的核心价值所在，"古人的笔墨就是古人的 DNA"，找出古人的笔墨特征，也就找出了他们各自的精神特征。对擅长画泼墨大写意的徐渭，邓明在画像时就直接将大写意的墨竹画法泼洒到他宽大的衣袖上。画傅山，邓明极力模仿其草书笔意中的率真纯粹。画金农，则运用金农常用的"蚯蚓描"画法。邓明"用古人的笔墨为古人造像"，既可让读者由图识人，也可让读者由图认知他们的书画风貌和艺术贡献。

"守望丹青"为中国明代以后的画家绘出了一部富有创新意义的肖像史。邓明在"造像"中，特别注意"画眼"。"画眼"系用以点明画意的关键之处，并非一定是指眼睛，但就肖像画来说，它是特别能显示人物精神状态的点睛之笔。邓明画"冷眼朝天天亦冷"的八大山人，虽然没有像八大山人笔下的鱼和鸟一样白眼朝天，但把他的眼神画得斜向一边，点出了他的冷峻个性。画金农，金农是扬州八家中学问最好的一位，他手持书卷，若有所悟，眼神也没有正对读者，把金农画中学者的身份恰当地表现出来。还有徐渭，邓明画中，他处于一种极度亢奋迷乱的状态。一代才子，中年病中杀妻，晚景非常凄惨，他的眼神有过人的智慧，但却是迷乱的。如此等等，显出画坛大家的同中有异，显出文人墨客的丰富精神史。

　　　　　　　　　　　　　　　　　　　九十乱弹

我参观后，对曾经的同事邓明表示祝贺，同时赞扬他的才气，钦佩他的"七年磨一剑"精神。他说，做出版，做学问，都要甘于"坐冷板凳"。我以为然，甘于寂寞，不急于求成，方有可能把冷板凳坐热。

2019 年 3 月

文艺创作不相信进化论

上海人民出版社出版了一部别致的诗歌史《永恒之间：一部与时间作对的西方诗歌史》。其"别致"在作者李炜不走寻常路，依据历史发展顺序来写"史"，而是打破了线性书写的模式，采用"逆时间"的方式安排章节。开篇从 20 世纪出发，一路回溯，十个篇章如同十个站点，让人先后驻足于 20 世纪 30 年代的西班牙语诗歌、20 世纪初的法国诗歌、19 世纪末的美国诗歌、普希金时期的俄语诗歌、歌德时期的德语诗歌、莎士比亚时期的英语诗歌、文艺复兴时期的意大利语诗歌、西方移译的中世纪波斯语和阿拉伯语诗歌、古罗马和希腊化时代的诗歌，直至古希腊时期的诗歌。

李炜聚焦十个不同时代、不同地域的诗人群体，通过叙写他们各自的命运遭遇和精神历程，直观呈现其所处时代的诗歌乃至文学艺术风貌，连缀成一部纵贯三千年的西方诗歌简史。如果按照通常的方式来写，这本书应该从古代一直发展到现代。但李炜不喜欢"发展"这个概念，在他的理解中，艺术、诗歌并不遵守也没有办法遵守达尔文的进化论。他认为，时间的演进从来不能与文学艺术的进步画上等号，即使有新的创作方法问世，也不意味着新的天空比原来更蓝，只是提供了更多的角度。在他看来，这种打破线性叙事的写法，有助于读者对艺术领域内"新"

与"旧"的优劣之分进行反思。

我还没有认真阅读李炜这部诗歌史，但对作者不把诗歌的发展前行与时间的演进绑定在一起的看法，我是十分赞同的。历史上包括诗歌在内的文艺作品，并非都是"与时俱进"，当代优于现代，现代优于近代，近代优于古代，产生的时间是越后越好的。相反，历史上有些经典之作，像莎士比亚、普希金与李白、杜甫的诗歌，一直是后世难以逾越的高峰。

这是由于在历史的前行中，物质生产和艺术生产之间存在发展不平衡的关系。马克思说："关于艺术，大家知道，它的一定的繁盛时期决不是同社会的一般发展成比例的，因而也决不是同仿佛是社会组织的骨骼的物质基础的一般发展成比例的。"因而，艺术的一定繁盛时期，可能出现在社会发展的低级阶段，如古希腊的神话、史诗，就是发生在社会生产力低下的阶段，而随着人类逐渐支配自然，神话也就消失了。

因而，实在不宜以时间为坐标来区分艺术的新旧与优劣，不宜以达尔文的进化论来看待不同时代的文艺创作。

由此我还觉得，对待作家、艺术家的个人创作，也不宜只以时间为坐标，要求后一部一定要高于前一部。以《小巷深处》成名的陆文夫，就曾对该说法表示虽心向往之，却难于做到。他说，写作品不可能像造高楼那样，今天造座5层工房，明天造座10层公寓，后天造座32层带旋转餐厅的星级旅馆。这并非他缺乏进取之心，在创作中，他力求每篇作品都有所发现，有所创新，不过，他的一篇篇"出奇制胜"的作品，加起来不是"造高楼"，而是"造园林"，这篇是座假山，那篇是条溪流，此篇是个亭台，那篇是一楼阁。亭台楼阁、假山溪流，绝不重复雷同，各有各的特色，各有独立存在的价值，很难说"亭台"要比"楼阁"高，"溪流"定比"假山"好，它们的作用，是共同组成一个多彩而统一的"园林"。作家在不同时间段创作的优秀作品，正应该组成一个风光无限的独特"园林"，是不宜以建造时间的前后分优劣的。

　　自然，优秀的作家往往都有成名作或代表作，这些作品体现了他们创作的最高水平，然而，相比之下，成名作还是出现在创作早期更为多见，像我国现代最著名的几位作家的成名作，鲁迅的《阿Q正传》，郭沫若的《女神》，茅盾的《子夜》，巴金的《家》，老舍的《骆驼祥子》，曹禺的《雷雨》等，均出现在他们创作的早期。此后，他们的创作虽也仍是云蒸霞蔚，却也无法说后期较前期好，因而，时间不宜作为区分艺术作品优劣高下的尺度，适宜于自然界发展的进化论并不适宜于文艺创作领域。

2020 年 9 月

文艺批评要"坏处说坏，好处说好"

    贾平凹是我国当代著名作家，创作量大，影响面广，近年来仍不断推出新著，去年出版的长篇小说《山本》，照例赢得评论界一片赞赏。但评论家鲁太光细读其作品，认为质量不高，发表了题为《价值观的虚无与形式的缺憾》的批评文章，结合贾平凹近年的长篇小说创作，从价值观、情感表达、艺术形式等方面对《山本》进行了细致剖析，以期对当下文坛的写作有所启示。鲁太光认为，一部质量平平之作竟得到了评论界的普遍好评，值得评论界反思。

    此事引发了对当下文艺批评中存在的"抬轿子"式的风气的议论。有人说，对文艺作品的评价，本应当实事求是，见仁见智，有争论，有交锋。然而，现在的作品研讨会，充斥着"抬轿子"式的赞美，广告式的吹捧。对所研讨的作品，特别是一些知名作家的新作，都被戴上了千篇一律的"高帽子"：诸如"石破天惊""十年来最好""当下舞台难得一见""文学创作新突破""艺术生涯新高峰"，真可谓好话说尽，只可惜多为假话、套话，连说的人自己也不太相信。

    文艺评论应如鲁迅所说："必须坏处说坏，好处说好。"有一说一，有二说二，既敢于肯定所肯定的，又勇于否定应否定的。"抬轿子"式的吹捧文章泛滥，固然与评论者的识见水平有关，但主要还是因为评论者为庸俗的关系学所囿，大家低头不见抬头见，抹不开面子，不想得罪人，因而只讲好，不讲坏。实际上，文友间的友情，也需要以原则精神作它的"脊梁"。翻开《别林斯基选集》，可以读到这样两篇文章，一是《论俄国中篇小说与果戈理君的中篇小说》，二是《给果戈理的信》，前篇发表于1835年，深刻地分析了果戈理作品的现实意义和美学价值，称果戈理是"站在普希金所遗下的位置上面"。后篇发表于1855年，却尖锐地批评了果戈理，称他"把谎言和不义当作真理的美德来宣扬"。由于始终按原则精神评述，别林斯基和果戈理一直保持着美好的友谊，在文学园地上熠熠生辉。

就当今来说，庸俗吹捧、阿谀奉承的现象盛行，还由于金钱的影响。俗话说，"吃了人家的嘴短，拿了人家的手短"，评论家调子的高低，不是基于作品本身的质量，而是受制于"红包"的厚度。清除文艺评论中的胡吹乱捧现象，也需要让"文艺尊神"脱离赵公元帅的羁绊。

自然，尽管当下文艺批评的整体生态不尽如人意，但实事求是的批评也还是有的。要求改变评论园地的虚假吹捧现象，建立文艺批评应有的权威和公信力，也是评论家自己首先提出来的。完全可以期待，经过努力，文艺批评一定会更好地张扬自身的力量，在褒优贬劣、激浊扬清中，更上一层楼。

2019 年 9 月

"领衔主演"的滥用

《咬文嚼字》编辑部发布的 2017 年十大语文差错，其中一个是"领衔主演"的滥用。当下荧屏和银幕，演员表中多有"领衔主演"的用法，而且往往出现多人并列。《咬文嚼字》指出，这违反了"领衔"一词的本义。所谓"领衔"，是指在共同署名的文件中，排名在第一位的人。后来也指在艺术表演者的名单中，排名在第一位的演员。不管用于什么场合，"领衔"只能是一个人，不能是一群人。

我以为，影视剧在演职员表中如此标注"领衔主演"，固然是一种语文差错，但究其成因，恐怕不是由于语文水平不高，而是一种虚夸、虚假、虚妄、虚荣的思想作风在作怪。

一个剧目的演出，是由多个演员合作完成的，内中有主角也有配角，有唱头牌的也有跑龙套的，各有各的作用，缺一不可。演员队伍的组成，如同一切社会组织一样，成宝塔状，下面大上面小。也就是说，一般演员多，主演少，领衔主演更是凤毛麟角。然而，时下不少影视剧的演员表，则是倒过来，主演有黑压压的一片。

主演，指主要演员，过去一部剧目一般有两人，一为男主角，一为女主角，如今大概已不能满足更多演员想拥有"主演"的名，于是就突破了"主"的含义，让戴上"主演"帽子的人越来越多。俗话说，"物以稀为贵","主演"多了，也就难于体现众星捧月式的"主"的高贵了，这一称呼随之又为一些大牌演员所不屑，要求更上一层楼来突显自己，挂"领衔主演"的人遂多了起来。然而，这还摆不平，你能"领衔"，我为什么不能"领衔"？于是也就顾不得"领衔"是指排名第一的人，而是任意违反其本义，将一人变成了一群人。再发展下去，"主演""领衔主演"的帽子还不够用，需加入"联合主演""联袂主演""特邀主演"等名头，使得人人上榜。

前段时间有一部电视剧，主演8人，联合主演33人，领衔主演12人，而一般演员为27人。80人的演出阵容，各种主演共有53人，竟占66%，完全颠倒了主次的设置。就一部电视剧来说，红花需要绿叶配，主演是在剧中起主要作用的演员，要充分予以重视，但主演太多，就会各唱各的调，各吹各的号，乱成一锅粥，致使剧作根本无法进行。

不论演员原有的地位名声如何，在一部影视剧中的定位应适宜其所扮演的角色。"领衔主演"这一词语的乱用，并不像《咬文嚼字》所指出的其他语文错误那样是由于语文知识的欠缺，如当事人递交法院起诉离婚的"起诉状"误成了"起诉书"，就多由于缺少法律知识所致。因为一般人不了解"起诉状"和"起诉书"的发起人有别，属两种不同的法律文书。"领衔主演"的意思则很容易为人们所了解，其所以会乱用，更多是有意为之，以满足一些演艺人员的虚荣心，同时也为影视剧的阵容虚张声势，忽悠观众。

"领衔主演"的乱用滥用，是社会虚夸虚荣作风的一种反映，克服它固然要提高语文水平，关键则是要端正思想作风。

2018 年 10 月

莫将夜壶当茶壶

　　近来，针对文娱领域的流量至上、"饭圈"乱象、违法失德等不良现象，各地正纷纷加强治理工作。无论是演艺市场、影视屏幕，抑或网络平台乃至广告宣传，多存在低俗、庸俗、媚俗现象。"三俗"会严重污染社会环境，毒害人们心灵，无疑在整治扫荡之列。但也有一种看法，认为人是离不开俗的，历史上从来都有俗文化的流传。此话乍听不错，但是把"俗"的内涵弄错了。俗文化指的是比较通俗易懂的大众文化，而不是指其内容可以低俗、庸俗、媚俗。俗文化与雅文化一样，要讲品位、讲格调、讲责任，自觉摈弃"三俗"的低级趣味，自觉反对拜金主义、享乐主义、极端个人主义的腐朽思想，以通俗的方式把真善美融入作品，引导人们向上向善。

　　这让我想起赵树理。他是一位农民作家，是带着一身"土气"进入文坛的。他的作品通俗易懂，以大众化、民族化见长，其《小二黑结婚》《李有才板话》等作品成为文学精品，进入了我国文学史。1956年春，赵树理在河北邢台与文学爱好者座谈，在回答了他为什么只写农村题材作品问题后，特别强调说："为农民写的作品也要讲品位，什么品位的东西摆在什么位置上，茶壶摆在茶几上，夜壶就不能摆在茶几上。"

　　这句话形象而深刻，说明面对大众的通俗作品"也要讲品位"。凡是放在"茶几"上的东西，即一切面向公众的东西，都应当是"茶壶"，而不可以是"夜壶"。

实际上，有品位的通俗作品，并非一味地俗、俗、俗，而是俗中含雅，具有一种雅俗共赏的效果。同样，受到欢迎的雅文化，也雅中有俗，含有俗的基因。由于人的鉴赏心理是立体的、多层次的，"雅"士也会欣赏通俗作品，"俗"人也会浏览高雅作品，关键是这些作品都应是有品位的"茶壶"，而非臭气四溢的"夜壶"。金庸的武侠小说，开始多被视为俗书、闲书，但由于它俗中含雅，富有历史人文的品位，终被视为雅俗共赏的杰作，成为我国现代文坛上一把靓丽的"茶壶"。

由此可见，通俗与"三俗"是两股道上跑的车，绝不可把它们一"壶"煮。社会上之所以会出现把"夜壶"当"茶壶"的现象，除了有关作者的炮制外，也由于某些媒体平台的恶意炒作。1949 年之前，上海有不少小报就以"三俗"为能事，经常炮制和渲染一些"花边新闻"，用"近于诲淫诲盗的材料，迎合一般卑下的心理"（邹韬奋语）。这种恶俗的做法，使小报在过去成为一种特有的低级格调的代名词。邹韬奋当时在办《生活》周刊，针锋相对地提出要"以有趣味、有价值"作为取舍稿件的标准。"有趣味"，并非"肉麻当有趣"，而是那些群众关心、乐于被人接受的东西。"有价值"，则要求文章内容有助于读者"进德修业"，思想向上。

今天，随着互联网的发展，媒体的形式和平台远较过去更多，影响更大，更应坚守职业操守，重视选择有趣味、有价值的材料，不恶炒那些又黄又黑又灰的"三俗"东西。面向公众的平台，热衷于把"夜壶"当作"茶壶"推销，是一种违法失德，必须加以整顿清除。

2021 年 10 月

有感"四大名蛋"之类

朋友闲聊，说到报刊影视上不时有错别字出现，社会上的广告宣传品就更多错谬了。错别字有的是由于草率无知而写错的，也有的是为了吸引眼球而故意写成谐音的，比如治眼病的称"一明（鸣）惊人"，卖酒的说"有口皆啤（杯）"，等等。

我们不可忽视错别字的危害。清代有一名负责守城的官员，战争中下达命令，将本该写的"绕城而走"，错写成"烧城而走"，以致此城成了一片焦土，史称"一个偏旁毁了一座城"。

20世纪八九十年代，新闻出版业等文化业大发展，是好事，但对正确用词注意不够，出现"无错不成书（报、刊）"的现象，"双臂一举"写成"双臀一举"，"四大名旦"变成"四大名蛋"。

1995年创办的《咬文嚼字》，就是要为语文的规范鼓与呼。创始人郝铭鉴觉得，"打铁首先得要自身硬"，语文纠错首先要求自身不要出错，"咬"别人首先要"咬"自己，因而一开始就举办了"向我开炮"活动。随后以勇于"碰硬"的精神，向名作家、名报刊以及央视春晚等名牌"挑错"，从而引起社会上很大的反响和关注。每年公布的"十大语文差错"活动，如今仍继续发挥它的作用。

不过，克服语言文字使用混乱的情况，难以"毕其功于一役"，需要社会各方都提高这方面的自觉，注意正确使用语言文字，务使笔下镜头不出现错别字，更不要随意乱改从古代相承沿用下来的成语，它是我国传统文化的一大特色。

1951 年 6 月，《人民日报》就专门发过一篇题为《正确使用祖国语言，为语言的纯洁和健康而斗争》的社论，同时在报上开始连载吕叔湘、朱德熙的关于语法修辞的长篇讲话，以帮助大家纠正语言文字中的缺点错误。

如此重视语言文字的规范，因为它是国家和民族的一种文明尺度。秦始皇统一中国后，一个有深远意义的措施，就是推行了"书同文"。

在古代，人们特别重视图书文字的正确。南朝学者刘勰提出著书立说的三条基本要求，就是：章无疵，句无玷，字不妄。因为思想文化内容需要通过正确的文字符号准确地表达。字和词错了，就会影响思想文化的准确表达与传播传承。古书中经过严格校勘无文字讹误的书，称"善本"，错误多的书则称"错本"，出"善本"不出"错本"，是历代编校家的追求。

针对"无错不成书（报刊）"的现象，新闻出版部门采取了多种措施积极加以改变，鉴于所有书刊的文字难以做到完全不出错，将出版物容许错别字率上限设为万分之三，但愿这一"紧箍咒"能起约束作用，做到少出乃至不出"错本"之效。

社会各界凡需要用文字公开表达意图的，也需要慎重行事，尊重文字规范，不可任意乱写。防止错别字，要持认真的态度，写后多看几遍，吃不准的要请教别人。清代时，康熙为杭州西湖的花港观鱼题字，将繁体字"鱼"的下面四点擅改为三点，意思是将火改为水，后被人传颂，这是因为他是皇帝，不足为训。至于有人为了吸引眼球，任意乱改成语，则更是不当了。

21 世纪初，曾举办过一次上海出版界青年编辑语言文字大赛，在新闻发布会上，著名的语文教育专家于漪说，语言文字在民族生命的组合中，对外是屏障，对内是血液，是黏合剂，是精神哺育。中国人的健康成长，离不开母语的哺育。我作为会议主持人，当时称她的话充满了对母语的热爱。

是的，只有热爱母语，热爱这一民族的"根"，才能更好地不让各种错谬污染它，使它避免蒙上秽土污尘，失去应有的"健康"和"纯洁"。

2023 年 6 月

静是一种品性

社会越来越充满喧闹，连本来宁静的大学校园，如今与喧闹的市井大街也没有多大的区别。作家张炜说，"记忆中的大学校园已经失去，它们被淹没在市场和人潮里"。他为此写了一篇《寻获安静》的文章。网络上有个热词，叫作"我想静静"，曾入选2015年度十大网络用语，尽管它的"热"，是由于被（故意）曲解为"我想念静静"的意思在，但它的原意毕竟是"让我静一静"，反映了许多人"寻求安静"的心声。

"夫学须静也。"这是三国时代的诸葛亮对儿子诸葛瞻的教导。静心专一读书，方能入脑入心。是故谈起读书，人们往往强调晨读夜读，盖其时静也。张恨水写过"读书百宜录"，列下不少适宜读书的环境，如"秋窗午后，小院无人""黄昏日落，负手庭除""大雪漫天，炉火小坐""银灯灿烂，画阁春温"，等等，都是"夫学须静也"的注解。陆游有诗："书似青山常乱叠，灯如红豆最相思。"一灯如豆显然冷清得很，甚至有点孤寂，但如此静境却是读书的佳境，"最相思"呵！

1931年九一八事变后，日本帝国主义侵略我国，造成社会动荡不安，学生再不能安静读书了，在1935年的北京一二·九学生运动中，有个口号形象地反映了这一乱世情景：华北之大，已容不下一张平静的书桌。可见，读书是与宁静联系在一起的，丧失了静，"书桌"也就难于摆放了。如今的大学"被淹没在市场和人潮里","象牙塔"应有的宁静被商业化的各种喧闹破坏了,"书桌"虽然还在,但读书的效果却大大打了折扣。

静,不只是环境的静,更要有心态的静。诸葛亮在《诫子书》中说:"非淡泊无以明志,非宁静无以致远。"不恬静少欲,无法明确志向;不排除外来干扰,无法达到远大目标。如今,人们不仅被声光电化等各种嘈杂之声所包围,而且被泛商品化催生的各种世俗欲望所追逼,心态既难于"淡泊",也难于"宁静",如此也就难于"明志"与"致远"了。

作家陆文夫有篇文章叫《快乐的死亡》,讲的就是一些作家在快乐的喧闹声中走向"死亡"。他描写道:昨天看见他大会上作报告,下面掌声如雷;今天又看见他参加宴会,为这为那地频频举杯。昨天听见他在高朋中大发议论,语惊四座;今天又听见他在那些开不完的座谈会上重复昨天的意见。昨天看见他在北京的街头;今天又看见他飞到了广州。只是看不到或很少看到他的作品发表在哪里,于是,他"快乐地死亡"。

一个人的健康成长,是离不开静的。韬奋1928年12月在《生活》周刊上发表过一篇题为《静》的文章,他说道:"有担任大事业魄力的人,和富有经验的人,富有修养的人,总有一个共同的德性,便是静。我们试细心体会,可以看出一个人的学问,魄力,经验,修养等等的程度,往往和他们所有的静的程度成正比例。"

因此,面对纷繁复杂、喧哗混乱的现状,人们应增强"寻获安静"的自觉。即使大环境一时难于安静,也要努力营造宁静的小环境,像大学就应筑上一个"静"的围城,而绝不可火上浇油,增添杂乱。同时,就个人来说,要不为世俗的欲望所惑,努力保持内心的明净与宁静。有名家说:"缺少了寂寞就不可能有真正的幸福。"这里的所谓"寂寞",就是能保持自己内心的宁静，不为各种浮华的喧闹所迷惑与裹挟。

自然，这并非否定一切喧闹。人间要繁荣与热闹，就少不了喧闹。陶渊明诗云："结庐在人境，而无车马喧。""无车马喧"，并非真的是没有车声马鸣，而是因为"心远地自偏"，内心能摆脱世俗的束缚，因而即使处于喧闹的环境里，也如同居于僻静之地。

《论语》有云："知者乐水，仁者乐山。"一般的解释是，聪明的人喜欢水，仁慈的人喜欢山。南怀瑾认为，此句应是"知者乐，水；仁者乐，山。"知者的快乐，就像水一样，悠然安详，永远是活泼泼的。仁者的快乐，像山一样，崇高，伟大，宁静。按此解释，和韬奋所论一样，无论"知者""仁者"，都离不开静的品性。

2018 年 10 月

笔墨书函字字香

改革开放 40 周年上海家庭文化展上，展出了一叠情书，计 971 封，重达八斤，最为观众注目。这一"八斤情书"是年逾古稀的陈才宣、陆彩英夫妇半个世纪的来往信件，信的纸张虽已泛黄发旧，但朴实真挚的文字感动着许多年轻人。市民熊小姐表示，此次展览令她印象最深刻的就是这"八斤情书"。她说，"我们'80 后'在大学毕业后就很少有手写的机会了，电子邮件、微信虽然迅速，但只是简单的信息传达，今天看了这情书，我很震撼，原来感情可以这样留存。"

是的，"笔墨书函字字香"，手写书信不仅传达信息，更传递着浓浓的情意。它不是一种模式化，而是一种个性化。朋友间、亲人间的书信，直抒衷肠，无所掩饰，不说套话、假话，不玩名词概念，流露着真情实感。前人写信有一个惯用语，就是"见字如面"，也叫"见字如晤""见字如握"等。捧着你的信，读到你的字，就如同见到你的人，就像与你面对面地说话，十分亲切。手写书信是带着体温的文字，为古人所深深眷恋。宋代石斗文的《答朱元晦》："病枕经年卧沃洲，满庭枫叶又吟秋。书来如见旧人面，读了还添尘世愁。"明代冒愈昌《得林茂之书并诗》有云："不谓三年别，能来一纸书。开缄如见汝，读罢转愁予。"这表明，书信是有情物，撩人情绪，耐人寻味，而且便于长期保存与珍藏。

当今，现代科技飞速发展，"手机电脑速登场"，在传递信息的效率上，较之手写书信要优越得多，因而手写书信日显衰微之势。这虽是时代发展的必然，但现代通信技术的长处在于它的工具性，往往是"一勺烩"和"群发"，而非"一对一"的交流，削弱甚至扼杀了手写书信中流淌的美好情感。唐代诗人元稹在妻子去世一年后，读其旧书："检得旧书三四纸，高低阔狭粗成行。自言并食寻常事，唯念山深驿路长。"这样心醉的怀旧，是难于通过微信微博激发出来的。熊小姐在观看了"八斤情书"后赞叹书信可以保留感情，这是体悟了传统书信文化之妙，因而，"纵然通讯今趋速，犹恐难抛翰墨香"。

为此，社会各方面特别是教育文化部门要加强对书信文化的关注和宣扬，结合书法教育的推进，鼓励一些人敲键盘时也不要忘记用笔，在人际交往中乐于手写书信，改变当今"手迹成稀罕"的状况，让能够传情的书信文化绵延不断地向前流淌。

2018 年 11 月

话说整形美

又到了"开学季"，经过暑假休整的学生纷纷回到学校。引人注意的是，有一些学生以在假期内进行整容"变脸"当作"开学礼"。近些年来，我国进行整形美容的人与日俱增，截至 2018 年，约有 800 万人，30 岁以下的占比约 80%，男女比例约为 1:13，其中不少是青少年学生。"中青在线"记者近日面向本科生、研究生和少量应届毕业生所做的问卷调查显示，911 位受访者中，6.81% 接受过整容手术，而没有做过整容手术的受访者中，也有 30.74% 表示有整容意向。

整形美容，本是对人体上残缺或畸形的部位进行整治，以求恢复正常的生理功能，如今更多的则是为了美化自身。俗话说，"爱美之心，人皆有之"。为了增加"颜值"，让自己变得漂亮些，到美容医院去，或抽脂，或隆胸，或植发，或整形，这是个人的权利，并非什么"不光彩"的事，不少人的钱袋子越来越鼓，整容技术也越来越好，花钱"变脸"，是一个会继续发展壮大的社会现象。不过，追求形象美虽然没有错，但热衷整形的人对"美"的理解却是存有误区的。

美学上有一条重要原理：美在自然。天然美在品级上高于人工美。就一个人的面相来说，如果没有十分必要，不宜妄加修补。脸上的五官动了手术，弄得"面目全非"，粗看似乎变美了，实际上却是变假了，缝缝补补，不忍细睹。假，总是和丑联系在一起的；而真正的美，是离不开真的。卢梭说："在人做的东西中所表现的美完全是模仿的。一切真正的美的典型是存在大自然中的。"何况，我国还有"身体发肤，受之父母，不敢毁伤"的古训，当今固然不必将它当作金科玉律，但如果没有十分必要，却要去"损伤"这一父母最珍贵的所赐时，还是"少安勿躁"为好。

其次，美重个性。越富个性的东西越能显示美。不是"千人一面"而是"人各有貌"时，才能形成多姿多彩的人物世界。每个人的长相都有自己的特点，即使要美容，也应从自己长相的实际出发，注意保持形象的个性，而不要以别人的脸相为标准，作盲目的追求。有些追星族在整形中，要求将眼睛、鼻子、嘴巴整成某个明星的样子，结果并没有带来那些明星的美丽，而是把自己的脸搞得不伦不类。古人早有教导："在此为美兮，在彼为蚩。"

第三，还有外在美和内在美结合的问题。"腹有诗书气自华"，一个人美不美固然与外在长相有关，也更在于内在的素养。最动人的美是从灵魂深处生发出来的，即气质美。身体美如果不与内心美结合，按美学家说法，只是某种动物性的东西，难于有真正美的光泽。"爱美之心"是可贵的，应在内心修养上多下功夫。自然，外表形象也要注意，为人要穿着得体，举止有度，不可不修边幅，邋邋遢遢，但这大多也是"诚于中而形于外"的结果。为了形象美，弃内求外，企图通过外在手术来实现，结果往往会与愿相违。更何况，"整形有风险"，轻率不得，跟风不得。

这表明，想通过整容使自己形象美起来的年轻人，需要真正懂点美。

2018 年 9 月

用"美"打造人居品质的新高地

近年来，上海落实长三角一体化发展示范区建设，聚焦"四个新高地"的战略定位，其中打造人居品质新高地，重点要突出个"美"字。

人的生存都要有一个"窝"，自古以来，"住"和衣、食、行一起被列为生活的四大基本需求，被称为诗圣的杜甫就曾为人们衣不蔽体、食不果腹的现象高呼"安得广厦千万间，大庇天下寒士俱欢颜"。

上海，尽管早就是一个大都市，但从前在众多高楼大厦的背后，还有着不少露宿街头者。上海解放后，情况逐步有所改善，但问题并未有效得到解决。改革开放前，上海的住房仍十分紧张，不但仍有居住条件极差的棚户区，即使住在石库门一类的房屋里，也往往是72家房客、三代同室、共用厨房厕所。尽管上海人凭借自己的精明智慧，设法在"螺蛳壳里做道场"，尽量让自己过得舒适些，实际上却是充满着苦涩与无奈。20世纪80年代起，一批批住宅相继兴建，成片的棚户旧区得到改造。同时，随着住房制度改革的推进，房地产市场的发展，"居者有其屋"逐渐成为现实。从一张床到一间屋，再到一套房乃至一幢楼，从棚户区到花园小区，从拎马桶、生煤炉到煤卫独用、各种电器俱全，伴随着居住面积不断扩大，人们的居住状况有着极大的改善与提高。

不过，这还只是序幕，接下来要进一步提高人居品质，让人们住得更舒心、更适意、更有味。这里，提高指的不再是一般住房数量的扩大，而是内在品质的提高，重点要突出个"美"字。

当粥少僧多、供不应求时，人们对住房的要求，一般都是有房就行，只是希望建筑质量符合要求，空间分割合理，便于安居和使用。对居住周围的环境，也多着眼于方便、实用，看重交通、医院、学校、商场等生活设施情况。这是在改善居住条件的"初级阶段"，人们一般只是求真求善，这是合乎规律的。然而，真、善只有进一步与美结合起来，形成真善美的统一，方能形成高品质的居住条件。因为真与善、方便与实用，带给人们的享受多是身体上的，而美则可带来意韵和情趣，给人以"美的享乐"，让人得到心灵上的愉悦与精神上的满足，让家真正成为"心灵的港湾"。

自然，美是不能脱离真与善的。住房如果偷工减料、不合标准，或者周围缺少配套设施，生活极不方便，美也就失去生发的基础，而只能催生丑。如同真善美是统一体一样，假恶丑也是紧紧联系在一起的。提高居住的品质，是要在坚持高质量建房的基础上，加强建筑设计，大力提高建筑物的文化艺术含量，重视居住环境的绿化美化，努力弘扬邻里间守望相助、患难相扶的睦邻关系，让人居环境充满艺术美、生态美、人情美。

居住环境及其周围环境融入了美，就使"居者有其屋"上升为"居者优其屋"，成为人居品质跨上新高地的关键一招，让我们在"美"字上大做文章吧。

2019 年 10 月

五

读与游

《思辨随笔》获奖记

2020 年 11 月是王元化先生百岁诞辰。这位沉潜在思辨海洋中的大家，于 1994 年 10 月出版了《思辨随笔》，该书撷取了作者五十多年著作中的精华片断，计 300 多篇，范围涉及思想、人物、历史、哲学、美学、鉴赏、考据、训诂等方面，创见迭出，彰显着"为学不作媚时语"的"勇敢与真诚"的学术精神，受到广泛注目。1995 年初，由出版社申报国家图书奖。

1995 年深秋，第二届国家图书奖评委集中在北京一家宾馆，对各地推选的前两年出版的优秀图书进行评选。1993 年、1994 年，全国共出新书 12 万余种，经过层层筛选，严格控制，报送上来的图书仍有近千种。评委会按图书类别，组成几个分评委先行分头初评，然后再集中评定。

尽管送上的图书多为精品佳作，限于名额，最后能够评上的连同荣誉奖在内，总共不能超过 40 部，文学类图书至多六七部。这需要优中选优。文学分评委由季羡林先生主持，经过务虚会，认为在保证质量的前提下，要注意中国文学与外国文学、整理文化与原创文化、创作与理论、套书与单本的适当平衡。在反复比较、不断推敲中，王元化的《思辨随笔》被提出来讨论。这是一本单本理论著作，全书不过 25 万字，较之众多规模宏大的全集、文集、丛书、套书，外观上显得有些单薄，但它所收的130余篇文字系作者五十多年来著作的摘编，是浓缩了的著作精华。篇幅虽少，内涵却博大精深，可说是"以最小的面积，集中了最大的思想"，分量是沉甸甸的。

由于此书是上海文艺出版社出版的，我在文学分评委讨论时，提及了此书的作者。我说："元化同志是当前上海最著名、最具实力、最富影响的学者之一。"我之所以把"著名、实力、影响"都限制在上海，是因为在座的评委，只有我一人来自上海，其余都出自北京，其中有着季羡林这样名重一时的学人，我不便把话说满。谁知我的话音刚落，翻译家柳鸣九就补正道："王元化先生的影响不止在上海，就全国来说，他也是当前最著名的一位学者。"

北京大学教授、古典文学专家袁行霈随即讲了一件事：在全国文学学科规划中，王瑶先生生前曾有一个重点选题，就是把中国现代最有成就的15位古典文学研究者的成果分别进行总结，按照时间序列，其中打头的是王国维，结尾的就是王元化。

诗人屠岸说，王元化先生不仅学术成就高，而且从《思辨随笔》来看，他在学术研究中始终高扬"独立研究与自由发展之精神"，对照社会上那种"颠狂柳絮随风舞，轻薄桃花逐水流"的学风，在某种意义上可以说，《思辨随笔》有"文起八代之衰"的作用。

作家张锲、文学理论家张炯等评委对《思辨随笔》及其作者王元化也都给予了很高的评价。季羡林先生最后说，《思辨随笔》出书后，作者即送了他一本，他看了，确实有功力，有见解。

文学分评委在议论中，对《思辨随笔》虽然一致叫好，但由于国家图书奖是"粥少僧多"，也许强中还有强中手，因而还需全体评委斟酌决定，在总体上比较平衡。此后事态的发展一路绿灯，它最终成为正式获奖图书 29 种中的 1 种，就文学图书来说，则是 4 种中的 1 种。

面对不过 300 多页的《思辨随笔》获大奖，我想起古人一句话："山不在高，有仙则名；水不在深，有龙则灵。"

王元化先生作为一位学人，敏于观察，耽于思索，勤于写作，尽管生平坎坷，命途多舛，却沉潜在思辨海洋中，当时已贡献出《文心雕龙创作论》《向着真实》《文学沉思录》《传统与反传统》《清园夜读》《读黑格尔》等一批富有创见之作。总的说来，他的著作不以量胜，而以质胜。每部作品在篇幅上都算不上是大部头，但内容极为厚实，有"仙"有"龙"。他一步一个脚印地行进在学术理论的道路上，每一步都有所开拓，每一步都落地有声。

正因如此，《思辨随笔》出版后在读者中也好评如潮，两年间数次重印。1995 年初，王元化应上海当时最大的书店——南京东路新华书店的邀请，为读者签名。是日，一大早就有读者在书店门口排队。王元化从上午 9 时签到 11 时，后续者还是络绎不绝。一本学术理论著作引起如此轰动，是书界所少见的。

王元化先生于 2008 年 5 月 9 日逝世，他"勇敢与真诚"的学术精神激励着后人，他的《思辨随笔》等著作成为众多学者喜爱的案头书。

2020 年 8 月

读《我的文字生涯》想到蔡文姬

　　韬奋先生是现代新闻版业的一面光辉旗帜，2020 年 11 月 5 日是他诞辰 126 周年。韬奋女儿邹嘉骊 1984 年离休后，"离"而未"休"，一直为搜集、整理韬奋遗著而不懈努力。不仅率先推出了《韬奋著译系年目录》，随后又编了《韬奋全集》《韬奋年谱》《别样的家书——宋庆龄、沈粹缜往来书信集》和纪念集《忆韬奋》等，其中《韬奋全集》14 卷 800 万字，规模宏大，凝结了嘉骊与韬奋纪念馆同仁们十年的辛勤劳作。

　　有人可能以为，整理出版前人的遗作，作品是现成的，"拿到篮里就是菜"，不会太吃力。实则不然。有的"菜"虽然是明摆着的，有的"菜"却"踏破铁鞋无觅处"。韬奋的文章，多写于 20 世纪三四十年代，在上海、香港、重庆等地多家报刊发表，是投向日本帝国主义和国内反动派的投枪和匕首，为躲避当时的文网检查，他的署名经常变换，有的文章则不署名。现在要把它们一一收"全"，就要以大海捞针的精神，广泛而细致地进行查找。

　　有人告诉嘉骊，孤岛时期的《上海周报》上有韬奋的文章。嘉骊想，其时，父亲由于国民党反动派发动了第二次反共高潮，制造了皖南事变，重庆等地的生活书店五十多个分支店遭到查封，韬奋由重庆秘密出走香港，根本不在上海，怎么会在这个刊物上发表文章呢？她对这一线索没有轻易相信，也没有轻率放弃，而是以严谨踏实的态度深入进行调查。她到徐家汇藏书楼，查阅了全份 102 期《上海周报》，结果，在 1941 年 4 月 26 日第 3 卷第 18 期上，看到韬奋离重庆前写的最后一篇文章《舆论的力量》。原来，此文在重庆被国民党审查老爷扼杀，后在新加坡《南洋商报》发表，被《上海周报》转载了。

如果说，公开发表过的文字总还是有迹可循的，而那些根本没有发表过就被"枪毙"的文章，则更是难于捕捉了。韬奋写过一组文章，由于国民党审查图书杂志的官员批以"免登""扣留"，不准刊用，并扣下原稿，从此这组文字就不留痕迹地消失了。这是国民党迫害进步文化的罪证，《全集》宜"全"，不宜少掉它。嘉骊开动脑筋，想到去查国民党的有关档案。她与韬奋纪念馆的几位年轻工作人员一起，直奔位于南京的中国第二历史档案馆，不辞辛苦地翻阅了有关档案，终于找到了原件，经鉴别，竟是韬奋的真迹。这真是"皇天不负有心人"。

在编撰《韬奋年谱》中，嘉骊更加用心用力了。由于韬奋一生没有记过日记，编排传主的一生经历，不但要"编"，而且要"撰"，而这个"撰"又必须反映真实情况，不可有伪。这就需要多方收集资料，并细加甄别，去伪存真，去芜存菁。为此，她特意阅读了一些当年与韬奋有密切来往人士的日记，借此更多地了解父亲的人生思想足迹。她在北京中国科学院近代史研究所查阅黄炎培日记，与二嫂朱中英一起，花了近十天的时间，一边读，一边抄，收获的喜悦远远抵消了连续作战的疲劳。

由此可见，认真整理前人的遗作，绝不是"剪刀加糨糊"那么简单，它既要深入广泛收集材料，又要认真分析甄别资料，还要精心进行编辑注释，规范出书版式，写好前言后记。为人做事既要脚踏实地，耐得住寂寞，埋头苦干；又要高屋建瓴，观点鲜明，取舍得当。嘉骊在收集编撰父亲的遗著中，正表现出了一个优秀编辑家的风范。近日，她出版了《我的文字生涯——循着父亲韬奋的足迹》一书，集中写了她系统整理父亲遗作的情况，情满于纸，可读而耐读。

在《我的文字生涯》中，嘉骊说，她之所以能在离休后三十多年，不顾多病之躯，埋首资料堆里，爬剔梳理，不断克服困难，耐心而又细心地为收集整理先父遗著而努力，是为了在全社会更好地保存和发扬韬奋精神，同时也由于韬奋临终遗言"不要怕"，激励她在困难中不畏惧，不退缩。现在看来，《韬奋全集》等系列著作的编辑出版，在使全社会更好地了解韬奋、认识韬奋、学习韬奋的同时，也使嘉骊更好地走近父亲，更好地循着父亲的足迹前行。

嘉骊与学工程、气象的两位哥哥不同，从小就爱好文学。韬奋在临终遗言中特别提及，要注意教育培养。嘉骊成年后即进入出版部门工作，读书、卖书、校书、编书，像她父亲一样，一生都在用笔为人民服务，为社会造福。我于 20 世纪 70 年代初调入上海人民出版社，与她成了同事。我曾和她一起到四川绵阳，与作家克非商谈长篇小说《春潮急》的修改问题。该作品泥土气息浓郁，以诙谐幽默的语言，生动地勾勒了川西北农村在新中国初期的变革图，小说于 1974 年 4 月出版，深受读者欢迎。这部作品虽然成书于"文革"中，不可避免地打上了当时社会的印记，但与那些政治图解的小说不同，保持了文学应有的创作个性，它后来被文学史家称为那段时间"填补空白的难得之作"，责任编辑嘉骊在其中是有贡献的。随后，她还担任过一些佳作名著的责任编辑，包括巴金的《寒夜》。嘉骊继承了父亲作为出版大家的优良传统，编辑工作常闪烁着可圈可点的亮点。而离休后三十年推出的韬奋遗作，系统、完整、准确，更是做了前人所未做，高扬了极为珍贵的韬奋精神，可谓"卅年辛苦不寻常"。

东汉著名文学家蔡邕，创作了 400 多首诗歌，但由于战乱连年，原稿没能流传下来。他的女儿蔡文姬从匈奴归汉后，凭着记忆，把父亲亲口教她的 400 多首作品记录下来，使之得以流传后世。我读《我的文字生涯》时，脑海里突然有个联想，觉得嘉骊与韬奋的父女关系，在相当程度上，和文姬与蔡邕有所类似，都是女儿在父亲精神的哺育下茁壮成才，而女儿又为保存传播父亲的遗著和精神遗产作出了独特的贡献。嘉骊将她的新著赠我时，希望我读后谈点感想，我读后的第一个感想，就是把这两对相隔近两千年的父女联系到了一起。

2020 年 10 月

恩师老将

　　在新闻出版界被尊称为"老将"的赵超构（笔名林放）前辈，是我的恩师。1956 年 2 月，我 23 岁，由华东团校调入《新民报》晚刊（1958年改名为《新民晚报》）。当时报社刚合营不久，编辑部人员大多是 1949年前从事新闻工作的老报人，青年很少。老将在他简朴的办公室接待了我，向我介绍了《新民报》的历史，讲述了新闻工作的要求，勉励我大胆地干。他说，报社需要你们这些生龙活虎的年轻人来龙腾虎跃。他安排我做记者，到新闻第一线去摸滚摔打。他说，做记者要勇于捕捉新闻，"别人把大门关了，你能从窗子里跳进去"。做记者也要静得下心，"即使在南京路百货公司这样热闹嘈杂的环境里，也能写出稿子来"。我努力这样去做，在随后的一些重大的政法外事文教活动中，及时写了不少适应晚报要求的新闻和特写，得到老将的赞赏，他认为我是个记者料子，此后派我参加了多次重要采访活动。1959 年 4 月召开第二届全国人民代表大会，赴会采访的记者多来自中央新闻单位，省市报社获准可派记者参加的，除在京设有办事处的《文汇报》外，就是由于不是早上出报而是下午出报的《新民晚报》了，不过，记者名额仅限一人。老将等社领导确定由我前去。其时，人民大会堂还未建成，大会是在中南海怀仁堂举行的。我整天泡在代表中间，边采访边书写，及时发回了有关新闻报道，并写了一些富有特色的人物专访。按照老将的交代，这些稿件在编排上得到了突出处理，并署名作者为"本报特派记者江曾培"，由此也使我这个新手稍稍有了一点名气。《新民晚报》有着重视培养人才的传统，每一代都有知名记者出现，最著名的为"三张一赵"（张恨水、张友鸾、张慧剑、赵超构），给我压重担、扬名声，都意在促进我快点成才。

随后，老将发现我有一点理论素养，喜欢写点小文章，又及时鼓励我学写时评和杂文。他说，要锤炼自己成为多面手。实在说，我当时社会经验甚浅，文学根底又不深，写出来的东西往往概念化，不符合报纸言论的要求，更不符合杂文的要求。老将身教言传，亲自点拨，使我较快地进入言论和杂文之门。后来，老将因公外出时，他以林放为笔名，在一版上开设的专栏"未晚谭"也要我写。这是老将无私地扶掖后生之举，因而有人以"小林放"称呼我。我清醒地知道，我的杂文随笔水平与林放根本不在一个档次上，尽管冠以"小"字，也难于关联在一起。1990 年冬，我出版了一本题为《海上乱弹》的杂散文集，在"跋"中，我简略地提及我写杂文的历程，其中有这样几句：开始，我的文字多"言论老生"式的面孔，呆滞，干瘪。《新民晚报》社长林放系杂文名家，他给了我指点，认为写杂感这类东西，应力求"杂"而有"文"。当时他每天写一篇杂文，思想锋利，行文活泼，"嬉笑怒骂，皆成文章"。我总是反复研读，吸取教益，朝夕相处，耳濡目染，自己遂稍有长进。我将此书送给林放时，写的题词是："林放师教正。"随后，他回赠了他刚刚出版的《未晚谭·二编》。这是他的第三本杂文集，收的是 1985 年至 1989 年间的作品。在这以前，他出版过《世象杂谈》，收入 1954 年至 1965 年期间的作品，《未晚谭》则收"文革"结束后至 1984 年的作品。他的杂文，既可读，又耐读。当时，中国作协上海分会举办一个杂散文学习班，要我讲一下杂文写作问题，我作为范文例举的，不少是林放的文章。林放，以一种可敬可亲的师长形象，深深印烙在我的心中。

"文革"期间，《新民晚报》的工作人员被"一锅端"去了位于奉贤海边的五七干校，我与老将在田头沟旁边有时不期而遇，但多默默不能语。后期落实政策，干校人员纷纷返回原单位，晚报人员因已无枝可栖，老将被安排到上海辞书出版社编《辞海》，我则被调到上海文艺出版社编小说，两个单位虽属同一系统，但因距离较远，这期间与老将少有来往。随后，雨过天晴，《新民晚报》复刊，老将重新出马，再度开张的《未晚谈》专栏，得到读者普遍欢迎，我则是每篇必读，感受恩师的情怀和睿智，他的赠书也成为我的珍藏。

我与老将的最后一次相见，是在 1991 年 8 月的一个周末晚上。那天，上海文艺出版社邀请沪上几位文化老人，在树木浓密、绿草成茵的丁香花园小聚，商谈编辑一本《文化老人话人生》的书，到场的有许杰、施蛰存、柯灵、罗洪、朱雯、范泉、丁景唐等，时年 82 岁的老将先我而到。我一进门，即趋前问候："老将，近来身体还好吗？"他说："还好，只是两腿乏力，不能多走路了。"我一看，果然在他的身旁，多了一根竹节拐杖。但他精神仍特别健朗，当谈及当时杂文没有受到应有的重视，有些杂文家有"坐冷板凳"的寂寞时，他说，写杂文的人，既要不甘寂寞，又要甘于寂寞。说不甘寂寞，是看到世态人情，有感即发，破一破周围的沉寂空气；说甘于寂寞，是要有准备坐好"冷板凳"的心态，"俏也不争春，只把春来报"。他说，这就是写杂文的应有情绪。实际上，这也正是这位杂文大家的情绪与性格。他一生勤奋，用自己如椽的笔，不停地为民众的利益鼓与呼，但他对个人生活一向随遇而安，淡泊名利，以俭养德。四十多年来，他一直住在虹口一间老式石库门房子里，条件不好，有关方面几次考虑为他调换住房，他一次次拒绝。为的是住在那里，他能与普通市民打成一片，听到老百姓的呼声。"文革"前，他上午在报社写文章，下午如果没有重要活动，他就像一个普通市民一样，"泡"到老城隍庙的茶馆里，与茶客聊天，汲取写作的养料。他对生活要求甚微，对社会贡献则甚大。他患严重心脏病已经十多年了，70多岁后他是挂着心脏起搏器坚持写作的，真可谓"手不停椽至去时"。那天，谈到老年问题，他说，他已经比孔夫子多活了10岁，比曹操多活了16岁。按照佛教徒的说法，"一毛孔中万亿莲花。一弹指顷百千浩劫"，82岁也够长了。但是，他还想活下去。他觉得，比起生理上的老来，失去了生活的兴趣是更可怕的。老年生活固然要淡泊一点，但对于事物过于淡泊，也就失去生活的丰富性，有如发高烧时失去了食欲，无论吃什么东西都没有味道。只要心情保持健康，即使吃点咸菜泡饭也是好的。中国式的知识分子就有这么一种热爱生活的气质："风声、雨声、读书声，声声入耳；家事、国事、天下事，事事关心。"就是这个"声声入耳"和"事事关心"，使我们的老年生活不断增添新的内容。以书为伴，以笔为耕，优哉游哉，聊以卒岁！这样的老年，不是很从容、很潇洒吗？我觉得，老将的为人，既有老、庄气，淡泊、潇洒、超脱；同时更有屈、贾气，爱国、忧民、多才。

老将的屈、贾气，除了凝聚在杂文上以外，还表现在新闻工作的其他方面。他的最初成名，是1944年在重庆《新民报》任主笔时，参加中外记者团到延安访问。归来后，以巨大的勇气与精湛的文笔，每天一篇在报上连载在延安所见所闻，将延安的真实情况介绍出去，随后又结集为《延安一月》出版。毛泽东看后说："在重庆这个地方发表这样的文章，作者的胆识是可贵的。"周恩来称之为"中国记者写的《西行漫记》"。这本书，对当时国民党统治区的读者无疑是冲破新闻封锁，了解延安、了解中共的一本罕见而难得的书籍。不久，《延安一月》即被国民党新闻宣传当局列为禁书。自此，他与毛泽东成为知己朋友。1945年8月毛泽东到重庆谈判，在重庆郊外十八集团军办事处，单独接见了赵超构，相互交谈多时，毛泽东戏称赵超构是"宋高宗（赵构）的哥哥"。1957年，毛泽东三次接见赵超构，既有对《新民报》的赞赏，也有对他在一篇文章中所说的"片面无忧论"的批评，勉励他办报要坚持正确的政治方向，"软中有硬"，好好工作。1957年4月的一天上午，市委通知新民晚报社，毛主席在上海，要到报社约见赵超构。其时，赵超构恰巧到市郊新泾乡去了，由于当时缺乏通信条件，通知未及，这次约见被取消了。当时报社工作人员都十分遗憾，为失去一次可以亲眼见到毛主席的大好机会而遗憾。

老将对新闻工作规律的精湛了解，使他所领导的《新民晚报》成为中国当代最受欢迎的报纸之一。20世纪50年代中期，他提出的"广些，再广些；短些，再短些；软些，再软些"的口号，影响巨大。80年代初《晚报》复刊时，他提出了"飞入寻常百姓家"的口号，进一步推进了《新民晚报》与广大读者的联系。这些切合晚报特点又切中时弊的见解，丰富和发展了社会主义新闻学。

老将逝世于1992年2月12日，应《中外论坛》之约，我13日为其写下了"春愁黯黯悼赵师"的悼念文字。如今三十多年过去了，赵师为文为人的精神一直活在我的心中，我永远感恩他。

2024年7月

多层次与高质量

　　近期，为了筹备制作一部反映上海出版业情况的电视节目，上海电视台编导郝晓霞分别造访了一些出版人，年前她在访问我时说，上海文艺出版社在改革开放后，既推出了不少高雅的书刊，如《小说界》《艺术世界》《小说界文库》《探索文艺书系》《中国新文学大系》《外国现代派作品选》以及文化"五经"等，受到社会瞩目；同时也出版了众多比较通俗的书刊，如《故事会》《文化与生活》《世界华文微型小说大成》《实用文体全书》等，积累了大量读者。她问，当时出版社是如何策划这些选题的？

　　我说，文艺社的编辑工作有个"三十字诀"，由五句话组成，每句话六个字，第一句是"多层次，高质量"。由于当时文艺社是拥有"上海文艺""上海文化""上海音乐"三个牌子的综合文艺出版社，书刊出版应能满足不同方面不同层次读者的多样需要，因而既要重视高雅读物的出版，也不可忽视通俗读物的问世。这就是说，出书要多层次，不能"单打一"。不过，多层次必须与高质量相结合。不论是高雅读物，还是通俗读物，在它的那个层次上，都应该是高质量、高品质的。正是根据这一要求，20世纪八九十年代，我们推出的书刊，既有提高性读物，也有普及性读物，但它们在同类读物中，都力争第一流，因而受到读者的欢迎，像"五角"

丛书一时形成了"'五角'丛书热",五年内销售了4000多万册。

由于《故事会》的发行量曾列入世界发行量最大的综合文化类期刊的排行榜第五名,被称为"小刊物成大品牌的神话",郝晓霞要我就《故事会》谈谈雅俗问题。我说,《故事会》虽属于通俗读物,但读者却并不限于"俗"人。1989年,一位高级知识分子逝世,由于他生前对《故事会》爱不释手,每期必买、必读、必藏,他的老伴就将一套《故事会》与逝者的遗体一并火化,让《故事会》继续陪伴他的在天之灵。这说明,雅与俗是不宜绝对分开的,爱读高雅文学的人,也会浏览通俗文学。任何人的精神世界都不是单一的,其阅读心理空间是立体的、多层次的,需以不同读物调节和补偿精神上的多方面要求。王震将军曾写信给评书演员袁阔成,说他和他的小孙子,都是《三国演义》评书的忠实听众。这表明,优秀的通俗文艺作品,是可以"雅俗共赏,老少咸宜"的。《故事会》也正因为"眼睛向下,情趣向上",俗中有雅,具有艺术品格,才能形成那么广泛的读者群。

既重视雅,也重视俗,显示了上海的"海纳百川"精神。海派文化的发生与发展,无论文学、戏剧、电影、音乐、曲艺、绘画,还是新闻、出版,都是既有高雅的、精英的,也有通俗的、大众的,流派纷呈,风格各异,呈百花齐放、百家争鸣之态。大上海因开放的胸怀而成其"大"。同时,上海在包容中又要求"追求卓越",一切产出都应该力求高质量,成为第一流。多年来,"上海货"一直以"高精尖"著名,在许多人的心目中,代表着优秀与先进,也代表着现代文明的最佳成果。上海因为强烈的品质追求而具有光彩夺目的影响力与辐射力,我对郝编导说,"多层次,高质量"的出书要求,看来是吻合上海城市精神与文化发展规律的。

2018 年 12 月

苦学与乐学

　　4月23日，一年一度的国际读书日又到了。近些日子，媒体上谈读书的文章也多了起来。鉴于时下人们较多通过网络、手机进行浅阅读，看似摄取了不少知识和信息，实际上多是一些零碎、表层的东西，而有效的阅读则是要伴以深层次的系统的思考的。因此，不少人主张阅读要多读经典性的书，要开动脑筋，"俯而读，仰而思"，以便切实获得阅读的成效。

　　浅阅读的盛行，是由于互联网的出现，给阅读带来巨大便利，鼠标一点或手指一按，就能轻松获取有关信息。然而，读那些能启发人智、成为"人类进步阶梯"的经典，却仍是要勤奋用功的。"书山有路勤为径，学海无涯苦作舟"，这是亘古不变的读书真理。

　　对这些看法，我都十分赞同。我曾写过一篇文章，说不可醉心于轻松的阅读，要费劲读书和读费劲的书。

　　不过，对那种把"苦学"与"乐学"完全对立起来的说法，我也不完全赞同。读到一篇文章，完全否定"乐学"和"悦读"，认为阅读就是"一件乏味甚至艰苦的事"。这样说尽管意在强调要"苦读"，但有点"过"了。过则失。有句名言：真理再向前一步，哪怕是小小的一步，就会变成荒谬。宣扬"苦学"是对的，但不可完全排斥"乐学"。"苦学"

之苦，强调的是学习要刻苦、勤劳，并非是痛苦、困苦。相反，只要是自觉的阅读，在勤苦中却往往伴随着欢乐。"读书之乐乐如何"，不是为历代读书人所咏叹吗？当今社会上有"悦读"之说，中小学有"快乐教学法"，只要不是否定阅读所必需的勤劳辛苦，这样的"乐学"与"苦学"是并不矛盾的。

从哲学上说，"苦"与"乐"也是对立的统一。苦与乐是天生一对，地造一双，谁也离不开谁。收获是"乐"，耕种就是"苦"。没有"十年寒窗苦"，就没有"一旦成才乐"。过于强调"悦读"，要"变苦学为乐学"的说法，是不妥的，但阅读也并非注定是乏味的，也自有它的乐趣。鲁迅谈到"嗜好的读书"，就指出它不受具体功利的羁绊，在阅读中会得到"深厚的趣味"。据此，我以为，不要让"苦学"与"乐学"打架，而是让两者推手起来，促使全民阅读活动深入展开，不断提升阅读的成效与水平。

2019 年 4 月

精读与浅读

时下，图书市场上出现不少"快读""速成"一类的图书，诸如《一本书读通中外经典》《世界经典名著快读》《一分钟读懂经典》等。这些书大多是将原著简化改写，保留一个梗概，以便读者能轻松地阅读，"走捷径"似的了解这些书的内容。

能倡导这样的阅读吗？不同的人有着不同的看法。

在我看来，阅读是为了提升自己，如同一切劳作一样，几分耕耘，几分收获。"书山有路勤为径，学海无涯苦作舟"，"捷径"是没有的。凡是学有所成者，无论古今中外，都是"苦学力文"，勤奋苦读的。靠读内容梗概一类的东西，在时间上虽然节省了，但绝不能把书"读通""读懂"，特别是经典名著。

不过，也并非所有的阅读都需要"苦学力文"的。因为书的内容品级不同，有的书要认真阅读，有的书则如鲁迅所说，可"随便翻翻"，让人在消遣中，"不用心，不费力"地增知识、广见闻。同时，人的时间与精力有限，特别是在现代社会，生活节奏很快，要读要看的东西很多，不可能也没有必要对每本书都花很大力气去读，浏览式的浅阅读作为深阅读的配角，有其存在的必要。

当然，经典名著由于其内容厚实，"流耀含英"，是要花力气去读的。

　　　　　　　　　　　　　　九十乱弹

唯有如此，方能领会其奥妙。一般说来，"快读"是不宜的，"速成"是不可能的。不过，中外古今的经典名著数量也不少。为了帮助读书人选书，历代都有人开一些阅读书目，鲁迅怀疑开的书目过多，连开书目的人也不可能全看，因此他不同意书目开得太多。我手头有一本名叫《一生的读书计划》的书，其中推荐的一百多种古今文学名著，内容不错，但分量过重，如果不是搞文学的，恐怕少有人能全部读完。在这种情况下，能将一些文学名著简化缩写，便于一般读者大致了解其内容，也有益于文学名著的普及。出一些这样的书，也无不可。只是据此就说可让读者"一本书读通""一分钟读懂"经典名著，那是商业广告的虚夸，不足为训。

值得注意的是，即使是经典名著的缩写本，也要重视质量，并不是识点字就能干这样的活。只有那些具有相应文化素养的专家学者，方能删简得当，尽可能不丢掉不践踏原著的精气神。如果缺少必要的素养，乱删一顿，那对传播经典名著来说，是成事不足，败事有余。考察评估当今这些"快读""速成"的经典简本，不在争论这样形式的可否，重在应当考察它们是否具备应有的质量。出版界过去也出过一些名著的缩写本、简写本，有好有差，良莠不齐。上海文艺出版社于 21 世纪初，曾与香港明报出版社、台湾远流出版公司联合策划过《世界文学精粹"随身读"丛书》，不仅书中选目经过严格挑选，缩写者亦是请相关的专家学者担任，基于他们对作者作品的熟悉了解，能在删繁就简中保留原著的精华，受到读者的欢迎。也有些名为简化实为乱化的改写，将原著删得面目全非，这样的缩写本虽然便于"快读"，不但无助于读者了解经典，相反只会使读者误解与远离经典。

自然，即使这些简写本改写得很好，也并非原汁原味的名著，只能作为一种广见闻、增知识的浅阅读，并不能完全代替对经典原著的深阅读。精读、深读，是阅读的根基和主干；浅读、快读，是精读、深读的补充。如果读的都是有一定质量的书，那么，"开卷有益"，精读与浅读是不必"你死我活"式的互相排斥的。

2018 年 8 月

上海书展二记

加与减

书展年年形相似，年年书展貌不同。

上海书展创办于 2004 年，十五年来，无论是参展图书、参展单位，还是参观人数、交易码洋，都是"芝麻开花节节高"。这一脱胎于沪版图书订货会的上海书展，由一个行业内的交易会转变为向大众开放的地方书展，再由地方书展发展为全国性的文化出版盛会与全民阅读示范平台，其影响力、辐射力与年俱增，如今已成为上海与全国的一个重要的文化品牌。

它依然叫上海书展，其规模、质量、内涵却不断攀升，"形相似"而"貌不同"，一年有着一年的新景象。

主办者成功地运用了加法，让书展中的图书更精彩，活动更多样，布置更出色，服务更到位，从而为书展不断加分。

不过，它也同时运用了减法。给我印象比较深刻的，是从 2013 年开始，上海书展取消了开幕式。当时的各种展览会，几乎没有不举行开幕式的，而且一味追求豪华和规格。鲜艳的主席台，站成一排的各级领导，身披绶带的礼仪小姐，铺天盖地的鲜花、彩球和气球，冗长乏味的充满套话的领导讲话，一片阿谀吹捧多为空话的嘉宾致辞，白白浪费了参观者的宝贵时间。我曾陪同一位外地作家参加一次书展开幕式，约半小时的时间让他有点不耐烦，他说这是劳民伤财的形式主义。2013年是上海书展十周年的"大年"，为了发扬求真务实作风，做实事，务实效，不搞形式主义，不做表面文章，书展在这方面非但没有用加法，而是用了减法，把开幕式以及招待晚宴在内的一些以示庆祝的活动，统统全免了。14日上午9时许准时开门迎客，没有锣鼓，没有剪彩，没有领导讲话，没有嘉宾致辞，以最质朴的方式，迎接首批读者的到来。由此节省下来的人力物力财力，用到改善读者服务上。为应对高温天气，当年开始在上海展览中心2号、3号和6号购票排队区域增设了多个喷雾降温装置，为参观者降温，给人们身体带来凉意，心头带来暖意。同时，书展在为读者提供问询、寄书、快递、医疗服务等方面，也均有很大的改进与提高。这可说"减中加"了。

还有一种"减"，就是明星签售一类活动越来越少了。上海书展初期，也许是为了招揽人气，明星签售往往成为热点，引来不少的追星粉丝，他们并非前来亲近书籍文化，只不过是为了一睹偶像真容。那些明星的自传之类，大多并无什么文化学术含量，让它成为热点，将一场文化盛会娱乐化，是与书展的文化追求相左的。而将签售会变成了一场线下的粉丝见面会，更形成了一种喧宾夺主、喧"星"夺"书"的错位。对此，上海书展随后大量减少了明星的签售活动，重点推荐那些富有思想文化内涵与生命力的新书，让书展的书香与年俱浓。

加是一种成长，减是一种成熟，愿上海书展在成长成熟的道路上大步向前。

闹与静

2011 年 8 月 19 日下午，我到上海书展参加《话说人生》的签售活动。原定 2 点半开始，2 点不到就开始有人排队等候。为免除读者久等，签售提前至 2 点 10 分开始，近一小时签了近 300 本书。主持者原打算在签售前，要我就《话说人生》一书内容，与读者作些交流，鉴于展厅参观者熙熙攘攘，来往不断，走路声、说话声以及各种电器传出的声音交织一片，混乱嘈杂，缺少对话的安静环境，经商量，最后取消了。

签售后，我到各个展厅转了一圈。人气都很旺，这是好事，只是"走路声、说话声、电器声"声声入耳，破坏着访书、寻书、阅书、品书中应有的安静从容心态。有些正在举行的新书发布会，作者对着话筒大声与读者对话，仍然听不太清楚，却又增添了环境的嘈杂。

我对陪同的出版同行说，书展人多，在热闹热烈的气氛中，要防止喧噪喧哗。因为书展展出的是书，是文化精神产品。作为展示图书的书展，就不宜像电器展、土特产展等商品展览会一样，只着眼于钱物交易，弄得闹哄哄、急吼吼的，而应营造一个安静的环境，让读者能从容地寻书、购书、品书，享受书香，享受在书海中遨游的欢快。国内外一些优秀的书店，就是既以有好书出名，也以恬静、安静、寂静的美好环境出名。在店堂里，没有说话声，更没有高谈阔论，一切静悄悄的。读者到此买书也好，翻书也好，都一样受到欢迎。店员职工只有在读者需要的时候，才前来为读者服务；否则，读者尽可以随意阅读，他们绝不会进行干扰。这样的书店，如读者所赞扬的，不再是单纯做买卖，而是成了传播书香的基地与提升精神文化的场所。上海书展主旨不再单纯做图书交易，而是大力传播书香，让人们享受更多的阅读快乐。书展内的环境营造，更需要注意在"静"字上多下功夫。

同行朋友想听听我的建议。我说，上海书展已注意了这一问题，喧哗嘈杂的环境逐届有所改善。弱化减少场内娱乐明星的活动，防止粉丝们把书展当作追星的场所，就有效地减少了书展环境的紊乱嘈杂。同时，在展厅内提倡文明观展，禁绝喧哗，不说话、少说话、小声说话。业内的各种广告促销活动也要"低声下气"，不要高调喊叫。这些都起了有效的作用，只是需要继续深入的推行。

如今展厅环境还热闹有余，安静不足，在很大程度上，是由于2.3万平方米的展厅，已经无法满足越来越多读者参与各种活动的需要。单说各种签售、讲座、论坛活动，书展平均每天都有100多场，大家都挤在有限的展厅里，"走路声、说话声、电器声"，就难免互相干扰，形成嘈杂一片。为缓解这一情况，书展已两次在大厅外广场搭建"阳光棚"，并在其他地方设立分会场，扩大空间，减少相互干扰。今年全市的分会场将大幅增至100个，市新闻出版局局长徐炯说，这就是要"做到动静分割，让大家有更安静的环境，静心参与阅读活动"。

完全可以期待，上海书展既能做到氛围热闹，又能保持环境安静。

2018 年 9 月

九十乱弹

宰予昼寝

　　几个朋友闲聊午睡问题，话及"宰予昼寝"。《论语·公冶长》有句："朽木不可雕也，粪土之墙不可圬也！于予与何诛？"有人据此认为孔子是反对"昼寝"的，宰予就因为在白天睡觉，不论是睡午觉还是睡懒觉，或是白天在课堂内打瞌睡，被孔子批评为不可雕刻的朽木，不可粉刷的粪土之墙，惹得孔子"于予与何诛"，都不想再对他多说责备的话了。

　　这一解说在历史上是很具影响力的，后代不少儒生都因怕成为"朽木"而不敢"昼寝"，据说，清代曾国藩公务繁忙，午后有时很想休息一下，却因这句话而不敢睡午觉。

　　有朋友表示不理解，说孔子强调忠恕仁爱，怎么会因为宰予上课打个盹，或白天躲在宿舍小睡一会，就责为"不可雕"的"朽木"呢？何况，宰予才情卓越，长于辞令，以言语著名，为孔门十哲之一，并非笨学生懒学生。孔子会看不到吗？

　　又有朋友解释说，也许是记录文字有误。古代"昼""画"两个字写法相似，"昼寝"系"画寝"之误，实际是说宰予喜欢在寝室的墙壁上乱画。远至梁武帝，近到康有为梁启超，都持有这一看法。

　　表示不理解的朋友说，即使是"画寝"，也谈不上是什么"不可雕"的"朽木"呵！又有朋友说，古代可能没有午睡一类白天睡觉的习惯，

"昼寝"会荒芜人生，因而特别引人反感。

实际不然。午睡习惯，早已有之。"三顾茅庐"中的诸葛亮，"程门立雪"中的程颐，都在下午小眠。诸葛亮醒后，还高吟"草堂春睡足，窗外日迟迟"。至于古诗词中写"昼寝"的句子，诸如"深院下帘人昼寝""清梦初回窗日晚"等，更不知凡几。午睡等"昼寝"，从来不是引人反感的习惯，相反，它是一种养生方式。

那么，面对"宰予昼寝"，孔子为何有"朽木不可雕也"这样的感叹？南怀瑾在《论语别裁》中有着别样的诠释。南先生说，宰予身体不好，犹如"朽木""土墙"，底子太弱，只好让他多休息一会儿。人很奇怪，身体弱的人头脑却可能很好，孟子就说过："人之有德慧术知者，恒存乎疢疾。"因而孔子对学生们说："于予与何诛？"你们对于宰予不要过分诛求了，就让他睡个觉吧。

南怀瑾的解说把"朽木""土墙"限于对宰予身体状况的形容，从而把这段话语理顺了，这样的"别裁"，不一定所有人都赞同，但它表明，古代经典性文字往往在简洁中蕴藏着多重含义，可以多角度多方位地体味，别出心裁地诠释，从而开辟出阅读的一种新境界。

《论语·学而》中，有句"无友不如己者"的话，是孔子讲的。有人对此不解，认为交朋友虽然要有选择，但如果"不如己者"都不去交，个个都要与好于自己的人交朋友，不与差于自己的人交朋友，那么世上就不会有朋友，主张"三人行必有我师"的孔子怎么会这样讲呢？实际上，"无友不如己者"，是指没有一个朋友不如你，不要认为你的朋友不如你，要善于向朋友学习。这也表明，当我们对经典叙述犯迷糊，一时难于理清的时候，不妨学学"别裁"，也许能走出一片新天地。

2023 年 9 月

九十乱弹

读书一定要带着脑袋

最近在读钱旭红院士的《改变思维》。他在谈读书求知时，强调知识要转化为真正的见识和能力，一定要有创造性思维，独立思考。他说，在科学启蒙时代，培根说"知识就是力量"；今天，知识爆炸式增长，获得知识更加容易，获取渠道也日益丰富，伴随而来的却是好多人迷失在知识里，特别是迷失在网络展现的知识里。知识虽是文明传授的载体，但不是根本，更不是全部，超越知识本身的思维方式和精神心态才是真正的核心。因而可以说，思维和精神才是力量。人要在读书求学中拔尖成才，一定要勇于质疑，敢于提问，养成创造性思维。

清华大学教育研究院的一份研究报告称，超过 20% 的中国大学生从未在课堂上提问或参加讨论。这表明，我国学生很多是被动接受教育，把书本上和教师的话当作金科玉律，缺乏独立思考能力。对此，钱学森曾留下"钱学森之问"：我们学校为什么总是培养不出杰出人才？教育重灌输，缺乏对质疑精神的倡导和培养，恐怕是个重要原因。

古人早就说过："疑者，觉悟之机也"，"学贵有疑，小疑则小进，大疑则大进"。因为只有积极的审视，才能够从中发现问题，有助于培养创造性思维。宋代理学家张载曾打比喻说："譬之行道，将之南山，须问道路之出，自若安生，则何尝有疑！"就是说，要成功地进入"南山"，不能安然接受现成的看法，而需思考"路"之来龙去脉，弄清其中之疑，发现问题，提出问题。而发现和提出问题，正是解决问题的前提。按爱因斯坦的说法，提出一个问题比解决一个问题更重要。宋代另一位理学家陆象山说："读书无疑者，须教有疑，到此方是长进"，"为学患无疑，疑则有进"。

为学要"疑"，要能由此及彼地生发开去，自然首先是要"学"，不勤学苦读，不入书海，不登书山，根本就无从"疑"起。然而，绝不可死读书、读书死、读死书，而必须带着脑袋读书。因为读书是为了用书，要学以致用。有一个叫亚克敦的英国人，嗜书如命，书房里藏有7万卷图书，他一生都在读书，可并没有给后世留下任何生发与创造。"他就像戈壁的沙漠吸流水一样，吸收了知识，但清泉却不能喷到地面上。"日本人鹤见佑辅就此写了一篇文章，题目叫《徒然的笃学》。鲁迅于1928年将它译成了中文。这种"徒然的笃学"，就是读书不带脑袋的一种。

还有，受历史、认识、水平等各种条件的限制，书的内容并非都是尽善尽美的，读书不宜囫囵吞枣，照单全收。孟子说过"尽信书，则不如无书"。他正是在努力读书中，既重视前人学说，又不拘于前人的学说，把孔子"仁"的观念发展为"仁政"学说。提出"知识就是力量"的培根，也说过"不可尽信书上所言"的话，据此，他不囿于当时的经典哲学，创造了新论，成为英国唯物主义和实验科学的先驱。这种"学贵有疑"的精神，是一切大学者所共有的。哥白尼有疑于托勒密的地球中心说，始创太阳系学说。爱因斯坦有疑于前人的绝对时空观，始有相对论产生。可以说，任何一个在学术上有价值的造诣，莫不是疑前人之所不疑而有所发现发明的。

由此可见，读书学习绝不可止于单纯的知识接受，而必须伴之以独立思考。孔子说:"学而不思则罔,思而不学则殆。"一定要把学与思结合起来。造就创新能力的人才,如钱旭红院士所说,一定要大力弘扬创造性思维。杰出人才不是用单纯的知识灌注所能造就的,而是要培养其具有敢思敢想的品质,勇于疑前人所不疑,具有创新思维。

2020 年 9 月

书房与狗房

一篇"谈书房"的文章提到，当前一些人的家居，宁肯设置大而无当的客厅，也不肯让出一点面积用作书房。这引发了我的一点感触。

书房古称书斋，是人们在家用作阅读、自修或写作、工作的场所，拥有一间书房是许多读书人的梦。可是，限于社会与经济条件，对多数人来说，过去这个梦是难圆的。记者兼文学家萧乾在他的《我的书房史》中就说到，他老早就憧憬有一间书房，但由于家贫，这个梦是他大半生中都可望而不可即的。我1950年初参加工作，开始住集体宿舍，贫无立"书"之地，以后分得一居室，尽管小小的空间主要用来放置床、椅等生活必需物件，但我也尽量让书刊有一席之地，并不断扩大其疆域，由书桌而书架而书橱，20世纪90年代，我终于有了一间专门用于读书写作的书房，圆了我大半生的书房梦。

改革开放以来，人们的居住条件有了很大改善。对许多知识分子来说，是有条件在自己住的公寓或别墅中安排出一间书房的。可是，却有人"宁肯设置大而无当的客厅，也不肯让出一点面积用作书房"。或者如梁实秋曾经指出的："有人分出一间房子养来亨鸡，也有人分出一间房子养狗，就是匀不出一间做书房。"如今城市规定居民不能养鸡，养来亨鸡的现象并不多见，而不设书房却设养狗房的则远远超过梁实秋当年的所见了。

自然，"萝卜青菜，各有所爱"，在家愿意读书还是喜欢养狗，设书房还是设狗房，毕竟属于个人意愿，可以悉听尊便，只不过"子不学，非所宜"。莎士比亚称"书籍是全世界的营养品"，一个人可以只吃"青菜"不吃"萝卜"，或只吃"萝卜"不吃"青菜"，书籍这一"营养品"是都该吃的。古话说得好，"腹有诗书气自华"，"士大夫三日不读书则面目可憎"。因此，当年居住条件差时，一居室只能作为"多功能厅"用，读书人也尽量考虑其"读"的功能。如今住房多较宽敞，将"大而无当的客厅"稍加压缩作书房用，哪怕只是小小的，也能避免客厅的喧闹，拥有"躲进小楼成一统"的宁静，这是有利于潜心读书的。学者任继愈的书房就自号"潜斋"。书籍与书房，会大大增添居家的书香与文化气息，有识之士称其为最美的家饰与家具。

　　不过，书香与文化气息并不是摆些书籍、设个书房就有的，重要的是要认真读书，切实地使用书房。时下也有些人家中虽设有书房，也藏着不少书籍。但只是作为一种摆设，内中书籍排得整整齐齐、漂漂亮亮，但很少被翻读，使书房了无生气，成为书籍的养老所乃至坟墓。这种形式主义的做法，并不能为居家增加书香，无益于增添文化气息，而且多了一层虚假，为识者所不取。我们既不要把狗房看得重于书房，也不要把书房与书籍沦为一种虚饰，两者异途同归，都是文化缺失和精神贫乏的表现。这从反面表明，人们要增强文化涵养，提高精神境界，就要切实地亲近书，把书当作恩师良友，把书房当成静心潜读的空间、通向世界的一扇窗口，从而不断接受精神文化阳光的滋养，让人生更美好。

2018 年 3 月

读书与读人

　　多年的编辑出版工作，让我结识了一些作家和艺术家，其中有我的前辈，也有我的同辈、后辈。在组稿编稿的过程中，相互有了较多的接触和交往，这就让我在读"文"的过程中，也同时读了"人"。

　　我国历来有"文品即人品"之说，西方则有"风格就是人"的命题，讲的都是"诗品出于人品"的道理。因此，要深入阅读作品，也需要读好人品。孟子早就指出："颂其诗，读其书，不知其人可乎？"

　　在向作者组稿、读稿的过程中，我得以同时读了"人"，大大有益于我"颂其诗，读其书"。

　　然而，文坛艺界也有文品与人品不符的现象，最极端的说法是"文人无行"。不能说完全没有这种现象，但它只是一种片面的真实。文艺行当与各行各业一样，都有"不肖之徒"，但总体是好的。由于文人应是"灵魂工程师"，那种由污染了的灵魂所派生出来的"无行"之举，在内涵上与文人存在着尖锐的对立，它的"一粒老鼠屎"，就最能"搅坏一锅粥"。因此，文艺界特别需要加强为人的德性教育，要深刻记住鲁迅的话："从喷泉里出来的都是水，从血管里出来的都是血。""无行"的文人，是难以产生好的作品的。即使冠冕堂皇地写些什么，也是虚伪的、不真诚的、言不由衷的，归根结底是一种假恶丑。

我在《读人集》中写到的作者，特别是其中的文化前辈，都是德艺双馨的大师，他们高尚的品德、卓越的见识、渊博的知识、精湛的才艺，让我油生高山仰止之感。"不朽的文品与人品"，是我写巴金一文的题目，也是我对这些文化大师的共同看法。与他们来往相交，真有"与君一夕谈，胜读十年书"之感。"读人"，也是另一种读书，而且是读活书、活读书、读书活。从这个意义上说，这本《读人集》，也是一本《读书集》。

　　集子中也写了一些逝去的古人与前人，我自然不会与他们有直接的交往，书中所写的，只是我在阅读他们的传记，或参观他们的故居、纪念馆后生发的一些感触。这也是一种"读书"与"读人"的结合。

2021 年 4 月

时间与文明

又到年终岁尾。真是"光阴似箭，日月如梭"，又一个365天白驹过隙般过去了，不少人由此感悟要珍惜时间，让时间催生生命之花，而不是让它白白流淌。

几位年轻朋友在议论中认为，珍惜时间就是珍惜生命，管理好时间是一种时间文明。我以为然。不过，时间文明的全面推进，固然需要个人的自觉与努力，同时也有赖于社会其他文明的发展与促进。

我这一感悟，最初是在观赏京剧《红娘》时突然萌发的。当时思想跑马，觉得张生与莺莺的恋爱，也真是浪费时间。这倒不是指他们的卿卿我我，而是指他们为爱情奔波的许多时间，从现代眼光来看，压根儿是不必花的。如果没有封建礼教的羁绊，这一对恋人本可以简单明了地去互诉衷情，根本不用经过传柬、琴挑、跳墙，也不用害相思病……这要节约多少时间呵！

这说明，社会伦理道德水平低下，也会枉然地空耗着人的时间，吞噬着人们的生命。

这是今之视昔。后之视今呢？这一问题依然存在。别的不说，单看那些拉关系、走后门等不正之风，就让"说客"们虚掷了多少宝贵时间。作家邓刚曾在公安部门代职，分管刑警工作，他说当时只要出现案件，总有人来说情，说着好话，堆着笑脸，提着重礼，带着钱款，长时间地纠缠着有关办案人员，让双方都白白地流失了许多时间。不以"说情可耻"，用时间"走后门"，比张生跳墙更等而下之。张生跳墙，虽然现在看来是可以不去做的，但在当时，却是客观情势所逼，他那一跳，是向封建藩篱的一击，还有积极意义在。而现在"说客"们热衷走后门、讲私情，是基于一己的私利，跟着不良的社会风气跑，把大好时光消磨在吹吹拍拍、拉拉扯扯之中，让时间与生命销蚀在低级趣味之中。

时间文明的实现，除了受制于社会的道德文明，同时也受制于社会的治理文明。行政管理实事求是，做实事、求实效，拒绝官僚主义、形式主义，不做空头文章、表面文章和短命文章，不扰民，不把"方便留给自己，困难推给群众"，不再有盖不完的章、开不完的证明、跑不完的地方、数不清的手续，这就会为民众减少许多无意义或无效用的时间消耗，让时间和生命过得更有意义和价值。近年来，随着行政管理改革的不断深入，包括许多企业界人士在内，不都在颂扬"时间的解放"吗?

时间文明的推进，还与生产科技文明的发展紧紧相连。一百多年前，每逢大比之年，江南地区考生进京，要提前几个月就动身赶路。高铁、飞机出现后，则只需几个小时的行程。人们现在要去地球上的任何一个地方，大多都可以朝发夕至，较之以往，时间的利用率可真是"一天等于二十年"。人工智能等新科技的出现，更会进一步将时间由"常数"转为"变数"，从而让人的生命拥有更多的创造性。

由此可见，管理好时间，实践时间文明，与社会的精神文明与物质文明的发展息息相关。社会文明越好，也就越利于时间文明的张扬。不过，在同样的社会环境中，每个人能否做好"时间的主人"，还是取决于自身具有什么样的时间意识。是惜时爱时，"痴思长绳系日"，学鲁迅那样，把喝咖啡的时间用在工作上，让时间留下串串果实；还是任时间在"无事忙"与"快乐的死亡"中白白流失，"白了少年头，空悲切"，反映的是两种世界观和人生观。有时间意识的人，也尊重别人的时间，因为他们知道时间就是生命，无端空耗别人的时间，其实无异于谋财害命。因此，社会上惜时的人越多，讲究时间文明的人越多，社会的文明也就越高。时间与文明，是一个值得人人重视的课题。

2020 年 1 月

神山游

宋代欧阳修《醉翁亭记》的首句云："环滁皆山也。"醉翁亭所在的琅琊山西南20多公里处为神山，在滁州下属的全椒县境内，峰青峦碧，林壑优美，为国家森林公园。唐韦应物任滁州太守时写的名诗《寄全椒山中道士》，其"山"即神山。山深处有建于唐大历年间的神山寺，一千二百多年来历经风火劫难，几经修葺，大雄宝殿、观音阁、法王殿等大部分建筑现仍保持原貌，错落有致，古朴肃穆。

20世纪末我去神山寺，在莽莽林海中的山路穿行，不时会有野兔野鸡从眼前蹿过或飞过，野味十足。今秋再访，沙石山路已易为柏油公路，野物也不再在路边显身，不过，快速行驶在浓荫如盖的绿色长廊中，山幽木香，莺飞蝶舞，水声潺潺，鸟语阵阵，大自然美好的气息仍令人心醉。

进入神山寺山门，一条长长的石径依山势盘桓而上。石径两侧古木参天，遒劲苍然，旁多葛藤，攀树而上，形成各种不同的形态，别有情趣，其中有两根粗壮的络石藤，沿着一株檀树攀缘布上，直插云天。名为"登天揽月"，游人多驻足观赏。

寺也依山势而建，我们拾级而上，见该寺建筑有一特别处，其石阶刻有龙纹。特别是大雄宝殿前庭院的石壁上刻有5条飞龙，其模样经岁月的淘洗虽有些模糊，但灵动之势仍清楚可见。有人介绍，这是极为珍贵的历史文物。

寺院怎么会出现象征皇权的龙？原来有两位皇帝驾临过神山寺。五代十国时，后周显德三年（956），周世宗柴荣为了统一南北，命大将赵匡胤率兵破南唐军事重镇滁州，柴、赵均一度驻跸神山寺。柴荣死后，赵匡胤"黄袍加身"，成了宋朝开国皇帝。后世为了纪念这"两条龙"，建有柴王碑、宋太祖殿，其最为引人注目的，是大殿东侧的一口古井，为柴、赵领兵驻扎神山时，为解决军士饮水问题而开凿。由于神山多石，此井是凿石穿透而得甘泉，深七丈，工程极为艰巨，传说工匠凿一升石头就可得一升钱，造价之高、凿石之难可见。井名柴王井，历经千余年，井水依然丰滢，仍供人饮用。我们在井旁盘桓，见井圈为一整块大石凿成，保存十分完整，只是井圈内壁被上下打水的绳索磨出十几条深深的沟痕，显示出岁月的印记。

井旁有一棵奇特的佛珠树，其根祖露地面，似佛珠串联。据传是当年凿井向外冒木头时，寺僧以佛珠计数，当梁上工匠喊"够了"的时候，计数佛珠便随手落地，后长在树根上破土而出。这自然是传说，但这样的佛珠树却极少见，它又紧紧依偎着柴王井，引得游人纷纷拍照留念。

神山寺东侧有凤凰涧，沿涧东行数百步，为天然石景区，起伏跌宕的群石，形态各异，似象立、似狮吼、似龟爬、似蛇行，犹如一座动物群雕博物馆。石为白石，质地精细如玉，煮石可食可药。《全椒县志》记载："山中道士居神山石洞中，尝煮白石子为餐，滁州太守韦应物寄以诗。"

此石洞现名仙人洞，原本从山顶攀登入洞，现在山脚另辟洞门，门旁山体上大字刻着韦应物的《寄全椒山中道士》五言诗："今朝郡斋冷，忽念山中客。洞底束荆薪，归来煮白石。欲持一瓢饮，远慰风雪夕。落叶满空山，何处寻行迹。"韦应物是位关心民生疾苦的官员，"邑有流亡愧俸钱"的名句显示出他的心声。他所以挂念这位山中道士，不仅因为这位道士束薪煮石，生活清苦，还由于这位道士每当社会发生瘟疫时，都积极煮石为药，救治百姓。煮石需要水，道士自己煮石用水，洞中泉水即够，但要为百姓煮石制药，则需大量的水，现在仙人洞门前存一古井，传说是道士当年为煮石制药而开凿。

我们进入仙人洞，洞甚幽长，洞中有洞，光线暗淡，凭借手机微弱的光亮，依稀看到道士当年的石榻和经台，洞顶挂着形态各异的钟乳石。也许由于全椒秋来多日不雨，天旱地干，未见洞内有用来煮石的泉水，但有同伴看到洞壁里的一物，说是当年的承水石盘，不知确否？

出仙人洞后，我们来到半山腰的韦公祠，"漫忆当年煮石心"。一位年轻朋友乘兴吟咏了"今朝郡斋冷，忽念山中客"后，又激情低吟了"环滁皆山也"，声情俱茂，大为此行增色。有位文史专家近年称，古代写滁州地区的诗文，以欧阳修的《醉翁亭记》和韦应物的《寄全椒山中道士》为最佳。我以为，这不仅由于这两篇诗文具有特别出众的艺术表现力，更因为它们饱含着欧、韦两位文人太守那种民乐也乐、民忧也忧的为民情怀。

2021 年 9 月

旅游的钱、闲、文

　　年迈腿软，长年蜗居在家，近日，由家人陪扶，前往苏州斜塘老街一日游。正是人间最美四月天，风和日丽，草长莺飞。老街紧邻金鸡湖，是在明清时期的斜塘古村和斜塘古镇的原址上重建的，街河相依，长桥流波，粉墙黛瓦，青石成行，悠长的老街和棋盘状的小巷错综穿插，间有一座长廊环绕的苏式园林，花红柳绿，池水游鱼，假山泻瀑，古雅幽丽，街上的茶楼酒肆、商店作坊，也笼罩着一股浓浓的历史文化韵味。有人赞之曰："不到斜塘老街，不解古今穿越。"

　　是日并非节假日，老街游客并未摩肩接踵，但也熙熙攘攘。我们逛了一段时间后，坐在一家茶室的木香花丛下品茗，极感旅游的闲适愉快。在自由放松的状态下，享受自然之美与人文之胜，会越来越成为一种受欢迎的休闲享受，一种人生的必需。当前，供人旅游的景点，尽管数量在不断增多，质量在不断提升，但就人民不断增长的需要来说，还是供不应求的。为此，加强旅游景点的开放和管理，努力消除大众旅游消费中的供求矛盾，尽力减少拥堵现象，让旅游者不再心"堵"，是为民造福的一个重要课题。

　　据此我想，像斜塘这样的地方，在尊重历史的基础上，深挖原有的风味特色，将传统人文和现代商旅进行有机结合，让"古今穿越"，打造成一个新的时尚休闲街区，一个可以旅游观赏的景点，不失为扩大和充实旅游场所的一个途径。

听说，此景区强调文明管理，自身重视资源保护，同时也要求游客文明游览，守规矩，讲道德，不因不文明行为而"煞风景"。因而，不时在一些景区出现的乱停车、乱涂乱画、乱折花木、乱丢杂物，以及喧哗吵闹、好勇斗狠等现象极少发生。这表明，美好的旅游，在有"钱"有"闲"之外，还要有"文"。出门旅游，观看大千世界的自然和人文风景，同时，自然和人文风景也因游人的欣赏而倍增生意，构成一种叠加风景。卞之琳《断章》诗云："你在桥上看风景，看风景的人在楼上看你。"讲的就是观看风景的游人，也是风景中的风景，是会落在别人的视野中的。旅游中的不文明，既破坏了自然的风景，也损坏了游人的风景，可谓双重的"煞风景"。因此，旅游不能无"文"，在用文明的态度去行走的同时，还要努力用文化之眼去赏析，如此方有更多的领悟、更多的获得、更多的愉悦。诚哉斯言：旅游的灵魂是文化。几年前，在政府体制改革中，国家成立文化和旅游部，将文化和旅游工作联系在一起，有深意也。

基于此，我以为，旅游要有钱有闲，还要有文。钱、闲、文，可称为旅游的"三宝"。

2023 年 4 月

闵行记行

日前，应朋友之邀，前往闵行参观紫竹高新区。由于老迈，近年我已很少外出参观，之所以破例，是由于我对闵行具有一种历史情怀。

20 世纪五六十年代，闵行作为上海的卫星城之一开始了规划建设，迅速集聚了一批企业，其中上海电机厂、上海重型机器厂、上海汽轮机厂和上海锅炉厂，为全国著名的"四大金刚"，由多家工厂合作研发制造的万吨水压机，最后是在闵行安装完成的。这一国之重器，是我国当年自力更生奔向工业化的重要成果，影响巨大而深远。2022 年，有关企业还隆重集会，纪念万吨水压机建成投产 60 周年，弘扬"万吨重担万人挑，泰山压顶不弯腰"的"万吨精神"。

为适应经济和人口的快速发展，改善居民生活条件，当年闵行同时加紧建造生活配套设施，其中之一便是以几个月的时间，建造了大名鼎鼎的"闵行一条街"，街道两侧遍植香樟，又称"香樟一条街"，民间则赞其为"闵行南京路"，速度快，质量高，成了全国学习的工程典范，党和国家领导人毛泽东、刘少奇、周恩来、朱德先后莅临考察，可见影响之大。当时我作为记者参与报道，几次夜宿闵行，闵行成为我生命中难以忘怀的地方之一。

如今，设在闵行的紫竹国家高新技术产业开发区，由政府、高校、

　　　　　　　　　　　　　　　　　　　九十乱弹

企业共同投资组建，是我国目前唯一以政府搭台、企业唱戏、高校提供资源并完全以市场化模式运作的园区，为上海建设具有全球影响力的科技创新中心的主要功能承载区之一。

从当年的"一条街"到如今的"开发区"，表明闵行一直是新中国建设的一块热土，我很想前去看看，看时间的脚步，看祖国的前行。

是日风和日丽，秋高气爽，我们车行约一小时，从市区到达紫竹高新区，它位于闵行东南角，占地13平方公里，原是一片农田，如今一幢幢现代化建筑立在绿树红花之中。园区内道路纵横交错，行驶的多为私家车，但也有公交车运营。我们的车第一次进入，一时摸不清方位，反复转了几个圈子，始在一个有着四匹马雕像的地方与接待我们的晨晨相见。

我们首先参观了园区的展览厅，展厅由几间相隔又相连的展室组成，高大敞亮，一尘不染。多种图表、实物、影像显示，园区以微电子技术、光电子技术、数字技术、软件技术、纳米科技、生命科学六大类产业作为主导产业，重点吸引区域总部、研发中心、风险投资公司及高科技制造企业，现已入驻的有国家太阳能工程技术研究中心、中航商用飞机有限公司、英特尔、微软、惠普、欧姆龙、东丽、雅马哈、可口可乐、花王等30多家国内外著名企业或研发中心。

由于我步行乏力，我们遂乘车游览园区，透过车窗，只见街景在不断变化，一幢幢高楼大厦，一座座花园洋房，迅速从眼前闪过，陪同的晨晨热情介绍说这是哪家公司，那是什么单位，然而，"乱花渐欲迷人眼"，尽管当即有一点印象，转瞬已混淆不清，记不清哪家和哪家了。唯有落户于此的交大校园门楼，在我脑海中留下比较鲜明的印记，它高大挺拔，富有冲击感，较位于徐家汇老校区的大门宏伟多矣。

我在车中想，20世纪五六十年代闵行涌现的"四大金刚"、万吨水压机及"闵行一条街"，显示了当时我国在机械化、电气化道路上的有效攀登，而如今闵行紫竹高新区的创立发展，则展示了我国科技在数字化道路上的飞奔。机械化、电气化、数字化，显示出社会发展的不同阶段，进入数字化，表明我们已站在历史的前沿。而且，当年我们只是机械化、电气化道路上的赶超者，今天则为数字化道路上的领跑者。六十年一甲子，天翻地覆慨而慷。

紫竹高新区重生态，河湖交织，绿化覆盖率高，宜业也宜居，人与自然、园区与社区有着很好的结合。浦江第一湾公园也坐落在此。车驶过一条长长的林荫大道，我们进入这一拥有湿地与江景的公园。与一般城市公园不同，其中现代生活设施较少，自然色彩却十分突出，"野芳发而幽香，佳木秀而繁阴"，鸥翔江上，鱼游溪中，鸟鸣树巅，花开路旁，一股野趣扑面而来。

多条曲折蜿蜒的小路穿插在枫林、樟林、竹林之中，路面未加水泥柏油，只用青砖或碎石铺就，有的更是素面朝天，没用任何材料修饰，保持着自然本色。这样的本色小路，引起我美好的儿时记忆。其时雨后初晴，乡间土路常常有些地方呈松软状，踩上去犹如踩弹簧，成为我儿时行走一乐。是日久违相见，欣喜不已，我不顾走路乏力，在园区林间的多条小路上徘徊复徘徊，享受自然的情趣。园内一条与浦江相通的小河，芦苇丛生，水草浮动，岸边多置大块石头，供游人坐下垂钓或休息。闲坐这里，看白云悠悠，听流水潺潺，会生发一种恬淡宁静、不为功利所役的心境。我想，这种随意放松的心情，如陶渊明在《归去来兮辞》中所描写的那样，唯有当全身心融入大自然，"景翳翳以将入，抚孤松而盘桓"，方可得到最好的呈现。富有自然野趣的浦江第一湾公园，是让游人享受宁静怡适的好地方。

我们走向江边，问及为何称浦江第一湾公园，晨晨说，浦江从太湖、淀山湖一带发源之后，由西向东流，明初为了治理吴淞江（今苏州河）的淤堵，从南向北打通黄浦江和吴淞江，这一浦江合流工程改变了浦江流向，在老闵行这里形成一个90度大转弯，因而称浦江第一湾。这个工程的终点在陆家嘴，那里也形成了一个大转弯，为浦江第二湾。浦江第一湾公园，建于第一湾北岸，南岸是奉贤西渡地区。此公园虽在紫竹高新区内，由园区管理，却也向全社会免费开放，欢迎大家前来游览观赏，尽享大自然野趣。我们看到，其时在江边、河畔、林中宽广的草坪上，安放着多顶五颜六色的旅游帐篷，表明游客中还多安营扎寨者。

2023 年 10 月

"慢慢走，欣赏呵！"

　　我国现代美学大师朱光潜于 20 世纪 20 年代在欧洲留学期间，应国内一家杂志之约，以书信的方式就青年学习修养问题写了 12 篇文章，后结集为《给青年的十二封信》，内容深入浅出，以优美的文笔表达了深刻的人生哲理和美学理论，读来极富情趣，深受青年欢迎。我国改革开放后，此书出过多个版本，在读者中仍表现出强盛的生命力。

　　"十二封信"都有标题，其中一封是"谈在卢佛尔宫所得的一个感想"（卢佛尔宫现多译为卢浮宫，后文一律改用现名）。讲的是他在卢浮宫欣赏达·芬奇名画《蒙娜·丽莎》，正全心沉入中世纪的甜梦时，突然被惊醒，一个法国向导领着一群美国男女，约有四五十人，蜂拥而来，未作细看，说了几个处处用得着的赞美词，就又蜂拥而去。朱光潜说，摩挲《蒙娜·丽莎》肖像的原迹，是他生平一件最快意的事。这幅半身美人像纵横虽不过十几寸，其意蕴却十分深广，从那神秘的微笑中仿佛可以窥透人世的欢爱和人世的罪孽，可他在鉴赏中的沉思被那群"走马观花"式的游客扰乱了。那些游客的惊鸿一瞥，观画的"效率"虽然很高，但"太贪容易，太浮浅粗疏，太不能深入"，因而也很难深得其中三昧。

　　朱光潜此文的主旨，是说"效率"不是估定价值的最高标准，遇事还要看它真正的成效，以及其中所蕴藉的理想人格。不过他是从赏画与旅游说起的，这让我觉得当下的旅游，倒也实在需要注意少一点"类似美国旅行家看《蒙娜·丽莎》"的现象。

近些年，随着经济社会的发展，人们钱袋子鼓起来了，闲暇时间也日益增多，催生了旅游活动的迅速增长。然而，旅游活动多为"跑码头"式，匆匆忙忙，这个景点瞄了一下，又忙不迭地赶向另一个景点，恨不得"一日看尽长安花"。景区景点似乎跑了不少，"上车睡觉，下车拍照"，颇有"效率"，却只是留下"到此一游"的印记，少有旅游应当带来的那种富有意味的美的感悟与愉悦。

因此，需要进一步认识旅游。有人说，出门为"旅"，鉴赏为"游"，两者合一方是旅游。我以为然。过去，限于交通条件，出门行走要花很多时间，如今交通插上了现代化翅膀，真正做到了"千里江陵一日还"，这就使旅行可以用快节奏进行，如果你要快，早上在上海，一小时后可到杭州，中午能出现在南京，傍晚则可现身于北京。但这种"快"，只能为旅游节省下旅途行走的时间，而不可用于景区景点的游览。因为，游览是一种观赏、鉴赏、品赏，面对美好的自然和人文景观，需要运用自己的经验与知识，进行感受、体验、联想、分析和判断，从而获得审美愉悦，这不是急匆匆打个卡就能获得的，而是要有时间把玩，因而它不宜快而应慢。理想的旅游应当是"快旅慢游"，"快""慢"携手，共同提高旅游的品质。

为了切实感受莫高窟的艺术美，我曾在那里盘桓一整天。开始快速地粗粗浏览一下，只见每一个洞窟的主体，都是佛与菩萨的塑像，感到这是一个神的世界。接着细细、慢慢地进行品赏，看到盛唐时期塑造的一侍从菩萨，庄重典雅，风度优美，尽管她双臂已经残缺，但仍栩栩如生，给人以完整的美感。这不是"东方维纳斯"吗？我感到一种美的震撼。还有一尊禅定佛，宁静端庄，面呈微笑，生动而含蓄，使人想到卢浮宫中的《蒙娜·丽莎》。它塑造于北魏年间，早于达·芬奇创作一千年。一座座艺术精品冲击着我的感受，让我感到这里不再是一个神的世界，而是一个博大精深的艺术世界，并由此领悟到莫高窟的不朽与魅力，它从宗教易位于艺术，美学代替了神学。我庆幸游览莫高窟不是匆匆地走过场，而是慢慢地进行了品鉴。

大自然是美的，人世间是美的，旅游正是要去发现美，欣赏美，让生活更美好。这需要人们培育发现美的眼力，并从容舒展地去捕捉美、把握美。对此，美学大师朱光潜在他的《谈美》一书中，引用了阿尔卑斯山路上的一个标语："慢慢走，欣赏呵！"如果人人都坐着汽车疾驰而过，对山谷美景无意一顾。朱光潜说："这丰富华丽的世界，便成了一个了无生趣的囚牢，这是一件多么可惋惜的事啊！"

因此，作为欣赏美、享受美的旅游活动，虽然也可以求快，"走马观花"式进行，但它只能留下浮光掠影的印象，要切实感受"花"之美，则要"下马"观察品赏。因此，在景点景区不宜匆匆忙忙一晃而过，而是要记住出门为"旅"，鉴赏为"游"，在旅游点该"慢慢走，欣赏呵！"

2019 年 9 月

路遇松鼠、鸳鸯有感

　　近日，我到重湖叠巘、烟柳画桥的杭州小住几日，下榻于中国作家协会杭州创作之家，位于北高峰脚下，紧邻名刹灵隐寺，环境极为幽佳，我以"山横展叠翠，梵音隔涧闻"形容之。

　　杭州的生态更好了，旅游区浓荫蔽日，野芳争艳，给人一种浓得化不开的感觉。令人欣喜的是，如今有更多小动物自由地出没在山上林间水面，与人和平共处，带给人以新的欣喜。

　　一天下午，灵隐寺的冷水亭旁集聚着一群人，仰首观看一株高高的松树，原来，松树上有只大松鼠正在教小松鼠学跳远，目标是冷泉亭顶，两者空间距离约两三米。尽管大松鼠示范了几次，跳到冷泉亭上等小松鼠，小松鼠试了几次，都不敢跳。随后，大松鼠忽然在冷泉亭顶上消失了，大概是想由此逼小松鼠跳过来找它，可仍未见效。过了一会儿，大松鼠只得再次出现在松树上，继续它的教程。这表明，动物世界也是父（母）爱如山，一代竭诚带领着一代前行。松鼠在带给游人欢乐的同时，也带来生活的启迪。

　　后一天，我去西湖，由北山路入白堤，过断桥，接近平湖秋月处，只见湖面上游着一群像小鸭子的动物，走近一看，原来是一只雌鸳鸯领着一些出生不久的小鸳鸯在学游水。鸳鸯属于候鸟，每年9月末10月初，从东北繁殖地南迁度冬，隔年 3 月末 4 月初，会陆续迁徙到东北繁殖地。西湖的鸳鸯，则常年生活在这里，这是因为西湖生态特别好。据志愿者说，今年西湖边小鸳鸯共有七窝，每一窝，志愿者们都给它们起了名字：水水、山山、处处、明明……用的是孤山上那副有名的对联：水水山山处处明明秀秀，晴晴雨雨时时好好奇奇。当时在水面上一起游的大小鸳鸯约 10 只，大约是一个家族，它们戏水前行，"桃花春水渌，水上鸳鸯浴"，为平静湖面增添了一幅生动的画面，引得游客纷纷驻足观赏。

松鼠鸳鸯的相继出现，让我感到美好的生态既需要桃红柳绿，也需要莺飞蝶舞。在大千世界中，我们要爱护植物，也要爱护动物。我为这次到杭州的新感受而高兴。

可是，就在这天晚上，我从当地的媒体上得知，有窝小鸳鸯出事了，有一只被人抓捕受伤而夭折。尽管有护卫队志愿者在湖边巡逻，一旦发现有戏弄鸳鸯的行为，都会认真劝阻，但游人太多，防不胜防，鸳鸯被害的事仍不断发生。据说，今年西湖边的七窝小鸳鸯，共出窝 57 只，现在只存 39 只。其中减少的鸳鸯，有些是被夜鹭、野鸭等动物吃掉的，按志愿者的话说，这是"自然界的物竞天择，不好人为干预，但有的则是来自人的黑手，应当坚决加以制止"。

是的，为了全面保护生态，让大地既青山常在，绿水长流，又龙吟虎啸，莺歌燕舞，我们对破坏美好生态的一切黑手，不论是指向山川河流，还是植物动物，都需要坚决制止，从而让世界更美好、生活更美好。

2019 年 5 月

欣闻"暗夜保护区"

2019 年 6 月公布的《成都市中心城区景观照明专项规划（2017—2025）》中提出了划定"暗夜保护区"的设想，由于这一概念过去提得较少，人们对其比较生疏，从而引起社会关注。

我倒是听说过的。那是 2018 年 5 月，我在杭州小住，几次徜徉于风景宜人的西子湖。一天傍晚，我在《都市快报》上看到一则报道，说"未来的夜西湖会'暗'下来一些"。可是，西湖的生态越来越好，各种设置也愈来愈完善，说它会"暗"下来，这是什么意思呢？

我急速地把这篇文章看完，原来，杭州市在新一轮照明总体规划中，明确将 9 类区域设置为"黑天空"区域。"黑天空保护区"也就是"暗夜保护区"，是指因生态环境保护需要对人工光进行限制而划定的专门区域，旨在保护区域不受光污染。

从报道中我也了解到，"黑天空保护"或者说"暗夜保护"是一个国际性的概念，此项举措已在世界一些地方推行，英国威尔士布雷肯比肯斯国家公园、加拿大莫干迪克国家公园、新西兰奥拉基麦肯奇保护区等，都是"国际黑天空保护区"。

不过，现有的世界上的"暗夜保护区"，多是一些自然环境较好、工业照明痕迹较少的地区，像在成都、杭州这样现代化大城市来设置"黑天空保护区"，则是在这方面迈出了新的、有力的一步。

现代化城市之所以需要保护"暗夜"，是由于当今光污染严重。光污染侵蚀了夜空的美丽，人们难于再看到亮亮的星星、长长的银河，失去了"望星空"的美好享受，同时带来生态问题，影响动植物的自然生长规律，对人类的视力、睡眠、情绪等方面也造成隐形危害。设置"暗夜保护区"，治理光污染，让城市人仍能"望星空"，享受大自然之夜，是提高市民幸福度的必须。

自然，现代城市是要有丰富多样的夜生活的，"不夜城"离不开灯光，"黑天空保护区"不宜放在商旅休闲集聚区，而是要选择像杭州西湖那样自然生态优良的风景区。成都《规划》提出的原则是"该亮则亮、该暗则暗、合理分区、光暗平衡，减少城市光污染源产生"。简单说来，就是"在该亮的地方亮起来时，也让该暗的地方暗下去"。这样，"暗夜保护"与发展"夜间经济"就不矛盾，让市民在享受现代城市丰富夜生活的同时，仍能有地方仰望星空，与大自然对话。如此，现代城市就会更宜居、更美好。

2019 年 6 月

旅游也是一面镜子

　　10月7日，国庆长假的最后一天，早上打开电视，正在播送旅游信息，画面上展现的是一座高山景区，人山人海，游人塞满了山道，在悬崖峭壁上则攀附着一位"蜘蛛侠"。自然，他并非是美国漫威动画中的那位英雄人物，而是景区的一位环卫工，用长长的绳索吊着身体，贴着悬崖峭壁上下左右摆动，清理被游客抛下的各种垃圾。只见他为了取出一只被风吹到山壁隙洞里的塑料袋，几次伸出比手要长些的脚去勾，令人为他的安全捏一把汗。主持人说，乱丢垃圾的人应为此汗颜。

　　我没有看清这是哪一座名山景区。我知道，有这种"蜘蛛侠"式环卫工的，并非"独此一家"，在张家界与峨眉山等景区均有。由于一些游客乱抛垃圾成性，几百米乃至几千米深的悬崖峭壁也成了他们随手抛掷废物的场所，以致这些人迹难至的地方，也常常出现各种垃圾，有矿泉水瓶、塑料袋、破衣烂鞋等。为了维护景区的环境卫生和生态安全，这些"蜘蛛侠"式的环卫工吊着绳索，顺着悬崖峭壁艰难而下。捡到垃圾后，还要小心翼翼放进挂在腰带上的袋子里。吊在高高的悬崖上，一个简单的动作都较在平地上要困难百倍。捡起一件垃圾，短的要耗费一两分钟，长的则要五六分钟。从悬崖下去再上来，一趟至少得3个小时以上，带上来的垃圾也就几斤。但这些垃圾不及时清除，日积月累，就会毁掉景区的美好环境。"蜘蛛侠"式环卫工是可敬的,而那随意乱抛垃圾的游人则是可鄙的。

其之所以可鄙,就是因为缺少游客所应有的文明。旅游是人们放飞心情、享受生活的一种重要形式,随着经济的发展与生活水平的提高,旅游业必会进一步发展扩大,但是,美好的旅游不仅要有钱有闲,同时还要有文化,讲文明,也就是说,要在旅游中守规则,讲道德,正确对待属于公共资源的自然景观和人文景观,要正确对待他人与游伴,具有在公共空间的基本修养和礼貌。在高山峻岭上仍随手乱丢垃圾,就是缺少公民的基本素养。这种文明的缺失,还表现在旅游中乱涂乱画现象,如杭州西湖的石碑被写上了"平文涛""无砂之禅"等红色大字,四川峨眉山风景区一座铜钟内壁被游客涂鸦;还有人破坏景区生态,如有游客抱着小孩翻越围栏,踩踏丹霞地貌;还有人私自投喂动物,如一男子在南昌动物园内,带小孩翻越围栏,给河马投喂爆米花纸盒和塑料袋。以及排队插队,开车乱变道、乱停车,车上霸占他人座位,好勇斗狠,无理取闹,等等。

虽然这类不文明行为早已有之,但不可经过教育仍置之不改。由于在旅途中,相遇的人好多都是相逢不相识,一些缺少文明意识的游客,感到没有熟人知晓,就更加放肆,即使向大山深谷随手丢垃圾,也无所顾忌。对此我想说的是,旅游的自由放松,最好地显示了人的性情和修养,它实际上也是一面镜子,可以清晰地照出一个人的精神面貌。卞之琳有诗:"你站在桥上看风景,看风景人在楼上看你。"套用一下:你在景点"拆烂污",观景人都站在旁边看你。自尊自爱者要让自己的旅游形象可爱可敬,而不是可恶可鄙。

2018 年 10 月

绍兴路忆往

　　绍兴路是上海中心区的一条小马路，全长不到 500 米，历史却近百年。两旁建筑是花园洋房、连体别墅和新式里弄，1949 年前属高档居住区，环境幽静雅致。1949 年后，一批出版机构陆续落户此路，让这条身处闹市但无商业喧嚣的小马路平添了书香文气，逐渐形成"出版文化街"。

　　我于 1972 年秋从五七干校调入出版系统，到绍兴路上班，直到 2006 年夏退休，与绍兴路厮守了三十四年。20 世纪八九十年代，随着思想解放与改革开放步伐的前行，新时期文艺日益繁荣，我所在的出版社几乎天天要接待全国各地的作者，他们走到文雅幽静的绍兴路，进入位于 74 号的上海文艺出版社的办公楼，莫不称赞路的幽静、楼的靓丽。有一次王蒙来，特意在全楼上下跑了一遍，还进了三楼文学编辑室与编辑交谈，他说，想知道他的稿件在这漂亮的小楼里是怎样编出来的。

　　二楼中间的一个房间面积最大，我们把它作为会议室与会客室。20 世纪 80 年代末，在市委宣传部的领导下，为了更好地吸纳全国最优秀的长中篇小说到上海这个"码头"上亮相，充分发挥上海作为全国文化传播交流中心的作用，设立了"上海长中篇小说优秀作品奖"作为上海三大文艺奖之一，其评委会就是在这一会议室成立的。主任徐中玉要求评委必须认真阅读参赛作品，不能打"印象分"。为接受读者检验，全体评委决定，在《小说界》上公布对获奖作品的讨论记录。由此，这一奖项的评选被业界赞为"认真、民主、公开、公正"。

在这间会议室里，有更多的作家、评论家参与了作品研讨会。1984年夏，《小说界》接到内蒙古作家冯苓植中篇小说《虬龙爪》，我阅后觉得它特色鲜明、寓意深刻，当即决定以头条位置刊发，并以编者的名义写了推荐语。作品刊出后，我们召开了一次研讨会，钱谷融、王安忆、吴亮、程德培、郦国义等一致给予很高的评价。刚好路过上海的冯苓植，也第一次走进这间会议室，高兴地表示上海绍兴路是他的福地。

作为会客室，我们在这个房间里接待了众多海内外作家。20世纪90年代，席慕蓉将自选集交给我们出版。席慕蓉文字轻盈清丽，名字又使人想起"珠帘掩映芙蓉面"的诗句，我想象中，她该属于纤柔型女性，然而会客室里一见，发现她长得相当壮实，甚至可以说气宇轩昂。犯了"望文生义"的错误，让我觉得对"文如其人"这句话要具体分析，不可全信。与她相熟后，在一次宴请的饭桌上，我讲了我的这一感觉，并说准备写进文章。她笑了，说发表后要寄给她看看。

新时期初期，常有外地作家到我们出版社谈稿、改稿乃至写稿，但那时他们阮囊羞涩，住不起宾馆，这让我们感到，接待作者光有会客厅不够，还必须给他们用以安身的"后厢房"。于是，我们在紧邻绍兴路的建国西路384弄买了一小块空地，以家居石库门的式样，建造了一座三层小楼，也用家居的方式进行管理。作家们在这里感到自在、随意、亲切、温馨，加之同住的都是同气相求的文人，旧雨新识，把茶论文，也是人生一乐。于是，这座不起眼的名为"创作室"的小楼，如"家"一般被作家所喜爱。二十年间，有四五十位老中青作家在这里留下他们的印记，并在此后一直怀念这个"家"，写下了一些缅怀文字。叶文玲称其为"温馨的驿站",鲁彦周说它是"一座难忘的小楼",曹玉模赞其"给人以家庭式的温暖",舒婷的文章则以"有那么一个亲切温暖的去处"为题。1997年,我们将这些文章结集为《小楼纪事》一书,生动地显示了作者和编者间的美好情怀,并折射着一段勃兴的文学史。

我们在极力善待作者的同时,也努力为读者着想。20世纪80年代,图书发行渠道单一,形成"买书难,卖书难"的矛盾局面。为了开拓发行渠道,我社于1986年6月就在绍兴路创办了"读者俱乐部"与书吧,直接向读者供应图书。同时,不时开展一些读者读书活动,其中规模和影响最大的一次,是1995年秋在绍兴路上举行的"读者活动日",有作家赵丽宏、陆天明、薛海洋、须兰,越剧表演艺术家徐玉兰,主持人曹可凡,以及台湾艺人凌峰,就其新著《苍天在上》等进行签售。学者王元化的《思辨随笔》获国家图书奖,他也应邀前来与读者对话交流。不少读者想了解出版工作的"内幕",我社编辑一一进行介绍,并请他们参观了74号的编辑室与7号的出版科和读者俱乐部。在书吧里,读者饮茶品咖啡,买折扣书,高兴无比。那天有数千人参加活动,绍兴路特有的宁静被打破,摩肩接踵,热闹非凡。为保证秩序和安全,我们特请了公安民警来维持秩序,这恐怕成了这条宁静小马路的"破天荒"。

绍兴路上的出版机构,除了人们经常提到的几家,上海三联书店、百家出版社、上海音像出版社、中华书局上海编辑所,以及人民警察杂志社,都曾落脚在这里。《人民警察》是新中国成立后的第一家公安杂志,具有很好的影响力,他们当时是我们门对门的近邻,我称其为"十步芳草"。绍兴路的浓浓书香,正是由众多的"芳草"聚集而成的。

2021年11月

苏轼也是治水名人

苏轼的大名，在我国可谓如雷贯耳，妇孺皆知。人们都知道他是个杰出的文学家。近日，国家水利部公布了第一批"历史治水名人"，共12位，内中也有苏轼的名字，与大禹、西门豹、李冰这些历史上著名的治水英雄并列，有人怀疑有没有写错：是那个写过"大江东去，浪淘尽，千古风流人物"的苏轼吗？是那个发明"东坡肉"的苏东坡吗？

是的，没错，就是那个苏轼。苏轼是位全面发展的天才，他既是个文人，在诗文书画方面都有杰出造诣，创造了中国文化的高峰，同时，他又是一个官员，历尽宦海浮沉，"一蓑烟雨任平生"，在他主政的地方坚持为民造福，世代流芳。

水患，是威胁古代人民生活的严重灾害，苏轼在几地太守任上，都十分重视治水。最早治水是在徐州，1077年，他上任刚两个月，碰上八月大洪水，上游的澶州黄河决口，洪水抵达徐州城下，水深二丈八尺，灾情危急，居民外出逃难，民心动摇，苏轼迅速采取有力措施，坚定表示绝不能让洪水打败这座城！如果洪水真的破城，他要像汉代东郡太守王尊那样，以身填堤。苏轼一方面组织军民"备畚锸，蓄土石，积刍茭"，同心协力修筑长堤防洪，同时带领水工出城勘察地形，在城北开凿一条引水渠，将洪水引入黄河故道。有堵有疏，洪水渐渐消退，被围困了 75 天的徐州城转危为安。宋神宗闻奏大喜，特旨嘉奖。此事在苏辙的《栾城集》中有记载，节选的篇名为《东坡治水》。

后来他离任，徐州数千人送他出城几十里，哭成一片。百姓为缅怀苏轼的治水功绩，将那道长堤命名为"苏堤"。明代天启年间，黄河泛滥，苏堤被毁，至清末全部湮没。但徐州人感念苏轼，至今仍以"苏堤路"命名在原防洪大堤上修成的道路。

此后苏轼在杭州、颖州、惠州等地任上，也都主持或参与修建了水利工程，留下了诸多令人流连忘返的"西湖"美景，以及"东坡处处筑苏堤"的美名。如今最为人知晓的要属杭州西湖的苏堤了。杭州当时也为水患所苦，西湖淤塞过半，苏轼治运河，开六井，通西湖，筑苏堤，才有"水光潋滟晴方好，山色空蒙雨亦奇"的美西湖。苏轼一生除了积极参与治水实践，还撰写了《熙宁防河录》《禹之所以通水之法》《钱塘六井记》等水利著述，为后世治水提供了珍贵的资料。苏轼有充足的理由入选"历史治水名人"。

由于苏轼在文化方面的巨大声誉，掩盖了他在治水方面的丰功伟绩，从而使不少人只知道他是大文豪，不知道他还是治水能臣，这是可以理解的，但也启示我们知人论世，知识面不宜偏仄，而要努力宽泛些、全面些。

2021 年 12 月

六

官与民

把官味度降下来

　　世间万物都有存在的价值，不过，对它们各自的作用要作适当估计，不宜夸大，也不宜缩小。比方说，金钱是重要的，没有钱是万万不行的，但它却不是万能的。道德、良心、公平、正义，钱是买不来的。"一切向钱看"的结果，换来的就是道德沦丧，风气败坏。

　　权也是不可少的。社会离不开政府的行政管理，"无政府主义"只会带来社会的混乱与灾难，没有行政权力也是万万不行的。不过，执政为民，权为民所用，官员是为人民服务的。社会千行百业，各自的生存发展都依赖着从业人员的品性、学识与技能，行政权力不宜凌驾其上。如果"一切向权看"，一切唯权是从，实行"官本位"，则会严重破坏各行各业的自身发展规律，打击各种专业人才的积极性创造性，从而带来巨大的损害。

　　"一切向权看"与"一切向钱看"一样，都是需要荡涤的歪风邪气。

　　"一切向权看"的核心价值观，是以官为本、以官为贵、以官为尊。它是我国两千多年封建专制文化的糟粕，虽然经过不断批判，但由于它吻合求"贵"喜"尊"的心理，再加上制度性因素，因而阴魂难散，仍飘散在社会的方方面面。做了官，就有权、有地位，不论其本人智愚聪顽，在任何场合，都被尊为第一把交椅。记得冰心老人在世时，有个国家向她授勋，在授勋仪式上，介绍出席人员时，首先按官级大小一一介绍官员，然后才介绍勋章得主冰心。冰心是当代文学的一位泰斗，又在她自己的授勋仪式上，无论如何也应先介绍冰心，但中心的位置还是被官占着。

类似的现象在今天仍不断出现。不少专业性学术性会议，占据会议主席台或集体照中心的，经常是当场官位最高的人，专家学者们哪怕专业成就再高、年龄再大，也只能两旁坐或后边站，作为绿叶陪衬。

由于以官为中心，各行都向官靠拢。经济文化单位本不是"官府"，本应以有关业绩论高低，但由于官级显示地位，也都要争个行政级别，就连"四大皆空"的出家人，也有争着做"处级和尚"的。这样一来，社会无处不见"官"。拿大学来说，本应以学术为本位，现在也是"官本位"。据有关资料，目前我国副部级的大学有 31 所，而副省级的城市只有 15 个；全国地厅级城市不到 300 个，但厅级的大学却多达 1000 多所。大学至少有 62 位副部长级高级干部，4000 位厅长级干部。至于处级以下的官帽，戴的人就更多，某大学召开副处级以上干部会议，可容纳 700 多人大礼堂都坐不下。教授的地位往往不及处长。有人说，中国高校也成了大的官场。如此行政压倒学术，动摇了大学的学术本位，淡化了学术氛围，平添了一股不应有的官气，成了大学健康发展的桎梏。有识之士谈大学改革，首要一条即是去行政化，去官本位。

值得注意的是，这种官本位流毒也毒害了大学生。鲁迅六十二年前在《学界的三魂》一文中就指出，"中国人的官瘾实在深。汉重孝廉而有埋儿刻木，宋重理学而有高帽破靴，清重帖括而有'且夫''然则'"。如今，本是学生自治组织的学生会也成了"仿真官场"，"行官热，摆官腔，打官话"。近日，就有不少这方面的信息传出。一个大学学生会发布了一则"学生会干部任命公告"，其中有些职务特别注明是"正部长级""副部长级"，被大家笑问：这官瘾有多大？某高校一位低年级学生向学长询问开会时间，被两位社团干部教育，要求不能直呼主席为学长，要喊主席。官民等级如此分明。一位社团成员因写错学生会部长/主席的名字，竟被要求抄写50遍，还要"开大会检查"。官气何等霸道。针对这一情况，中华全国学联发布了《学生会、研究生会干部自律公约》，指出要坚决反对官本位的思想和作风，彼此互相帮助、平等相待，不追求头衔、不装腔作势。这是好的。青年应当遵照习近平总书记的教导，"要立志做大事，不要立志做大官"。青年朝气蓬勃，应当努力学习，而绝不可早早被官气所玷污。自然，要很好地实现这一点，需要大学校园乃至全社会改变官本位，不让官气四处飘荡。

需要指出的是，"一切向权看"的歪风，也影响到中小学生，以致他们也希望在学校做干部，有个"官"位。由于求"官"者众，为了解决"粥少僧多"的矛盾，一些学校就肆意增添干部名目，以便让更多的孩子能有"官"当。有所小学二年级某班共42人，有各种官帽的学生竟高达39人。有些家长为了给孩子弄个"官"，走后门，拉关系，贿赂老师，将社会上"跑官买官"的歪风邪气带进了校园，毒害了下一代。

凡此种种，表明我们亟须大力破除官本位，把官味度降下来。要讲权力，但不能"一切向权看"。业无贵贱，行行出状元。要平等地对待各行各业，让大家各司其职，都以自己的创造与贡献去赢得社会地位。人的价值高低只能由对社会的贡献大小来决定，官民都是一样。不是"官大一级压死人"，而是"贡献越大越光荣"。要以民为本，扫除官本位的流毒，以正气净乾坤。

向"提篮子"曲线腐败亮剑

据新华社 2019 年 2 月 15 日消息,湖南多名领导干部"提篮子"被追责,轻则受到党纪政纪处分,重则被"双开",移送司法机关依法处理。

"提篮子"是湖南方言,意指利用领导干部职权或职务上的影响,在公共资源交易、房地产开发、行政审批、国有资产经营管理、金融财政项目资金分配等领域,充当中介,以居中斡旋、提供帮助,为他人获取利益、谋求私利的行为。

说白了,就是一些干部利用手中的权力作"掮客",与有所求的人形成"勾肩搭背"的关系,以居中斡旋的姿态为他人获取利益,为其"提篮子",从中获得好处,从而得到"空手套白狼"的效果。

表面上看,"提篮子"凭的是关系,实际上靠的是权力。你没有权力,就不可能以权寻租,谁还会要你"提篮子"呢?因此,"提篮子"的中介,必然是"权力掮客"。应当说,在买方和卖方的交易交换中,常常有一个中介出现。中介,就是"在中间起媒介作用",它本身虽然并不能直接提供相应的服务和物品,但是它能够替你寻找并安排这些服务和物品。在经济社会活动中,中介是不可缺少的。黑格尔曾从哲学角度指出:作为事物之间联系环节和事物转化、发展中间环节的中介,是普遍存在的。不过，有好中介，也有坏中介，更有不允许存在的不法中介。比如，为嫖客与卖淫女牵线搭桥的"皮条客"，从性能看，也是在"中间起媒介作用"，但它却是一种犯罪行为，是要受到法律取缔并制裁的。"提篮子"的中介，因为是以权力作"掮客"，通过权钱交易损公肥私，是一种恶化政治生态和社会风气的腐败，与"皮条客"一样是一种不法中介，对其必须坚决予以铲除。

近些年来，在反腐败斗争中，已陆续揭露了一些"提篮子"式的"权力掮客"，表明他们早就是腐败的一种形式、一种生态。随着反腐斗争的深入，迫使那些以权谋私者采取更加隐蔽的手法捞取不义之财，于是"提篮子"式的腐败就更多地出现。因为"提篮子"的干部自己可以不出面，而是让亲朋好友代为进行，便于逃避监督。有材料显示："提篮子"主要有三种表现形式：一是领导干部的亲属或子女，接受企业主的请托，"穿针引线"、斡旋受贿；二是领导干部的亲朋好友、下属等特定关系人，假借其他企业名义承揽工程，然后转手出让牟利；三是领导干部先施惠于下级、商人，再打招呼让他们关照自己的特定关系人，进行利益交换。然而，俗话说得好："要想人不知，除非己莫为。"这种曲线腐败终究也是包不住火的。湖南多名"提篮子"干部被揭露被惩罚，其他地区也纷纷向"提篮子"干部亮剑，说明反腐斗争正深入向前发展，顺者生逆者亡，以为民服务为宗旨的干部，都必须清廉自守，对一切腐败现象以"零容忍"态度对之。

2019 年 2 月

　　　　　　　　　　　　　　　　　　　九十乱弹

不容"甩锅侠"

马克思说:"一步实际行动胜过一打纲领。"这并非否定纲领的作用,而是强调行动的重要。世界上的事都是干出来的,纲领要通过行动才能变现,才具有实际意义。否则,再多的纲领也只是一纸空文。这与我们党一直强调的"空谈误国,实干兴邦"在精神上是完全一致的。

干部是群众带头人,"实干兴邦",首先要求干部"干"字当头,以"踏石留印,抓铁有痕"的精神推进各项工作。这就需要切切实实在其位谋其政,任其职尽其责,面对矛盾敢于迎难而上,面对危机敢于挺身而出,面对大是大非敢于亮剑,面对失误敢于承担责任。不尸位素餐,不得过且过,不遇事避重就轻,不碰到问题绕道走,不逃避自身的责任。为了国家的强盛,为了人民的幸福,为了创造新时代上海发展新传奇,干部一定要有铁一样的责任担当,火一样的奋斗激情,鞠躬尽瘁,真抓实干,把工作做好。

自然,想干事,还要能干事。这就要加强学习,克服"本领恐慌"。要努力提升政治业务水平,提升发现问题、解决问题的能力,改变那种只当"二传手""复印机""传声筒"的庸懦状况,从而积极发扬创造精神,想别人所未想,做别人所未做,提出新见解,探索新办法,努力解决常人或前人所未解决的问题,在推进改革开放大业中求卓越,争一流。如此"行胜于言",才能干成事,对党和人民的期望交出好的答案。

不容违言,尽管现在干部总体上是过硬的,是想干事、能干事、干成事的,但十个指头有长短,也存在"做官不做事"的现象。一些人疲疲沓沓,做一天和尚撞一天钟,甚至不撞钟;一些人"言胜于行",是"言语的巨人,行动的矮子";一些人畏难避险,绕着矛盾走。这样缺乏责任担当,是有违干部为人民干事的天职的。在近日举行的中共上海市委全会上,李强在谈干部作风问题时,指出那种推卸责任的"责任甩锅必须防止",引起社会热烈反响,表示民众切盼对那些不干事的"甩锅侠"赶快改弦易辙,不可再做"甩手掌柜"。

闲散懒惰、无所作为,或者缺乏担当、"责任甩锅",都属于庸官现象。有人怕贪不怕庸,为庸官辩护说:"庸官虽无功,但也无大过。"殊不知吃人民的饭,不为人民办事。无功就是过。纪晓岚的《阅微草堂笔记》里有一个故事,说一位官员死后见阎王,自称清廉,所到之处只饮一杯水,不收一分钱,自认无愧。不料,阎王训斥道:"不要钱即为好官,植木偶于堂,并水不饮,不更胜公乎?"官员辩解:"某虽无功,亦无罪。"阎王说:"公一生处处求自全,某狱某狱,避嫌疑而不言,非负民乎?某事某事,畏烦重而不举,非负国乎?三载考绩之谓何,无功即有罪矣。"这里对"处处求自全"的庸官的针砭,可谓入木三分。

实际上,庸懒与贪腐一样,是官场的毒瘤,在思想上背离为民服务宗旨,在行动上损害人民利益,两者是相通的,因而有人说,官场上的庸懒现象也是一种"呆腐败"。为国家求富强、为百姓谋幸福的人民政坛,自然不容以权谋私,贪污受贿;同时也不许尸位素餐,无所作为。因此,在深入反腐的同时,也要把治庸治懒作为整顿干部作风的一项重要任务，让那些滥竽充数、无所作为的南郭先生和"甩锅侠"们下岗，让那些敢于负责、勇于担当、善于作为、实绩突出的干部发挥更大的作用。

2020 年 3 月

官场的"文抄公"

　　"新华视点"记者采访发现，一些基层的文件材料、领导讲话大量雷同，抄袭成风。

　　抄袭他人文字，俗称"文抄公"，古已有之，于今为烈。由于网络兴起，粘贴他人文字特别容易，看中某篇文章，随手拿来就可据为己有，"换个名，无创作之劳苦，有名利之收成"。这种"共享式"写作在学界频频出现。近些年来，在文化、学术等多个领域，都发生过抄袭剽窃案，一些教授、作家、编剧成了"文抄公"，斯文扫地，沦为"文贼"。

　　社会各界是息息相通的，这种抄袭剽窃之风同样也侵袭到官场。记得几年前，在党的群众路线教育实践活动的动员大会上，山西省吕梁市交城县委书记李志安讲话稿，被举报为抄袭吕梁市委书记高卫东的讲话，只是将原稿中的"我市"改为"我县"，对细节稍做修改。据举报者统计，李志安的讲话稿超九成抄袭自高卫东的讲话。此事后得到证实，当时影响颇大，成为整肃作风中的一个反面案例，提醒官员也不能成为"文抄公"。经过近几年的教育活动，应当说情况有所好转。但是，作风问题的解决难于毕其功于一役，公文的照搬照抄的抄袭情况仍然不断出现，可谓"涛声依旧"。

　　据报道，安徽省委巡视组 2017 年在一个县巡视时，发现县里一些领导干部发言材料雷同，遂将 25 份发言材料通过"关键字"在互联网上逐一搜索，结果有 20 份能在网上搜到原文，并且相似度都超过 90%。环保部的通报显示，唐山市芦台经济开发区管委会规划建设管理局编制的重污染天气应急预案，照搬照抄其他地区预案。陕西神木县街头的文明宣传标语，竟也是拷贝了长沙市的文明公约，开头第一句话仍然是"爱国爱家，爱我长沙"，被讥为"神木爱长沙"。

公文讲话，照抄、照搬、照念上级或别人的文件讲话，没有本地区情况的分析，没有结合本地区实际的贯彻意见，表明这样的官员没有尽职尽责，双腿没有深入群众当中，脑子没有认真开动起来，只讲形式，不重效果，得过且过，浑浑噩噩。这是懒。同时，也由于他们水平不高，能力低下，不想有所创造，也无力有所创造，"抄抄更省事，抄抄也更安全"，习惯于"等因奉此"，安于做"太平官"。这是庸。懒而庸，尽管有别于贪污受贿，但尸位素餐，无所作为，也是一种软腐败，有违官员为人民谋福利的根本职责。而抄袭照搬别人的公文讲话，虽然不一定触犯法律，但同样是一种"窃"，从根本上也是有违官员清廉清正的本性的。

根治官场的"文抄公"，需要大力培育与增强官员的使命意识与求实作风，要"心正心灵，业勤业精"。不过，基层官员中"文抄公"的出现，也并非完全是出于个人原因，还有环境与制度性的因素，那就是官场的文山会海太多。对中央的精神，不是学用结合，知行合一，而是习惯于"以开会落实开会、以文件落实文件"。尽管其中不少文件与讲话，多是不务实效的表面文章，但不这样做又恐被认为没有积极落实中央与上级精神，于是就层层发文件，事事开大会，造成文件与讲话的泛滥，使下级与基层疲于应付，只好以抄袭照搬来敷衍。据称，有的机关文秘人员一年需要撰写数百份文稿，有时当天收到上级文件，第二天就要求报送情况反映，为完成任务，只得东剪西贴地走上"文抄公"的路。

减少乃至消灭官场的"文抄公"，需要进一步发扬求实作风，杜绝"空手道"，杜绝空话套话废话。

2018 年 12 月

功不唐捐

　　鼓励人们做事要坚持、坚韧，不虎头蛇尾，不半途而废，过去常以"功不唐捐"来表达。"唐捐"是佛教的话，意思是"白白的，徒然的，无用的"。"功不唐捐"，可以解释为"世界上的所有功德与努力，都是不会白白付出的，必然是有回报的"。语出《法华经·观世音菩萨普门品》："若有众生、礼拜观世音菩萨，福不唐捐，是故众生皆应受持观世音菩萨名号。"内中的"福不唐捐"，后人逐渐写成了"功不唐捐"，把经文里比较单纯指代的佛教功德的"福"，扩展成了可指代一切奋进努力的"功"。

　　据说，胡适给人题字，喜欢写"种瓜得瓜，种豆得豆"，也喜欢写"功不唐捐"。两者的意思是相近的。1932 年 6 月 27 日，在北大学生的毕业典礼上，胡适也以"功不唐捐"鼓励学子们要在人生道路上作坚持不懈的努力，他说："天下没有白费的努力，功成不必在我，而功力必不唐捐。"

　　"功不唐捐"，是因为人间万象，都深受因果的支配和驱动。兴亡荣枯，强弱盛衰，都不是偶然，都不能逃避因果的法则。佛经又有"善有善报，恶有恶报，不是不报，时间未到"之说，尽管此说在对人的命运描述上，由于世事的纷繁复杂，不一定都百分之百地得到呈现，但在人的事功上，必然是"几分耕耘，几分收获""种瓜得瓜，种豆得豆"的。

诗云："日拱一卒无有尽，功不唐捐终入海。"只要坚持不懈地努力"拱卒"，功劳必然不会白费，而是会汇入成功之"海"的。只是在"日拱一卒"时，要认识到事情的完全成功往往有一个长期的过程，由于"时间未到"，成功不必一定在我，只是我的努力必不唐捐，无论是"插柳"或"栽花"，都会为人间增色，供后人"寻花问柳"，让人生更美好。

"功不唐捐"，既表明天道酬勤，激励人锲而不舍、勤奋进取，又表明"罗马不是一天建成的"，伟大的事业不可能一蹴而就，需要进行长期的奋斗。或要一年接着一年干，或要一任接着一任干，或要一代接着一代干。既"功成必定有我"，又"功成不必在我"，体现着"功"与"我"的辩证关系。

这种"功"与"我"的辩证关系，是人们，特别是党的干部所要正确对待的，既要为人民的幸福努力建功立业，又要"风物长宜放眼量"，不计较个人得失。

山西右玉县的历届干部在这方面作出了模范的表现。该县原是一片风沙成患、山川贫瘠的不毛之地，六十多年来，一张蓝图、一个目标，县委一任接着一任、一届接着一届率领干部群众坚持不懈干，"咬定绿化不放松，誓让山川变绿洲"，换班子不换方向，换领导不换目标，不搞翻烧饼式的折腾，握牢"交接棒"，跑好"接力赛"，前任为后任积蓄力量，后任站在前任的肩膀上攀登，尽管多任干部在任上都没有迎来"功成"的荣耀，但正是他们共同的努力，才将美好的蓝图变成现实。这样的干部没有个人的"小九九"，而是一心为国为民。习近平总书记曾讲到了右玉县委一任接着一任带领人民群众治沙造林的故事，要求大家学习发扬这种"功成不必在我"的精神境界。

虽说"功成不必在我"，右玉县绿化蓝图的最后实现，却又离不开每届县委的努力，对六十年来在此战斗过的干部来说，也都是"功成必定有我"。对这些虽未等到"功成"，却对"功成"作了默默贡献的干部，都是"功不唐捐"，为百姓所深深怀念的。

清明是祭祖节日，福建东山县民众，在清明节却形成一种"先祭谷公，再祭祖宗"的习俗。"谷公"是谁？不是天上的仙，也不是地上的佛，而是该县老县委书记谷文昌。20 世纪五六十年代，谷文昌在东山县工作十四年，当时东山极为荒瘠，风、沙、旱、涝，害得民不聊生，谷文昌带领全县干部群众通过种植耐盐碱的木麻黄树，十几年如一日，有效地改变了面貌，随后在他的精神感召下，后继者踏着他的脚印不断前行，终于实现了东山人梦寐以求的"绿色奇迹"。东山现已成为生态旅游岛，群众生活走向富裕，成为"绿水青山就是金山银山"的科学发展经典案例。"饮水不忘掘井人"，老百姓就把谷文昌和祖宗一起祭拜，而且是"先祭谷公"。

"功成不必在我"，体现的是一心为民、大公无私的精神境界；"功成必定有我"，表明的是艰苦奋斗、真抓实干的历史担当。作为党与人民的干部，都应当把具有"无我"的高尚情怀与"有我"的责任承担很好地结合起来。他们都是"功不唐捐"的，都为人民大众所敬仰与怀念。

2018 年 7 月

只留清气满乾坤

2018年10月25日上午，党的十九届中央委员会第一次全体会议新选出的中央政治局常委同中外记者见面，习近平总书记在讲话结束时表示："我们欢迎各位记者朋友在中国多走走、多看看，继续关注中共十九大之后中国的发展变化，更加全面地了解和报道中国。我们不需要更多的溢美之辞，我们一贯欢迎客观的介绍和有益的建议，正所谓'不要人夸颜色好，只留清气满乾坤'。"

"不要人夸颜色好，只留清气满乾坤。"这句诗的作者为元代画家、诗人王冕。清代吴敬梓《儒林外史》第一回，写的就是王冕的故事。由于吴敬梓是我家乡全椒县的著名先贤，我从小就从《儒林外史》中知道了王冕。据说，吴敬梓描写王冕幼时在七柳湖放牛、学画荷花，其自然情景就取材于我县著名的荷花塘，幼时我读的学校正是荷花塘小学，因而给我留下较深的印象。王冕勤学苦读，能诗善画，"嵚崎磊落"，才华卓越，但他不愿巴结权贵，绝意功名利禄，甘于贫穷，归隐浙东九里山，作画易米为生。吴敬梓所以把他写在《儒林外史》的开头，就是要立下一个为人的标杆，用以对照后面出现的儒林中的败类小丑，即第一回题目所显示的："说楔子敷陈大义，借名流隐括全文。"

"不要人夸颜色好，只留清气满乾坤。"这是王冕的《墨梅》诗的第

三、第四句，诗的前两句为："吾家洗砚池边树，朵朵花开淡墨痕。"这是一首题画诗。题画诗是中国画的独特艺术形式，画中题诗，诗画互补，使诗情画意相映成趣，让人们在读诗看画、看画赏诗之中，能充分享受艺术美。我国历史上不少优秀的题画诗，既是中国美术史上，也是中国文学史上的宝贵遗产，为人们所珍爱。如清代扬州八怪之一的郑板桥，善画竹，长诗文。他在一幅《墨竹图》中题诗云："衙斋卧听萧萧竹，疑是民间疾苦声。些小吾曹州县吏，一枝一叶总关情。"题画诗不仅丰富了画面的意境，也倾吐了画家对百姓生活的关心，读来感人至深。又如苏轼写过："竹外桃花三两枝，春江水暖鸭先知。蒌蒿满地芦芽短，正是河豚欲上时。"原是苏轼题好友慧崇和尚画《春江晓景》诗，如今慧崇的画已不传，而这首题画诗却流传千古，成为脍炙人口的艺术品。

王冕的这首题画诗，题在他所画的《墨梅图》上，画面上一枝梅花凌空出世，重墨画出骨干，舒展自然，淡墨轻点花朵，风姿绰约，两相结合，浓淡相宜，凸显出一种傲然挺立、苍劲挺秀的风骨。诗则用语言深化了这一意境。开头两句"吾家洗砚池头树，朵朵花开淡墨痕"，写出小池边的梅树，朵朵梅花都是用淡淡的墨水点染而成的。"洗砚池"，化用王羲之"临池学书，池水尽黑"的典故。诗人与晋代书法家王羲之同姓，故说"我家"。重点是三、四两句，盛赞墨梅的高风亮节。它由淡墨画成，外表虽然并不娇艳，但具有神清骨秀、高洁端庄、幽独超逸的内在气质；它不想用鲜艳的色彩去吸引人、讨好人，求得人们的夸奖，只愿散发一股清香，让它留在天地之间。这是借梅自喻，表达自己对人生的态度以及不向世俗献媚的高尚情操。这首诗题为"墨梅"，意在述志。诗人将画格、诗格、人格有机地融为一体。这首题画诗，在艺术史上甚至比《墨梅图》本身还要出名。

习近平总书记在向采访十九大中外记者的讲话中引用的这句诗，既显示了对中国特色社会主义伟大事业的充分自信，又充分展现了中国共产党人的高贵品性与追求，夙夜在公，一心为民，"只留清气满乾坤"，新时代，新征程，不忘初心，砥砺奋进，为中国增辉，为世界添彩。

2018 年 10 月

巧"官"令色鲜矣仁

　　巧诈也好，巧伪也好，巧谀也好，耍的都是巧言令色、投机取巧的一套把戏，都有"哗众取宠之意"，而无"实事求是之心"，从根本上违反了党的实事求是思想路线。近日，《人民日报》载文批"官油子"，指出人民的政坛是容不得"巧官"的。巧官，即《史记》中说的巧宦，意指善于钻营谄媚的官吏。这类"官油子"代有所出，明代官员吕坤在任山西巡抚时著《实政录》，书中将官员按好坏分为八类，其中排名第七的便为"巧宦"。

　　巧，按通常理解，多为正面含义，指的是机巧、灵巧、精巧、智巧。这样的"巧"是人们所追求的，巧匠、巧工、巧士、巧妇，是人们所赞美的。不过，巧也有负面意义。巧舌、巧佞、巧诈、巧伪，是人们所厌恶的，巧言令色、巧取豪夺之徒更是人们所痛恨的。

　　唐末宋初的杨朴在一首题为《七夕》的诗中，对不分青红皂白的"乞巧"提出了不同的意见。诗云："年年乞与人间巧，不道人间巧已多。"这"巧已多"里的巧，就是那些负面的乖巧、奸巧、讨巧与投机取巧之类。

　　历史上虚伪不实、奸诈机巧的"巧宦"不少，不要说赵高、李林甫、秦桧、严嵩、魏忠贤这些阴险的小人了，就是与白居易齐名的唐代诗人元稹，为官后趋附奉迎，缺少操守，也被陈寅恪等学者讥讽为"巧宦"。巧宦为官不是为民，而是为己，挖空心思施以奸巧，见风使舵，取利自肥，根本不管民众的死活与国事的兴衰。这是极为腐朽的官场糟粕，需要认真予以清除。

然而，这种糟粕却不那么容易迅速清除，甚至今天仍影响着一些地方的政治生态。如今在部分官员中盛行的讨巧之风，就是对这种历史渣滓的继承，其表现形态可分三种：

一是巧诈型。玩忽职守，粉饰太平，只有唱功，没有做功，见风使舵，邀功诿过，花拳绣腿。好大喜功，忙忙碌碌装样子，吹吹拍拍过日子。为了能向上爬，给自己脸上镀金，工作上不惜制假造假，劳民伤财，大搞形象工程、面子工程。

二是巧伪型。他们奉行"好人主义"，多栽花，少种刺，明知不对，少说为佳，一味明哲保身，考虑的是人缘与选票。"遇着问题绕道走，碰到是非往外推"，善于"打太极""踢皮球"，没有担当，为了不出错，宁可不干事。这种巧伪人装成平和的"老好人"，实则私心很重，极不老实，极不"好"，是"乡愿"与"德之贼"。

三是巧谀型。心中没有人民，只有上级，忙的是揣摩领导意图，一切按上级脸色行事，甚至以领导喜好为个人喜好，显示"领导面前会来事，外人面前会挡事"。不顾群众利益，只怕在领导面前做错事、"翻了船"。眼睛向上不向下，热衷"上层路线"，以求"好风凭借力，送我上青云"。

孔子说，"巧言令色，鲜矣仁"。今天，在以为人民服务为宗旨的干部队伍中，绝不能让这种讨巧之风滋生蔓延。人民公务员必须以诚为本，绝不可以"巧诈"行事。"巧宦"误事又误国，人民政坛不应有"巧宦"

这种"官油子"活动的土壤。

古谚云："巧诈不如拙诚。"同时，由"巧宦"而产生的不作为、乱作为的懒政庸政，也是一种腐败，也需要像反腐败一样坚决加以铲除，进而让一切"鲜矣仁"的"巧"，都在社会中得以控制，乃至销声匿迹。

2017 年 5 月

"邑有流亡愧俸钱"

夏日读诗消暑，发觉唐宋不少诗人都曾在朝为官，他们诗名盛、政声隆，可谓作文从政两相宜。在他们的诗作里，不乏对为官生态和心态的描述。唐代韦应物在滁州刺史任上，见到社会混乱，民生凋敝，在给好友李儋的诗中写道"邑有流亡愧俸钱"，为管辖地区有流亡的灾民深深引咎自责。这与白居易在《卖炭翁》《观刈麦》等诗篇中所呈现的情愫异曲而同工，都是面对民生之艰无力缓解，想到自己"吏禄三百石，岁晏有余粮。念此私自愧，尽日不能忘"。宋初的王禹翶虽因直言被贬，遇汴京一带大旱，深感"民饥可忧"，仍上疏皇帝建议减少百官俸禄，并表示自己虽然"家最贫，奉最薄，亦愿首减奉，以赎耗蠹之咎"。"一生憔悴为诗忙"的梅尧臣，在襄阳县时，曾作《大水后城中坏庐舍千余，作诗自咎》："岂敢问天灾，但惭为政恶"，责怪自己事先未想到派人修理好水道。

这样"忧济在元元"的唐宋诗人官员很多，杜甫、韩愈、刘禹锡、柳宗元、欧阳修、苏轼、陆游等，名单可以开出一大串。高呼"民病我亦病，呻吟过五更"的江西诗派盟主黄庭坚，长期做着"冷官"，为民之心却一直是热的。他"但愿官清不爱钱"，特意手书了《戒石铭》："尔俸尔禄，民膏民脂，下民易虐，上天难欺。"他一生清贫，操守不变，"我虽贫至骨，犹胜杜陵老"。黄庭坚这样的诗人官员，都是清正廉洁，除俸禄之外，不以权谋私，不搞其他经营收入，像诸葛亮一样，死后"内无余帛，外无嬴财"。

尽管古代社会有贪官污吏，但清官良吏也有不少。除了"邑有流亡愧俸钱"的韦应物们，还有民间广泛流传的"包青天""况青天""海青天"们。这说明官场文化也有两种传统，一是廉政文化传统，一是腐败文化传统。处于封建统治重压下的百姓，生死存亡的命运都掌握在"代天牧民"的各级官员手中，清官就成了这些不能为自己做主的民众心目中的救命稻草。救命稻草自然"救"不了"命"，但在一定程度上可以给处于灭顶之灾的人以慰藉与希望。《十五贯》中的况钟，《陈州放粮》中的包拯，之所以那么美誉千秋，就由于其中寄托着百姓对清廉政治与执法公平的呼唤。

当然，呼唤归呼唤，即使是关心民瘼、公正清廉的包公、况公，也只能对一些具体事件作出比较公正的处理，无法从根本上改变昏庸残暴的封建政治生态。但在这种制度下，能为苦难中的百姓做一点好事实事的清官，也还是具有积极意义的。问题是由此滋生的"清官情结"，把清官作为百姓的救星和"青天大老爷"，又反映出一种不平等，在官与民的关系上，古人是跪着仰视官吏的。社会公平公正的真正实现，有赖于公正社会的法治，而不是人治。

不过，法治也离不开人的具体推行。能够恪守职责、秉公无私、执法如山、廉洁自律的人，必然是清官良吏。因此，历代清官身上体现的廉政文化传统就弥足珍贵，必须大力弘扬。反腐败的成功，需要廉政文化的大力支持，需要营造一个以清廉为荣、以清廉为乐、以清廉为美的社会文化环境。掌握公共权力的官员首先要淡泊名利，清廉自守，"先天下之忧而忧，后天下之乐而乐"。同时，廉政文化还要渗透到社会各个方面，在全社会营造出良好的崇廉爱廉的氛围环境，从而将滋生腐败的"污泥"易为催生廉洁的"沃土"。习近平总书记指出，在拒腐防变中要"积极借鉴历史上优秀廉政文化"。清正廉洁的吏治，是胜利建设法治社会的基础。

廉政文化，在我国有着悠久的历史传统。西周时，"廉"已成为一种道德观念和治国思想。孔子的"政者，正也"，讲的也是廉政文化。这种廉政文化传统体现在历代政绩卓著的清官廉吏身上，也记载在许多廉诗、廉文、廉谚、廉戏、廉政格言警句上。唐宋时代的许多诗人官员的清正廉明，既呈现在他们出色的政务上，也表现在他们卓越的诗文中。他们"邑有流亡愧俸钱"，心系百姓；他们"为官一任，造福一方"，在治地留下了不少"苏堤""白堤"；他们"甘自受恬淡"，一身正气，两袖清风。为民、务实、清廉，正是当前群众路线教育实践活动的主要内容，官员们不妨也来读读韦应物们，多多接受优秀廉政文化的熏陶。

2022 年 1 月

"红头文件"上的错别字

近日，江苏省淮安市教育局印发的"红头文件"中出现一个错别字，将"报效国家"写成"报销国家"。

此事引发了人们的批评，但也有人持"见怪不怪"的态度，认为时下文字差错比比皆是，早有"无错不成书""无错不成（报）刊"之说，出现一两个错别字不必大惊小怪。

确实，书（报）刊上错别字不少，有的错得十分离谱，令人哭笑不得。比如，有如此描述运动员举重动作的："他双臀一举，刷新了轻量级挺举的纪录。"这里，"臀"为"臂"之误，照此说法，现在的举重不再是用手臂举，而是用屁股举了。还有将"四大名旦"写成"四大名蛋"的，闹得一些后生以为是高邮咸蛋一类。对此，社会一直在呼吁要加强编校质量，不要把混有"砂子"的精神食粮送给读者。有一本《咬文嚼字》杂志，专门"咬"这方面问题，每年都会公布一批被频繁误用的词语，引发人们的注意。应当说，较之前些年，情况有所好转，但问题仍然不少。书（报）刊等文化产品消灭错别字的任务，现在仍然是"革命尚未成功，同志仍需努力"。

"红头文件"上的错别字，就更需要认真清除消灭了。"红头文件"不同于一般的宣传品，而是各级政府机关下发的带有红字标题和红色印章的文件，多是一种行政法规、规章，对公众具有约束力，行文必须十分严谨，不可有错。遗憾的是，这方面的问题也时有出现。有家法院曾抽查了 98 份法律文书，有近 15% 存在不同程度的差错。有文件将原告写成被告，有文件将欠款 1.8 万元写成 18 万元。法律文件何等严肃，如此出错，就不只是在制造次品、不合格品，而是在制造废品、有害品了。

淮安市教育局的"红头文件"将报效国家写成"报销国家"，语义完全相反。2015 年中国政府网《关于"严重错别字"指标的说明》，将背离社会主义核心价值观并可能产生恶劣影响的错别字，如将"反腐倡廉"错写成"友腐倡廉"，将"严禁公款吃喝"错写成"严谨公款吃喝"等，列入"严重错误"，参照这一标准，将报效国家写成"报销国家"也当属这一类，应充分认识其严重性，认真反思，吸取必要的教训。

再说，"红头文件"一般字数不多，短的几百字，长的几千字，较之动辄几万字、十几万字乃至几十万字的书（报）刊，篇幅要小得多。按照国家规定，合格的图书差错率不能超过万分之一。就是说，平均一万个字最多只能有一个错字，超过此线就是次品、不合格品。淮安教育局这一文件大概也就一千字，竟然也出了一个错字，比例远远高于国家对合格图书的规定。即使按照图书的标准，这个"红头文件"也应被视为废品。"红头文件"是带有法规性的政府文件，更具有严肃性，容不得半点出错。印发一个文件，从撰稿、修改到审核、签字，再打印、校对，要经过多人之手，只要有一个环节工作认真些，阅读仔细些，"报销国家"这样的错谬就会被改正，但它竟一路顺顺当当闯关而过，对此，淮安教育局应按照公务员"廉洁修身、勤勉尽责"的要求，就工作责任心与工作作风作深刻反思，从中吸取教训。淮安市纪检监察部门也宜及时启动问责机制，对工作不在状态的涉事人员和主管领导进行严肃处理，并构建政府文件内容检查纠错的长效机制，将坏事变成好事。

对出错的"红头文件"不能"见怪不怪"，对不正常的怪异现象，唯有采取批评责怪的态度，方能促使"怪"的转化与消失。

2018 年 3 月

吹牛要交税

马克·吐温有一则幽默小品，叫作《吹牛纳税事件》，说的是一位习于自吹自擂的人，到了一个新地方后，为了标榜自己的身价，向一位刚刚结识的人吹嘘自己年收入 21.4 万元。对方是个估税员，随即给了他一张报税表格，按税率 5% 的规定，他要交纳所得税高达 10650 元。实际上，他是一个收入不多的人。怎么办？也有对策。在估税员帮助下，巧妙的伪造了一个"应予扣除款"的清单，他的收入瞬间变成 1250.4 元，基本上就不需要交税了。

马克·吐温通过这一故事，表明"吹牛"和"撒谎"盛行，从而揭露美国社会中的虚伪奸诈。

我国古来有"吹牛不交税"之说，似有袒护"吹牛"之嫌。不过，这里的"吹牛"，指的多为一种夸大其词的自我吹嘘，用于自我心理的抚慰与满足，并非是蓄意扯谎，用以欺骗谋利。它一般属于个人品德修养问题，但这也违反诚实正直的为人品性，虽然一时可以"不交税"，但不得加以纵容，需对其加强道德教育，以期树立诚信品质，以诚实守信作为立身之本，处世之道。是故自古以来，我国一直是以诚实守信为荣，以吹牛扯谎为耻。

至于那些蓄意吹牛，以扯谎欺骗进行谋利者，则如马克·吐温所描写的，是一样要"交税"的，严重的还要受到法律制裁。明代有三个人酒后胡吹，乃至以"朕"自称，被判谋逆罪，二人死在狱中，一人被流放。

为整饬社会风气、维护人民利益，我以为，我国要加强对吹牛浮夸风的整治。其中有三种人吹牛危害特大，特可恶，应加以穷追猛打：

一是"吹仕"，就是那些弄虚作假、虚夸不实的官员。如企盼"数字升官"，就频频向统计数字注水，由此吹出一些虚幻的泡沫，看来十分美丽，实则祸莫大矣。历史上的浮夸吹牛风，曾带来大饥荒，不可不察。

二是"吹贾"，就是那些大肆制造假冒伪劣的商人。本是一般的保健品，吹成仙丹妙品。门口只有一条小水沟，吹成水景房。这种吹牛风不是限于几个人之间的窃窃私语，而是凭借各种渠道在全国传播。这些进行欺骗谋利的"吹贾"，是刮起社会吹牛风的中坚力量，需要给以有力的遏制，不可任其泛滥。

三是"吹士"，就是那些失去良心与操守、说假话、作伪证的专家。前些年，国内 5 位顶尖文物专家为了高额的鉴定费，将仿造的"金缕玉衣""银缕玉衣"吹成文物真品，估价 24 亿人民币，为犯罪分子诈骗银行提供了依据。当前我国文物市场赝品成灾，伪证泛滥，一片乌烟瘴气，与众多自恃有专业知识的"吹士"颠倒真假，混淆是非有很大关系。

我以为，对吹牛者最该着力声讨的，就是"吹仕""吹贾"与"吹士"。他们与一些人作为心理补偿的偶尔吹牛不同，是一群职业吹牛者，对此不能满足于一般的循循善诱，也不能止于一般的批评教育，而是必须让他们"交税"，这个"税"，既是经济上的处罚，也是法纪上的制裁。

2024 年 6 月

话说"仕而优则学"

党的十八大以来，习近平总书记多次"劝学""促学"，大兴学习之风。他引用古话说："学者非必为仕，而仕者必为学。"就是说，读书人不一定都要做官，但为官者必须坚持学习。此话出于《荀子·大略》，其前半句较之《论语·子张》中子夏所说"学而优则仕"要全面些。因为尽管在多层次的社会结构中，"仕"一般居于上层，为"学而优"者所追求，同时社会也需要高水平的"仕"，因而"学而优则仕"有其代代相传的合理根据，但是，社会也需要各种各样的"士"，特别是在科学技术日益重要的现代，需要越来越多"学而优"者去当"士"，为"教"，为"研"，为"工"，为"艺"，等等，因而"学者未必为仕"，读书学习是各行各业的人都当认真力行的。

荀子的话重点在于"仕者必为学"，这与子夏不谋而合。子夏在说"学而优则仕"之前，首先讲了"仕而优则学"，只是人们多记住他的后半句，忽视了他的前半句。这在相当程度上，是由于"学而优则仕"，是人们争着想实现的；"仕而优则学"，却并非每个人都能自觉去做。寒窗苦读，一旦成"仕"，好官我自为之，再少有当年那种苦学的劲头了。有些人即使没有完全忘记继续学习的必要，但也往往苦于公务繁忙，挤占了学习的时间。古人早有"一登吏部选，笔砚随扫除"之叹。然而，

"仕"而能"优"，靠吃老本是不行的，一定要不断学习。《论语》中有一个故事，说子路介绍子羔到一个地方做官，孔子认为子羔还需要好好学习，子路说，有官做，有地方可以施展抱负，何必那么强调读书呢？孔子听了很不高兴，斥责了子路。孔子重视学习是对的，做官前要"学而优"，把学问的基础打好；做官后还要坚持学习，了解新知识，适应新情况，如此方能"仕而优"。

实际上，为"仕"以后，不论公务多么繁忙，要学习还是能挤出时间的。古来早有"三余""三上"之说。一些领袖人物，不论戎马倥偬，还是日理万机，都没有间断过自己的读书生活。习近平总书记说，学习要善于挤时间。工作太忙绝不是放松学习的理由，一些无谓的应酬、形式主义的活动更要坚决反对。他指出"有的干部学风不浓、玩风太盛"。这样"以其昏昏，使人昭昭"是不行的！领导干部一定要如饥似渴地学习，哪怕一天挤出半小时，即使读几页书，只要坚持下去，必定会积少成多、积沙成塔，积跬步以至千里。

学贵自觉，学贵坚持，学贵知行合一，要大力弘扬马克思主义优良学风，努力学习经济、政治、历史、文化、社会、科技、军事、外交等方面的知识，以学益智，以学修身，加深对习近平新时代中国特色社会主义思想的认识，坚定信念，增加本领，让工作发出绚丽的光芒，为祖国添彩，为人民增福。"仕"而成"优"，始终少不了"学"这一关键环节。

2020 年 4 月

不容官场上的"二传手"

据报道，在我国基层治理链条中，一些干部满足于上传下达，以会议落实会议、以文件落实文件，执行政策照抄照搬，决策推给上级，责任推给下级。此类干部，被戏称为"二传手"干部。

"二传手"的称呼来源于排球运动，"二传手"的职责在于组织全队的进攻，在二传时能将球送至让攻手最适宜扣球的位置。在球场上，二传手是衔接攻防的枢纽，是组织进攻的核心，一个好的二传手是整支队伍的灵魂，对比赛的取胜发挥着极为重要的作用。就这个意义上说，那些"满足于上传下达"的干部，正是缺少"二传手"的那种积极、主动、担当、负责的精神，把他们比作"二传手"是高抬了他们，是并不确切的。不过，比喻往往都是取其一点，不顾其他的。那些出工不出力、做事不担责，只是热衷于"以会议落实会议、以文件落实文件"的干部，从形式上看，也确实只是个"二传手"，因而戏称他们是"二传手"，从表现形态上看，也有"画龙点睛"之妙。

在球场上要做好一个"二传手"，不是把接到的球传出去就可以了，而是要负责在二传时将球送至让攻手最适宜扣球的位置，同时，还必须有能力和扣球队员组合出多种变化以破坏对方的防守。因而，移动快速、传球精准是一个二传手的必备素质，而且，要保持清楚的头脑与思维，依据各扣球队员的特性与习惯，串起全队的攻势。在某些时候，二传手还必须扮演攻击手角色。由于球场上的二传手是衔接攻防的枢纽，既要求技术全面，更要求思想过硬，勇于斗争，敢于拼搏。

当下那些被戏称为"二传手"的干部，他们的"下传上达"，在形式上也确实像"二传手"那样在接球传球，但他们既不认真，也不负责，更无进取之心，而是得过且过，无所用心，"平平安安占位子，忙忙碌碌做样子，疲疲沓沓混日子，吃吃喝喝拿票子"。对党的决策部署满足于"知道了""转发了""安排了"，以形式主义的表面文章，行无所作为之实。传球是为了将球打过网，目的是为了得分。有文件，转发一下；有会议，传达一下；有事情，上报一下；有问题，推脱一下。对自己应当担当的问题，无所用心，无所作为。如果都是这样的"二传手"干部，何谈进球得分，何谈责任担当？在深化改革大力创新的今天，是容不得这样的懒官庸官的。

有些干部不怕懒不怕庸，认为"干事越多，出错概率就越大"，"庸官虽无功，但也无大过"。殊不知吃人民的饭，不好好为人民办事，无功就是过。所谓清官，不是无所作为的"清"，而应该既清又勤，敢于担当，勇于尽职，为人民造福。

迈入新时代，肩负新使命，所有干部都应当更加奋发有为，容不得"二传手"现象存在。为此，要不断强化广大党员干部的宗旨意识，形成"想干事"的自觉。同时，要"赏罚分明"，健全监督问责机制和奖惩机制，消除"多干多错、不干不错"的错误倾向，增强干部"敢干事"的胆量。干部自身还要对标岗位需求，加强学习，不断提升专业素养和工作能力，以期"能干事"。如此，官场上的"二传手"可望越来越少。

2018 年 4 月

莫让百姓为"证明"所困

恼人的"奇葩证明",随着行政审批制度改革的深入推进,已经越来越少了,但还并未完全消失。

2020年4月11日,《劳动报·劳动周刊》用了3个版面报道了几个为"证明"所困的案例,提出了这样一个问题:要享受病假的休息权和复工权,职工该拿什么证明?

有位娄姓职工,在一家外贸公司跑销售,因车祸导致左腿粉碎性骨折,请病假治疗,前几个月,医生都开具了病假条。6个月后,医生称其只要再静养一段时日就可以恢复了,他很高兴,但医院也不再开病假条了。没有病假条,公司就要他复工,而他的腿伤,又还无力东奔西走,洽谈业务,他因没有病假证明,陷入休养不行、工作也不行的两难境地。

还有一位蔡女士患了胃癌,经过系统治疗,病情基本稳定之后,医生说可以从事一些轻体力劳动,因家庭经济较困难,她向公司提出复工的要求。公司要医院证明,医院倒是开了证明:"建议从事轻体力劳动。"可公司却担心癌症会复发,认为要复工,除非医生证明她已经痊愈,与正常人一样。试想,医生怎会作出这样满的承诺呢?于是,她的复工权也就被吊在空中了。

社会上那些要证明"你妈就是你妈"的不合理证明,多发生在陌生人之间，如单位录取新人，要新人所在社区开具"人品证明"。储户到银行兑换残缺人民币，要求到公安机关开具"不是人为故意损坏"的证明，等等。它反映着社会信任的缺失，对陌生人总是"防一脚"，而上述两例是发生在企业与职工之间，双方并不陌生，而是相互熟悉的，但也要生病的职工证明自己生病了，痊愈的职工证明自己痊愈了，这表明整个社会的诚信建设还是一个短板。由于历史和现实的种种原因，各种弄虚作假行为多发，导致因缺乏信任而对各类书面证明过度依赖。消除各种不合理证明，需要提高社会信任度。有一首小诗颇耐思索："我问土，土与土如何相处？我们相互抬高。我问水，水与水如何相处？我们互相充盈。我问草，草与草如何相处？我们编织在一起筑成天际。我问人，人与人如何相处？"

人如何相处，不仅要有信任，而且要有关爱。娄先生的腿伤还没有痊愈，暂时无力去跑业务，就让他按照医嘱再静养一些时间又何妨？这也许会影响公司的一些业务，但只要调整人力安排，是可以弥补的，我们的企业应当采用人性化的管理。何况，职工本就有享受病假的休息权。而蔡女士既然已经可以从事轻体力劳动，她本人也要求复工，企业就不应当因担心可能发生的意外，从而拒绝她的复工要求，要多想想职工的难处，何况，劳动也是职工的权利。从这里也可进一步看出，热衷证明者，往往出于私心，"把方便留给自己，把困难推给别人"。

消除各种各样的不合理证明，在深入推行审批制度改革的同时，需要加强社会诚信，发扬爱人之心。一切公职人员，包括企事业单位的干部，都应勇于负责，多为人民群众着想，急人民之急，不让百姓为"证明"所困，不给百姓添麻烦，增苦恼。

2020 年 4 月

倒脏水不要把孩子倒掉

2018年元旦过后，戊戌狗年春节的脚步就临近了。一位老朋友在电话中说，希望原单位能举办退休职工茶话会一类的活动，为曾在共同奋斗中结下深厚情谊的老同事提供一个见面交谈的机会。

亲情友情是珍贵的。"每逢佳节倍思亲"，王维这句诗所以千古流传，正在于它深刻地抒发了人所共有的情感。当人们"独在异乡为异客"时，"思亲"的情绪特别强烈，即使是同在一地一城但并不能经常碰面的人，"每逢佳节"也会心系亲人与友人。我国传统春节一大特点，就是访亲拜友，节日流淌着浓浓的人情味。对退休老人来说，朋友除了幼时的同学，主要是在工作中结识的同伴，在长期共事中成为相濡以沫的"老友"。退休后由于不再有工作的联系，加之体力日衰，互相来往也就日渐稀少，然而他们却存有美好的记忆，互相挂念，希冀在每年欢度春节的日子里能够回到原单位欢聚一次，以释思念。

过去，每当春节将临，许多单位对退休职工联谊活动都是有安排的，或聚餐，或茶话会，或联欢，给了退休职工精神上的慰藉与温暖。但在奢靡之风的影响下，存在乱用公款、挥霍奢侈的问题，严重的甚至会成为腐败的温床。在反腐败与反"四风"的斗争中，加以整肃与整治，是完全必要的。但是，倒脏水不能把洗澡的孩子也倒掉。禁止挥霍浪费，

　　　　　　　　　　　　　　　九十乱弹

应当依据八项规定精神办事；若是节约俭朴去办，比如喝喝茶、聊聊天，则并无不可，不应将这一类联谊活动取消。因为，对不少退休职工来说，春节能与老同事聚会，是他们的一种精神期盼。按一些人的说法，他们都是一年年老去，是见一次少一次呵！

2017 年底，在全国总工会发布的《基层工会经费收支管理办法》中，对基层工会经费不准违反规定，不准使用工会经费请客送礼，不准滥发奖金、津贴、补贴等方面提出严格要求的同时，也明确指出工会经费可以用于职工集体福利支出，并将覆盖范围从逢年过节、会员生日，扩大到婚丧嫁娶、退休离岗的慰问支出等。这样的规定是辩证的、明智的。因为山是山，水是水，我们要反的是腐败、是"四风"，而不是职工的正当福利。

为退休职工安排联谊活动，既体现组织对这一群体的关怀，也有益于增强社会的人情味。何况，不是常说后人是站在前人的肩膀上向上攀登的吗？事业的发展是代代相继的。在寓意团圆的新春佳节，将退休职工请回"家"里，顺便通报一下一年来的事业发展情况，不也正显示对前辈的尊敬与关怀吗？单位不该以"多一事不如少一事"的态度随意取消它，而应以满腔热情把它作为一种人性化、人情化的活动组织好。

2018 年 1 月

挑战不可能

当下，有些干部觉得工作越来越难做，因为如今很多工作任务不再单一，而是"双重"乃至"多重"的。比如"既要加快发展又要加快转型""既要做大总量又要提升质量""既要发展经济又要保护环境"，等等。

确实，随着改革开放的深入推进，我们要全面建成小康社会，必须全面推进经济、政治、文化、社会、生态文明建设，这就要求干部具有全局观念，在工作中不宜单兵突进，而要兼顾方方面面。既要考虑增速，也要考虑提质增效；既要考虑经济发展，又要考虑生态环保；既要考虑当下，又要考虑未来。在某种意义上可以说，是既要"鱼"也要"熊掌"，或者说是"又要马儿跑，又要马儿不吃草"。

虽然在有些情况下，"鱼"和"熊掌"难于"两兼"，"马儿不吃草"也难于"跑"，工作中还是要尊重客观规律，对不可强求的事不宜强求。然而，不能"两兼"的话并非绝对真理，换一种思维，就可看到世上两全其美的事多着呢，"不吃草"的"马"早就出现了。

这里的关键在于要勇于突破、敢于创新。嫦娥四号在人类历史上首次实现了航天器在月球背面软着陆，是勇于突破既定成见的范例。因为月球自转和公转周期相等，加上被地球潮汐锁定，在地球上永远只能看见月球的正面。在嫦娥四号之前，到月球背面去被不少人视作"不可能完成的事情"。从 20 世纪 50 年代开始，各国陆续向月球发射了 100 多次探测器，却从没有探测器在月球背面软着陆探测。嫦娥四号科学家们依靠他们的闯劲与智慧，将原来视为"不可能的事"变为"可能"了。

"困难像弹簧，你软它就硬，你硬它就软"，再难的事，也难不倒勇于前行、敢于突破的人。

回到干部工作遇到的"难"点，我想应以"挑战不可能"的突破性精神，积极加以应对与解决，而不应当畏难畏缩。官场有"庸官"之说，如果说对庸官的描绘，过去一般讲的是"平平安安占位子，忙忙碌碌做样子，疲疲沓沓混日子，吃吃喝喝拿票子"，如今形势发展，对干部的要求更高，如果在工作中不能迎难而上，不积极努力，把看似"不可能"的事变成"可能"，那么也只能列入"庸官"之列了。

2019 年 3 月

说"方便"

一位朋友说，他母亲已年届耄耋，日常喜欢在外面逛逛，但多只能在家的附近走走，对远一点的景点，虽心向往之，但不敢前往，原因是年老尿频，担心"方便"不方便。我说，公厕在上海市区现在已相当普及了，外出是不难找到的。他说，倒不是由于怕找不到公厕，而是因为公厕中座厕少、蹲厕多，而有些蹲厕旁又没有安装助力扶手，她难以使用。

这让我对公厕的发展轨迹作了一点回顾。

公厕是近代社会的产物。上海出现公厕是比较早的，根据现有文献记载，可追溯到清同治三年（1864），当时的南京路旁建造了上海市区的第一座公共厕所。此后，公厕虽不断有所增加，但数量始终不多，远远不敷应用。女性公厕则是随着女性逐步走向社会，到了20世纪二三十年代间才在上海出现，数量屈指可数。上海解放后，随着经济社会的发展，人口流动性增大，公厕缺少的矛盾日益突现。公厕真正大规模兴建是在改革开放之后，而且从2010年1月1日起，上海公厕全部实现了免费开放，公厕更加公益化，让公厕完全姓了"公"。

厕所是生活文明的必需品。美国作家朱莉·霍兰在其著作《厕神》中说，只有有了厕所，人类才不必为了躲避自己的排泄物而东奔西走，从而从游牧生活过渡到农耕生活，因而"文明并非源自文字的发明，而是第一个马桶"。说厕所是文明的源头，不一定很妥切，但厕所确是和文明紧紧联系在一起的。

厕所文明重在干净、整洁、美观、体面，然而，我国在20世纪八九十年代兴起的大量公厕，虽然在上海等大城市一开始就有办得好的，但大多数中小城市的公厕，多远远没有达标，有些是污水横流，臭气熏天。

日转星移，当下我国城市公厕管理水平有了质的提升，众多公厕不仅卫生干净，一尘不染，而且环境清静幽美。改革开放以来，我国物质文明和精神文明大力提升，公厕的大量建立与厕所文明的有力推进，是其重要的反映。

然而，开头提到的那位老年妇女感到的"方便"还有"不方便"的问题，表明在完善公厕管理、推进厕所文明建设上，还需不断前行。前些年建造的公厕，大多是蹲厕，老年人往往体力难支。随着社会老龄化的加剧，这一问题日益凸显出来。以往公厕少，如厕要排队，现在虽不乏公厕，但因多是蹲厕，不少老年人还是难以使用，致使少量的座厕则仍常常出现排队情况。这说明公厕的设计还要与时俱进，从"适老化"方面加以改造提升，要像改造老旧社区一样，用"微更新"的方法来"抗衰老"。

公厕设施为使用者着想，有了"老人视角"，体现的是一种人性化的管理。注重人性化关怀，让男女老幼都能舒适使用，也正是公厕在有了必要的数量和合格的卫生要求之后所要努力提升的目标。应当说，近些年上海公厕已在不断优化男女厕位比例，增配家庭卫生间、无障碍厕所等措施方面做了一些工作。随着科技的发展，还出现了有报警功能的

"智慧公厕"，对如厕超过 15 分钟的使用者自动发出警报，提醒保洁员及时协助，用人性化管理管住"如厕意外"。公厕服务和众多服务一样，存在不断的上升空间。

如同重视"进口"的饮食文化一样，对"出口"的厕所文化，在现代社会也越来越被看重。世界厕所组织于 2013 年 7 月 24 日确立每年的 11 月 19 日为"世界厕所日"，以推动基本卫生设施的建设，倡导人人享有清洁干净的环境。我们以人性化的思想不断完善公厕的建设和管理，在让"方便"更方便、更卫生、更舒适的同时，也提升着社会的文明度与温暖度。

2020 年 11 月

七 商与学

不是"圣经"是"歪经"

　　长春长生生物科技有限责任公司疫苗造假事件，引发社会广泛关注。尽管时值盛暑，这家企业如此谋财害命，却给世道人心带来冷酷的寒意。它并非初犯，此前已多次发生问题疫苗事件，可谓屡教不改。同时，它在股权售卖、上市等方面也存有不少"猫腻"。俗话说，"人无横财不富"，横财让犯禁者迅速致富，被称为"疫苗女王"的董事长，还登上了福布斯富豪榜。

　　药品、食品造假，直接损害和威胁人民的生命健康，这在任何国家都是犯禁的。2008 年的"三聚氰胺"毒奶粉事件，我国也曾给了严厉的惩处，这虽使一些商人认识到食品、药品属于经济学意义上的"信任品"，一个造假事件会毁掉民众的信任，从而也毁掉企业，因而对造假有所克制。然而，仍有长春长生这样的犯禁者在重蹈覆辙。这除了基于商人"见利忘义"的本性外，还由于他们"以追求最大的利润为目的"。

　　我国自进入市场经济后，"企业以追求最大利润为目的"这句话很流行，一些人不断理直气壮地讲，几乎成了许多企业的"圣经"。尽管企业赚钱天经地义，无可厚非，但是，昧心钱不能赚。任何人赚钱都要取之有道，不能不择手段，不能害人利己，更不能危害社会。为了"追求最大的利润"，制造假冒伪劣，是缺德的行为，也是犯罪行为，为社会所不容。作为企业，不可"见利忘义"，背弃自身的社会责任。经济学奠基人亚当·斯密写了《国富论》与《道德情操论》，意在说明经济活动必须注意自利与利他两个方面，并将其很好地结合起来。美国有两所著名的商学院，哈佛商学院与沃顿商学院，它们为新生安排入学第一课，都是讲商业使命和商业道德、企业家使命和企业家道德。古今中外的著名企业与企业家，多是注意"铁肩担道义"的。被称为"现代日本经营之神"的松下幸之助，虽然十分重视企业盈利，但反对一心只向钱看。他在说"赚钱是企业的使命"的同时，极为强调"企业经营最重要的条件，就是担负为社会作贡献的责任"。

近日读到一篇文章，讲一名记者问西门子总裁："为什么区区8000万人口的德国，竟然会有2300多个世界品牌？"对方回答："德国制造的优势在于质量、它解决问题的专有技术和它优秀的售后服务。遵守企业道德，精益求精制造产品，是我们德国企业与生俱来的天职与义务。"记者反问道："企业的最终目标不就是利润最大化吗？管它什么义务呢？"总裁回答道："不，那是英美的经济学，我们德国人的经济学，并不是无休止追求利润，而是考虑更长远的可持续发展，让部分利润转化成更高质量的产品和更完善的服务。"这表明"企业以追求最大利润为目的"并非是公认的"圣经"，企业为了"最大利润"，就会赚带血的黑心钱，干出造假售假、伤天害理、谋财害命的事。这在以为人民服务为根本宗旨的社会主义国家里，更是一种不容存在的"歪经"。查处整治长春长生这样的不良企业，在运用行政法律手段的同时，也需要运用思想道德的手段，批判与澄清这一"歪经"，建立企业赚钱要取之有道的理念。

2019年8月

"九假一真"的阳澄湖大闸蟹

"秋风起，蟹脚痒"，中秋国庆时分，正是品蟹时节。蟹以阳澄湖大闸蟹最为著名，为人们所首选。节日的餐桌上，如果出现阳澄湖大闸蟹，即使其他菜肴一般，此餐也是有品级的。人们节日送礼，也以送阳澄湖大闸蟹最受欢迎。因此，多年来，阳澄湖大闸蟹都是紧俏货，供不应求。

由于供不应求，近些年市场上也就出现了许多假冒伪劣商品，不少打着阳澄湖大闸蟹招牌的螃蟹，实际上都是其他地区和品种的螃蟹。假货的份额占比令人吃惊。有统计显示，全国大闸蟹 2017 年总营销额为 778 亿元，其中阳澄湖大闸蟹约为 300 亿元，占比 40%，但去年阳澄湖的真实产量为 1600 吨，市值约为 3 亿元。据此推算，市场上 99% 的阳澄湖大闸蟹都是冒牌货。2018 年阳澄湖大闸蟹的产量有进一步减少的趋势，据阳澄湖大闸蟹行业协会预测，2018 年总产量约 1300 吨，但仅电商平台上就有上千家出售阳澄湖大闸蟹的商家，假货的比例不会减少，只会增加。

对如此泛滥的假冒伪劣现象，苏州市阳澄湖大闸蟹行业协会几年前提出用防伪标志防止造假，一时也起了一点作用，但防伪标志也是可以买的，结果只是假中添假。对于肆无忌惮的造假，必须以"除恶务尽"的精神，多方合力，采取坚决措施加以制止。

苏州方面为维护阳澄湖大闸蟹的品牌，为维护商业信誉，为维护求真务实的风气，需要以坚决的态度、有力的措施，解决阳澄湖大闸蟹"九假一真"的情况，无论对线下实体店，还是对线上专卖店，都不允许假蟹横行。这里特别要查一查，当地利益相关方与各种假冒活动有没有"勾连"。有人说，像"洗澡蟹"之类的假货，是近乎明目张胆的假冒，如果没有当地人的配合，是难以进行的。如果有，打假就会投鼠忌器，难免演变成"假打"。

　　同时，其他地区要认识到假冒伪劣、弄虚作假是违法失德的，应鼓励蟹商在改良品种上下功夫，不得冒用阳澄湖的品牌。有人说，其他地方的蟹也有自身的特长，倘若如此，则应该深挖自身养殖文化内涵，打响当地品牌，同阳澄湖大闸蟹展开差异化竞争，带动地方经济更好更快发展，给消费者以多种选择，进一步繁荣蟹市场。汽车、服装、化妆品等消费品，都有多个有影响力的品牌，我国螃蟹名牌如果也能让老百姓多几个选择，正是市场经济发展所需要的。

　　自然，有效制止假蟹横行，还需要请出法律。按照我国《欺诈消费者行为处罚办法》规定：销售掺杂、掺假，以假充真，以次充好的商品的，消费者可以主张三倍赔偿。有关执法部门对售假蟹者应依此进行查处，以警戒造假卖假的违法者。

2018 年 10 月

老树要开新花

为建成全球卓越城市，上海正积极打造服务、制造、购物、文化"四大品牌"。品牌是国家综合竞争力的象征，是后工业化城市发展的重要标志。据联合国工业计划署统计显示，占全球品牌数量不到3%的世界级品牌，其产品占有全球五分之二以上的市场份额，销售量更是占到全球的二分之一。可见，创品牌，特别是创世界名牌是多么重要。

在广纳新品牌的同时，也要重振"老字号"。"中华老字号"是承载中华文明、传承匠心精神、凝聚先辈智慧、延续工艺技术、体现诚信经营的重要载体。我们应适应新时代需求，进行改革创新，让"老字号"推陈出新，焕发生机，重放光彩，成为中国的名片，为中国品牌的群体崛起贡献自己的力量。

上海万商云集，人才众多，经济文化积淀深厚，据市商委透露，上海当前仍有222家"老字号"，其中经国家商务部认定的"中华老字号"企业180家，在全国占比16%，位居各省市第一。这是一项巨大的品牌资源。上海在品牌建设中，十分重视重振"老字号"，聚焦其发展难点、痛点，通过创新、改革、保护多管齐下，着力商业模式创新、产品服务优化、体制机制改革、营商环境打造，加快推动本市老字号转型升级。

近年来，已有一些上海"老字号"品牌进行了革新，在旧貌换新颜的同时，重振品牌精神，获得消费者喜爱。比如创立于 1927 年回力鞋曾是最潮国货，后来在耐克、阿迪达斯等国际品牌挑战下，经历了十几年的低迷期，近年通过了一系列的改革，重新夺回了"国潮"的名号，回到了年轻人的心中。创始于 1848 年的老凤祥，在 20 世纪 90 年代陷入低谷。新世纪以来，锐意改革创新，开发了一系列新产品，市场规模不断扩大，如今在中国内地有 3000 多个销售网点，并在海外和中国香港地区开设了 13 家专卖店，与老品牌红双喜一样，在纽约、巴黎核心商圈设立了品牌旗舰店，可谓享誉全球。此外如百雀羚、恒源祥、老大昌、上海家化、凤凰自行车等，都是老树开出绚丽的新花。

2018 年 9 月 7 日，第十二届老字号博览会将在上海开幕，为鼓励创新，此次博览会上将首次设立新品活动专区，包括凤凰自行车、回力等在内的老字号企业均有新品首发。这定会推动老字号品牌的进一步前行，造就一批具有国际竞争力的知名品牌。

2018 年 9 月

由定园关门说起

近日，苏州定园旅游服务有限公司被吊销营业执照，显示了有关管理部门正有力的在加强对山寨景点的惩处。"上有天堂，下有苏杭"，苏州古典园林以其"古、秀、精、雅"的风格享誉天下，其中拙政园、留园、网师园、环秀山庄等景点，因其精美卓绝的造园艺术和个性鲜明的艺术特点，于1997年底就被联合国教科文组织列为"世界文化遗产"，引来国内外的大量游客。然而，也有心术不正者借此名声，在苏州这一旅游胜地伪造山寨景点，忽悠游客，捞取不义之财。定园就是其中一个突出的害群之马。

定园旅游服务有限公司在经营管理上问题多多，游客投诉不断，曾几次受到有关部门的黄牌警告，然而"虱多不痒"，定园把一切警告当作耳边风，依然我行我素，终于被吊销营业执照，落得关门的下场。值得注意的是，这次下达的《行政处罚决定书》，特别强调了"虚假宣传"的问题。内中指出，定园通过园内景点介绍、官网宣传、旅行社网站宣传等多种手段，长期对外进行虚假宣传，诱导和欺骗旅客消费，而且涉及人数众多，影响恶劣，严重侵害了广大消费者的合法权益。有关法律人士称，这次姑苏区执法部门根据《中华人民共和国消费者权益保护法》相关条款，吊销定园营业执照，尚属国内首例。

九十乱弹

景点对旅客进行坑蒙拐骗，其主要手段就是打诳语，把坏的说成好的，劣的说成优的，新的说成老的，假的说成真的，颠倒黑白，混淆是非。定园在这方面表现得特别大胆出挑。它建成时间不到二十年，却把自己吹成了"明初所建，拥有六百多年历史的苏州古典园林精华总汇"，并声称明代才子唐伯虎在园中的凤凰台饮过酒、作过画。吴王夫差在双照井看过两位爱妃梳妆打扮，这口井就是她们的梳妆镜。还说园中的一座墓是千年古墓，墓主为明代开国功臣刘伯温，然而，从墓碑到坟茔的外表看，显然是新造的。刘伯温墓址应在浙江省文成县西陵村。退一万步说，即使这里真是刘伯温的墓，明初至今也只有六百多年，怎会变成"千年古墓"？完全是信口开河，一派胡言。至于园内的建筑，东拼西凑，杂乱无章，与江南传统建筑风格大相径庭，正如不少游客所说："看来看去，没有一点苏州园林的影子！"他们深感受骗，如今定园被勒令关门停业，受骗的游客都认为，不这样动真格，不足以矫正旅游业那股猛烈的虚假宣传的歪风。

除定园外，一些人列举了国内多个山寨景区景点，诸如山寨版兵马俑、山寨版"狮身人面像"等，说得没错。但其中也有人提到像横店影视拍摄基地内的景观都是为拍摄而造的假景点，引来那么多游客，实则也是一种山寨。对此，我有不同看法。景点当然要原汁原味，不能造假。但像横店影视拍摄基地这样的景点，它的"景"就是根据剧情需要，模仿各式各样的建筑街道风物，这些模仿物就是它的"真"。它以拍摄基地为名，而不是以古址古物为名，是名实相符的。景区景点也可以根据需要建设一些仿古建筑和景观，但不能冒称是真的。记得前些年，我在深圳参观过一座袖珍版的世界著名建筑园，建筑物虽然都是仿制的，但也能给游客带来一些观赏之乐。那些山寨版兵马俑、"狮身人面像"之类，粗制滥造，形神失真，也是属于需要严格取缔的"假"。大肆虚假宣传这些山寨景点景物，从诈骗游客、破坏文明中捞取不义之财，对定园的严处理，表明政府和民众要坚决清除旅游业这一毒瘤。

2019 年 1 月

让强烈的阳光照进暗网的空间

　　宇宙中有一种暗物质，人们知道它的存在，但不知道它是什么，它的构成也和人类已知的物质不同。这种暗物质和暗能量的占比高达96%，而可见物质仅为4%。据称，21世纪初科学最大的谜是暗物质和暗能量。国际粒子物理学界将每年10月31日定为"国际暗物质日"，正加紧开展对暗物质的探索。

　　与此相似的是，正在迅速发展的互联网也由两部分组成，即表层网络与深层网络，前者称明网，后者称深网，其中包括暗网。明网通过普通搜索引擎就能打开，深网则须依托专用工具或者特殊浏览器才能觅到踪影，而暗网更要通过特殊软件、特殊授权或特殊网页技术才能访问。明网与包括暗网在内的深网比例，也恰与已知物质与暗物质相同。也就是说，我们每天浏览的网站、论坛、贴吧等内容仅占全部互联网的4%，而其余96%的内容是我们无法轻易获取的。

　　不过，两者有一点不同。这就是人们现在对暗物质还"不知道它是什么"，但对深网暗网却是"知道它是什么"，只是它有一条"秘密通道"不容易被打开，需要在这方面加紧努力。

　　暗网自然与明网一样，用来高效地传播信息，但由于"暗"，违法犯罪分子凭借其匿名和隐蔽的特性，利用它为非作歹，作奸犯科，使其沦为一种罪恶之地。美剧《纸牌屋》中有句台词表明了这一情况："96%的互联网数据无法通过标准搜索引擎访问，虽然其中的大部分属于无用信息，但那上面有一切东西，儿童贩卖、比特币洗钱、致幻剂、大麻、赏金黑客……"中国访美学者章莹颖校园失踪案中，犯罪嫌疑人克里斯滕森曾浏览网站"绑架101"里面关于完美绑架幻想、绑架计划入门等内容的帖子。"绑架101"是一个以捆绑、虐恋、恋物癖和另类性癖为爱好之人聚集的社交网络，克里斯滕森很可能将章莹颖绑架之后通过暗网进行了人口贩卖交易。英国一位女模特在意大利米兰遭受绑架及贩卖案，背后也有暗网的身影。恐怖组织ISIS的网站，几乎全部建立在暗网之上。

基于此，近来多国都加强了对暗网的管理与打击。尽管我国对网络管理较严，2020年6月1日起实施的《中华人民共和国网络安全法》规定，网络产品和服务提供者不得设置恶意程序，明确赋予有关主管部门处置阻断违法信息传播的权力。然而，网络犯罪越来越呈现隐蔽性，网络犯罪已占到全社会犯罪总数的三分之一。因此，加强对网络，特别是暗网的监管，是一个重要课题。没有监管的地方，必然乌烟瘴气，缺乏监管则必然会群魔乱舞。需要从法制上强化对暗网的监管，从技术上破解暗网的"秘密通道"，完善互联网治理体系，让强烈的阳光照进包括暗网在内的全部网络，让互联网的发展更好地造福社会，造福人民。

2020年10月

抄袭是偷采别人家树上的苹果

剽窃，是学术腐败的一个重要表现。近些年来，学界、文坛不断有抄袭案发生，不仅是单篇论文的剽窃，也有整本图书的抄袭。有一套由10本书组成的系列丛书，出版后被查出有4本为抄袭之作。海外一份医学方面的权威杂志，曾宣布撤下107篇已发表的论文，其原因就在于经过调查，这些论文涉嫌剽窃抄袭，"盲审程序有买通行为"。

日前，《解放日报》记者专访美国克瑞顿大学终身教授、作家袁劲梅，就抄袭剽窃问题作了对话。袁教授对抄袭行为坚决地摇了头。她说，抄袭和采人家树上的苹果不付钱一样，拿偷来的苹果去换成绩，换项目基金，换学术职称，那就践踏了道德底线，沦落成骗子了。

这种"骗子说"，本应是社会的共认。但也有人以"天下文章一大抄"的老话为抄袭辩护。应当说，文章是不能完全没有"抄"的。假如人间许多事情与道理，过去的文章说到了，现在的文章就绝对不能重复，一切从零开始，那是不可能的。然而，这种重复，只是手段，不是目的。我们应在重复中吸取过去的营养，用以滋补与催生新的见识。也就是说，要推陈出新。"新"是文章的生命与价值所在。清代袁枚论诗："不学古人，法无一可。竟似古人，何处著我？""学古人"，是为了超越古人，不"似古人"，才能孕育出一个"我"来。所以，著文的立足点，不可放在重复别人讲过的话上，而应努力于"须教自我胸中出，切忌随人脚后行"。就这个意义上看，"天下文章一大抄"这句老话，主导倾向则是对文坛学界那种陈陈相因、拾人牙慧现象的揶揄与讽刺。

然而，抄袭的骗子却为"一大抄"编造理由，像前些年闹得沸沸扬扬的《语言大典》抄袭案，抄袭者就以"共享""共识"论为自己开脱。应当说，人类的文化学术成果，确有"共享""共识"的情况，因而我们常说，后人的成绩，是站在前人的肩膀上取得的，不过，后人切忌不可把前人的肩膀当成自己的肩膀。正当的学术研究，是把前人的成果作为自己发现和创造的基础，而绝非当"文抄公"。

抄袭剽窃别人的学术成果，是一种谋财骗名的盗窃行为，破坏学术诚信、科研诚信，与知识分子所要求的品性修养水火不容。荀子说过："君子行不贵苟难，说不贵苟察，名不贵苟传，唯其当中为贵。""苟"，为虚假的意思。就是说，作为君子，不搞虚假的学说，而贵真实、真诚。今天，我们仍应坚守这份"真"，像袁劲梅教授所说的，不抄袭，不撒谎，不编造数据，知之为知之，不知为不知，是做学问的基础，尽快与抄袭作假决裂，与学术腐败决裂，不偷别人家树上的苹果，走回求真务实的学术科研之道。否则，"偷鸡不成蚀把米"，只能换来身败名裂。

2018 年 8 月

　　　　　　　　　　　　　　　　　九十乱弹

我看"快狗"的改名

据报道,"58 速运"近日更名为"快狗打车",并且要求运输车辆统一更换车贴。公司司机认为取名"快狗",是对司机与客户的一种侮辱。"这是把司机弄成狗了,还是把客户弄成狗了?"而且,这两天已有用户下单时直言:快来条狗给我拉货!这更使司机们心里不是滋味,对这一改名表达了不满。对此,公司向员工解释,改名"快狗"是希望能够像天猫、京东一样用小动物作为标识。对此解释,司机们并不买账,集体到公司讨尊严。随后,公司以文件形式表示,"快狗"只是业务平台名称,没有其他任何方面关联的含义指向。

这是又一起改名风波。近些年,不断有一些风景区所在地以景点名改换了原地名。如湖南省大庸市改为张家界市,四川省灌县改名为都江堰市,福建省崇安县改为武夷山市,安徽省徽州市改为黄山市,海南省通什市改名为五指山市,这是要"靠山吃山,靠水吃水",借名胜的品牌增强地方的知名度,从而带动当地经济的发展。然而,它割断了原地名的历史文化命脉,得乎,失乎,一直伴随着争论。不过,这些都属于地名的改动。至于企业改名引起这么大的反响的情况,则是别开生面。

这里的争论点,倒不是历史文化传统的存续问题,而是企业的改名能否伤害员工的尊严,员工可不可以说"不"?对此,舆论并不一律。据

《劳动报》网上调查，有网友认为公司改名确实没有考虑到职工的感受，希望公司能够给予职工解释和安慰。同时也有网友认为，虽然公司改的名字对职工有些不友好，但是更改名字是公司的权利，如果员工对于公司的名字不认可，可以提出建议或者离开公司，抗议等行为不可取。我基本上赞同前者的意见。企业主尽管有权为企业改名，但不能伤害员工的尊严，把"速运"改成"快狗"，不论其是出于什么动机，对执行"速运"任务的司机，是明显有伤他们的自尊的。劳动者都应当是有尊严的，怎么可以戴着"快狗"的帽子做"速运"呢？企业主尽管有权为企业改名，但企业的兴旺是要依赖全体员工努力的。像更换企业名称这样的大事，应当征求一下员工的意见，更何况是要改成"快狗"这样对员工具有侮辱性的称呼。自然，员工也不宜采取"抗议"等过激方式，企业主也不可"顾左右而言他"，应以真诚的态度与员工沟通，使问题合理解决。

乱改地名，往往是由于忽视历史文化的盲动浮躁。乱改企业名称，是基于什么样的一种盲动浮躁呢？

2018 年 8 月

让店招"百花齐放"

近日看电视，说上海一条马路将所有商店招牌都做成同一尺寸、同一底色、同一装饰、同一字体的样子，引起市民的议论。肯定者少，吐槽者众。

实际上，这种"统一店招"工程早已有之，也不只是上海一条街、几条街的事，不少城市都先后推行过。"统一店招"工程，一般是由政府出资，统一设计、免费制作安装商店招牌，目的是为了确保招牌安全，整顿和改进市容市貌，动机应当说是好的。然而，点头者少，摇头者多。在电视的镜头里，受访者多觉得这样"一刀切"，导致店招的整齐划一，磨灭了街道与城市的个性与生气，不该推行。一位表示"肯定"的路人，也只是说"反正是政府出钱，随他们怎么搞"。看来此事动机和效果相背离，好心并没有得到好结果。

为什么会这样呢？美化市容市貌虽是好事，但美重个性，不是"千人一面"而是"人各有貌"时，才能形成多姿多彩的美好世界。林黛玉、薛宝钗是美的，但如果大观园里的女孩子都与林、薛面貌相同，也会引发视觉疲劳和审美疲劳，令人生厌。一些著名文艺大家也因此一再告诫后学者"仿我者亡"。街上的商店各行各业都有，店招唯有自家的特色方能吸引人。

从一座城市的角度来说，更要显示生活的丰富性、美的多样性，"一花独放不是春，百花齐放才是春"。各色各样的店招，是展示城市美的一个重要载体，《清明上河图》上的小店各不相同，正是形成当年开封城繁荣昌盛的重要元素。美是拒绝单一、单调、单薄的。

有人说，政府之所以要统一店招，有一个重要原因，是为了保证店招的安全。这点确是需要充分重视的，上海与其他城市近年都发生过店招伤人事件，政府需要加以干预，坚决堵住这一漏洞。不过，政府管的方法是用权力的手，明确对一切店招严加监管。除了制造时要合标，此后也需要商家经常维护检查。政府为商家做统一店招后，今后店招一旦脱落，责任由谁承担呢？因此，有专家认为，作为监管者的政府部门，在这里最重要的责任就是对店招制定安全要求并予以严格监管，至于具体设计，就让它们"百花齐放"吧。当然，店招的内容形式如有违法律道德，也是要依法依规加以查处的。

2019 年 4 月

有感于一项对职工午睡的调查

读到一份关于职场人员午睡情况的问卷调查，系《上海工运》杂志联合申工社微信公众号进行的。在"你有午睡习惯吗?"的问题上，2906票投给了"有"，占62%；另有1072票投给了"偶尔"，占22.87%；而表示没有午睡习惯的职工为14%。这表明，职工特别是一些坐办公室的白领，多数是有午睡习惯的。

和西方一些国家不同，我国有着午睡的传统。刘备三顾茅庐，前两次均因诸葛亮外出未能相见，第三次卧龙倒是在家，但他却正高"卧"堂中，一小时后方出迎刘备。可见诸葛亮是有"昼寝"习惯的。唐诗宋词中关于午睡的诗句颇多，诸如"枕书午睡正朦胧""午窗睡美无人唤""午思昏昏不肯醒""暑日熏蒸睡思浓"，等等，都属比较常见的，其中多写夏季的午睡。

之所以如此，是因为夏季习惯午睡的人最多。夏天日长夜短，气候炎热，人的消耗特别大，需要用午睡来调节一下疲惫的身心，以便能有一个好的身心状态，去做好下午的工作。特别是现代社会，工作强度大，生活节奏快，一天中能有一个短暂的午睡，以最少的时间成本换来体力精力的有效恢复。在这次调查中，对午睡原因的选择，有88%的职工都表示要"让下午工作状态更好"。工作好需要休息好，在炎炎夏日，对多数人来说，午睡是最佳的"健康充电"。

职工在单位午睡，限于条件，往往只能在办公桌上趴着睡。而这种睡姿是有损健康的，医疗保健界就此不断提出过劝告。我高兴地看到，已有单位注意到职工的这一需求，为改善职工的午睡条件积极采取了措施，诸如安排一些安静的午睡场所，添置一些可供午睡的折叠躺椅等。尽管根据调查，目前只有17%的员工所在的企业单位这样做了，但是，问题已得到关注，我想，后继者一定会大量跟上。因为这是关心职工生活、体现人性化管理之举。夏天，为保证职工健康和旺盛的工作精力，我们一直向职工分发汽水、绿豆、毛巾等防暑用品，但提高职工午睡质量，也许较这些物品的"防暑"作用更大。如果说过去没有注意到这点，现在则应当"与时俱进"，积极为职工创造人性化的午睡条件，以体现其在管理上的"以人为本"。

自然，尽管大多数职工有午睡需求，也会有少数人没有午睡习惯，这也应当各随其便，不应强制或过度提倡。凡事不宜"过"，"过"则"失"。真正的人性化管理，在午休上要尊重各人的选择，散步、逛街、交谈、看书、下棋、玩游戏，各种午休形式尽可百花齐放。

2020 年 7 月

"换马甲"与内涵发展

据报道，近日多地教育主管部门先后公示申报升格、更名和转设的高校名单，又有近40座高校加入改名大军，引来社会的关注与议论。

近些年，我国高校更名潮可谓一波接着一波。据媒体统计，2010年至2015年，共有472所高校更名，占总数的23%，为世界所少见。按业内人士归纳，高校的更名，有三项一般性的原则：一是提高级别或档次，即中专升专科，专科升学院，学院升大学；二是高校名称中的行政区划从地方升为省，省升为大区（如华东、东北等），大区升为全国（中国、中华、中央）；三是高校的学科范围从单一学科、行业性高校升为多学科、跨行业、综合性高校，如冠以冶金、化工、纺织等行业名称的高校几乎不再存在，多改为工业、理工、科技等名称，或者直接去掉学科、行业色彩的名称。

改革开放以来，我国高教事业有着飞速的发展，高校的数量与规模均在不断扩大，有些高校的校名确已"名不副实"，更改一下是必要的。然而，老校名是学校的招牌，有着历史的积淀，往往与一个学校的历史、文化、特色联系在一起，不到非不得已的时候，还是少改名或不改名为好，以免割裂学校的历史文化积淀。再说，高校水平的提高，影响的扩大，关键是如党的十九大报告所指出的，"实现高等教育内涵式发展"。

不在提高教学质量和科研水平上用力，只想在校名上体现"高大上"，这是缘木求鱼。

我查了一下世界著名大学 2017 年排名榜，前 100 名的名校中，有的校名并不"高大上"，校名前缀的行政区划也不是全国，而是省或州。最有名的当数美国的麻省理工学院了，截至 2017 年，该校共产生了 88 位诺贝尔奖得主、6 位菲尔兹奖得主，以及 21 位图灵奖得主，在世界著名大学的历年排行榜中，总是居于前五。它创立于 1861 年，有着两百多年历史，"麻省""理工""学院"这 6 个字看似平凡，但它并没有更过名，而是以其骄人的教学与科研成绩，把这 6 个字的名字变成高校的一面靓丽的旗帜。此外，加州理工学院也位列排名榜中，它规模很小，全校学生总数仅 2000 人左右，远低于我国大学学生应在 8000 人以上的要求，但截至 2017 年却出了 63 位诺贝尔奖得主，每一千人毕业生中就有一人获奖，为世界上诺贝尔奖密度之冠。还有创立于 1794 年的法国巴黎理工学校，为法国最负盛名的工程师的大学，校名竟一直沿用"学校"称呼。这一切说明，"山不在高，有仙则名，水不在深，有龙则灵"。对高校来说，最重要的是要在"仙"与"龙"的内涵方面下功夫，而不是忙于"换马甲"。

高校更名热的出现，是有着现实利益考量的。改了名，学院变大学，所缀地名由小变大，学校的身份、地位也随之提高，在教育资源投放、学校硬件建设、学科设置以及干部待遇等方面，都能获得现实利益，效果可谓立竿见影，较之"内涵发展"要轻便得多，何乐而不为呢？因此，消解这一改名潮，需要有配套的科学教育政策。

2019 年 11 月

"高帽钓鱼"的"李鬼"

　　十多年前，我曾写过一篇题为《如此"高帽钓鱼"》的文章，讲的是一些协会组织乱发荣誉称号与荣誉职位，诱惑一些人缴纳入会费、参展费以及出书费等，用抛"高帽"的办法进行"钓鱼"。我就曾接到中国画家协会的一个"红头文件"，授予我"百名中国书画名家称号"。同时还接到过中国艺术投资协会的一个任命通知，聘请我担任该协会的名誉副会长。

　　我对书画可说是一窍不通，对艺术投资也颇为隔膜，怎么会如通知文件中所说，有"杰出成就"和"深厚造诣和广泛影响"呢？我在一时发昏后，就清醒地意识到，这是一种"钓鱼术"。我没有按照通知要求给予回复，以示"自动放弃"。随后，就写了《如此"高帽钓鱼"》一文，指出这是一种"诱以名位"的骗钱活动，有关部门对这种文化造假售假行为应加强监管。

　　后来，这种造假售假的"高帽钓鱼"活动，不仅没有得到收敛，反而出现了升级版。2008年，我又接到两项通知，一个是来自中国民族文艺家协会的，通知我当选"共和国60年功勋文艺家"。一个是来自世界华人艺术研究会等3个协会的，邀请我作为全国杰出艺术家代表，出席"迎接60周年——推动中国艺术发展最具有影响力人物颁奖典礼暨全国

'五一'时代英模授牌仪式"。这里的"高帽"已不是一般的"名人""名家",而是升级到"功勋文艺家"与"杰出艺术家"了。"功勋",是最高品级的功劳;"杰出",是指具有最为出众的才能成就。这就把荣誉的"高帽"提升到"最"的高度,可说是已经顶住"天花板"了。

对此,我又写了一篇文章,指出"帽子"越高,越显其假。在当代文艺家队伍中,能够称得上"杰出"和"功勋"的人,恐怕不多,给我这样的"芸芸众生"套上这样的"高帽",其虚妄不实,几乎有着"天方夜谭"的味道。自然,这些人也并不是真的认为他们物色的对象都"杰出",只不过是借此制造迷魂汤,让猎取的对象喝了以后轻飘飘地、昏昏然地、心甘情愿地掏腰包,向他们标明的银行账号汇去包括证书、奖状、奖杯等各种费用,让他们"钓"个盆满钵满。

"帽子"升级,牛皮越吹越大,越吹越"豁边",也就意味着这项靠造假售假来敛钱的文化活动,对社会诚信的污染与危害越大。随着社会主义精神文明建设的深入推进,对这些勾当加强了批判查处,这种荣誉造假也在一定程度上受到清查,以社会组织名义乱发荣誉称号和荣誉职位的现象,一时也有所收敛。

不过,树欲静而风不止。近日,我又接到一些社会组织的"红头文件",给我戴上更高的"高帽"。其中一份是所谓中华传统文化发展基金会、新时代中国文艺发展工作委员会、共和国七十华诞献礼工程委员会、新时代文艺领袖人物委员会联合发出的,称我当选为"新时代文艺领袖人物"并被聘为辉煌巨著《新时代文艺经典·名家名作集》荣誉主编。

过去送的"高帽",所谓"杰出""功勋"云云,文艺工作者还是文艺工作者,如今"高帽",则是把像我这样一般的文艺工作者也捧为"领袖人物",把拍马吹牛的"天花板"也戳破了。真可谓是利令智昏,满纸荒唐。

通知中所说的评选过程似乎程序严密，合法合规，实际上，所谓社会各界，文化部门、行业协会，以及组委会、评委会，多为子虚乌有，是用来"高帽钓鱼"的幌子。他们只不过是"乱点鸳鸯谱"，这种公然以组织名义的荣誉造假，是危害极大、影响极坏的一种假冒伪劣。

值得注意的是，这些"钓鱼"的社会组织，开始有真有假，随着时间的推移，一些经过注册的合法合规社团，在有关方面的监督教育下，陆续洗手不干了，如今仍在忙于"钓鱼"的，多为并未正式注册或者只是在境外注册的社团。他们打着社团招牌造假制假，不仅造成了精神污染，也违法违规，为维护社会的健康发展，对他们的清查治理要不断加强。

2019 年 10 月

"防引力波"的恶搞

　　2016 年，人类首次直接探测到来自宇宙的引力波，它证实了爱因斯坦百年前的预言，可望揭开宇宙起源之谜。这是一个深奥的科学课题，不要说一般人一时难于了解其真谛，就是专业人士也仍在探索其中的奥秘。然而，一些商家竟闻风而动，一批据称能防引力波辐射的商品已在淘宝网上架。比如，"全球首发，由高科技纤维制成的防引力波辐射吊带背心，专为孕妇打造"，"珍藏限量版，高科技银纤维背心，能防引力波重力波"，还有防引力波负离子面膜、防引力波毛毯等，每款商品价格不菲，其中一款标注着"LIGO 高科技内部防引力波紫外线中微子辐射防化服"，售价竟高达 9999 元。

　　商家的反应真可谓神速。过去形容商家是"无利不起早"，现在这些商家为了获利，则是在鸡未叫、天未亮时就起来蒙蔽顾客了。其一，尽管一些人担心引力波有辐射之害，但科学界并不认同此说。浙江大学物理系教授陈晓明说，引力波好比红外线，"我们接受万物红外线辐射，即便有影响，在长期的进化中也已经接受和适应了"。清华大学博士后、德国马普引力物理研究所的年轻学者胡一鸣则说，在黑洞附近才有肉眼可辨的引力波。黑洞作为能吞噬一切的天体，连光都无法从黑洞逃脱，谈论引力波对人体是否有害没有任何意义。而商家为了牟利，就睁着眼睛说瞎话，利用人们的担心而胡乱叫卖。

其二，在刚刚宣布引力波被探测到后，商家居然紧接着就能制造出诸多防引力波辐射的产品，其速度之快令人瞠目。然而，由于事先并不知道相关信息，事后这些商家也不具备及时设计制造的科技素质，因而实际上是不可能的。搞这种天方夜谭式的把戏，不过是借防引力波的大旗来唬人罢了。

好在现在的消费者也身经百战，在与各种骗术的周旋中逐渐练出了辨识真假的火眼金睛，并没有被这些所谓"防引力波辐射"的产品所惑，轻易上当，网上的成交记录寥寥无几。在这样的情况下，有卖家只得口吐真言，说这些产品"纯属娱乐恶搞"，企图让人们一笑了之。可是，我是笑不起来的。交易买卖，是社会生活的一个重要领域，怎么可以恶搞呢？影视娱乐界有所谓的搞笑之说，指的是在已有的文字或图片资料基础上进行再创作，突出搞笑的特征。这些搞笑作品为迎合观众，常被作为庸俗化、低俗化的表现而受到批评，但其中也有一些搞笑是健康的，因而人们并没有对搞笑持全盘否定的态度。但一旦搞笑带上了恶意，即使在影视娱乐领域，也为社会所不容。

"恶"者，与"善"相对，罪恶、罪过也。"遏恶扬善"是为人处世的基本要求，不论从事何种行业，都应当"勿以恶小而为之，勿以善小而不为"。商业买卖的基本原则是平等交易、诚信交易，商人在经营中应以善相待，绝不可"恶搞"。借"防引力波"之名骗钱，显示动机之恶，此其一。用假冒伪劣的方法以售其奸，是手段之恶，此其二。更过分的是，恶搞带不来乐，只能带来厌恶和憎恨。它并不像商家所说的"纯属娱乐"，而是希望产品卖出去，为他们店铺增添人气，其恶果已超出了单纯的买卖范畴，上升到道德层面，此其三。

基于此，对当下一些商家热衷的"恶搞营销"，应予摇头，批评之，抵制之，如涉及违法，则惩罚之，取缔之。社会一切活动，都应当以此为鉴。

2017 年 4 月

"仅售"还是"竟售"

如今，旅游越来越成为人们的一种生活需求，为招揽游客，许多景点纷纷在各种媒体上发布信息与广告，这没有错，但在讲门票价格时，一个二线城市的游乐园说"仅售298元"，西南地区一个古镇说"仅售100元"，长三角的一农村客栈说"仅售399元"……

什么叫"仅售"？无非是说价格不高，实惠之至。

是这样吗？这让我想起新闻界前辈林放先生于1989年12月写的一篇文章《"只收35元"的舞会》，对高价舞会"只收35元"的说法明确地摇了头。

"只收"与"仅售"的意思是一样的，差别在于前者多口头语色彩，后者多书面语味道。

林放指出：到底有几个人能跳这种"只收35元"的舞会呢？像我们这种中上层收入的职员，倘要带个舞伴，"的士"来回，参加舞会，就需百金了。一个月的工资跳三两次舞就花完了。"只要"云云，说得太轻松了。

现在，三十年过去了，社会经济有了很大发展，人们收入有了明显提高，物价也上涨了很多，"35元的舞会"早已不是什么"高价"，而是根本没有"只要"35元门票的舞会了。那些本是上天所赐或老祖宗留下来的自然和人文景点，过去是很少收费的，如今也多要买门票，而且开价越来越高，动辄就是几十元、上百元，甚至数百元，如此高价却轻松标榜为"仅售"，未免不太合理。

尽管我国人民正在走向富裕，人均收入节节上升，但贫富分化也很大，平均数会掩盖中下层收入者的困境。上百元的门票对富者确是小菜一碟，可以不在意，而对贫者来说则是几天的生活开销，会因此阻止他们跨入景点的大门。尽管旅游队伍中也有低收入者，他们面对高价门票往往是以节衣缩食的代价来换取的。更有些人就因"仅售多少元"的门票，被拦在景点的大门外了。因此，抑止景点门票上涨、降低景点门票价格的呼声从未停止。

有人说，景区门票过高，是因为成本压力大。从一些景区公布的财务数据来看，真正用于景区运营维护的成本，远远低于门票的收入。之所以会有"成本压力"，是因为大笔门票收入外流了。何况多数旅游景点都具有公益性，理应为全民享受。维护经营好这些人民休闲的场所，属公共事业，公共财政应给予必要的支持，使广大百姓不掏腰包或少掏腰包，就能享用这些公共资产。有报道说，发达国家的景区多像我国的西湖一样，是免费开放的，也有收门票的，门票费一般为国民月收入的1%，比利时、捷克等国更低，仅有 0.5%，我国门票则为国民月收入的10% 左右。

林放说，那个舞会的票价"只收 35 元"，应改为"竟收 35 元"。同理，如今那些"仅售百十元"的景点门票，也应将"仅收"改为"竟收"，不是价格如此低，而是价格居然如此高。

2019 年 11 月

共享单车的离谱桂冠

    共享单车曾经风光一时。据有关资料，在 2016 年到 2018 年之间，市场上一共出现了 70 多家共享单车公司，投放的共享单车达到了 2300 多万辆，许多城市街道都摆满了红黄蓝绿橙等各种色彩的单车，然而，其兴也勃，其亡也忽，从 2017 年起，不少共享单车小企业就面临倒闭局面，规模较大的摩拜和 ofo 两家企业虽然存活了下来，但生存也越来越艰难，摩拜如今已经被美团收购，而 ofo 小黄车则深陷押金的风波之中，大量用户聚集讨要押金，成了社会上的一个关注热点。

    共享单车迅速从"神坛"上掉落，百亿融资金额有些进入了投资者的口袋，有的用在广告费中，更多的变成了堆在大街上的那些"没用的废铁"。应当说，共享单车的兴起，方便了人们的短途出行，发展了"共享"经济，是有其存在的理由的。然而，一窝蜂式的涌入，不问市场的实际需要，没有合理的运行流程，没有科学的管理规则，从业者只是想快速从中捞一把，陷入了盲目无序的发展，从而很快败下阵来。

    这其中有不少方面是可以作为教训反思的，诸如供需关系、经济规律、运营方式等，不过我以为，最值得反思的，是把共享单车与高铁、支付宝和网购一起，吹嘘为中国"新四大发明"。作为世界的"大发明"，是要对推动人类社会发展、具有历史性影响的，一个小小的共享单车，与这样伟大发明的差距不知有几万里，怎么能给它戴上这样离谱的"桂冠"呢？何况，这四项也不全是中国首先发明的，像共享单车，早在1965年，荷兰的阿姆斯特丹市就出现了无人管理的共享单车系统。2007年，法国也有单车自由行。我国则是在推广应用方面有着创造性发展，领先了世界。

评价事物需要实事求是。虚夸失实，有害无益。吹大的肥皂泡，旋即就会破灭。对科技创新成果也必须丁是丁、卯是卯。2020年12月21日，《人民日报》的一篇题为《报道科技成果切莫夸大其词》的文章指出，"创新成果的科技网文也应当严格遵守真实性原则"，内中提到，前不久，中科院光电技术研究所承担的一项重大科研装备研制项目"超分辨光刻装备研制"通过验收。研发人员介绍，这台22纳米分辨率光刻机在加工大口径薄膜镜、超导纳米线单光子探测器等纳米功能器件上具有明显优势。但是，这台光刻机要想应用于芯片，还要攻克一系列技术难题，距离还相当遥远。可是，一些网媒和自媒体公众号在报道这一消息时，却使用了"国产光刻机伟大突破，国产芯片白菜化在即""新式光刻机将打破'芯片荒'"等语句。这些说法夸大其词、无中生有，很容易给人造成"中国已突破光刻核心技术、可以大规模加工高端芯片"的错觉，这不仅会以假乱真、误导公众，还会影响我国科研事业的整体形象。

基于此，我以为，在考察共享单车由盛而衰的没落时，也要重视对"新四大发明"这一夸大不实的帽子的检讨。科学是老老实实的，以"语不惊人死不休"式的虚夸进行包装，看起来抬得高，带来的结果却是跌得重。

2020 年 12 月

诈骗的三张牌

时下诈骗种类形形色色，其中以推销保健品为名的诈骗，涉及的受害者多是老年的退休职工。据查获的罪犯陈述，他们有几十种诈骗方法，主要是打这样三种"牌"。

一是诱之以利，打"免费牌"。比如免费听讲座，免费体检，免费送油、送米、送鸡蛋，等等，用小恩小惠把老人"勾住"后，再一步步推销他们所谓包治百病的保健品。由于"吃了人家嘴短，拿了人家手短"，即使一些老人对他们的胡吹心存疑虑，也不便公开提出，在骗子大力营造的虚假气氛中，只得顺应大流，为场上的保健品叫好，进而掏钱上钩。

二是动之以情，打"感情牌"。骗子对老人不停地叫奶奶、爷爷、阿姨、阿叔，嘘寒问暖，有时还帮助老人做点事，诸如买菜烧饭、打扫房间之类，看起来比儿女还亲。这对一些独居老人来说，更会感到一种温情，从而产生好感。一位代号小 K 的销售员凭此每个月都能向 5—10 位老人卖出保健品，靠销售提成，月收入上万元。他后来觉悟"这不是一条正道"，"反水"后表示对不起受骗的老人。

三是吓之以害，打"恐吓牌"。老人经过他们的免费体检，都被告知有这样那样的疾病，不注意不得了，他们的保健品正是可以防治这些疾病的良药。有些更请出"专家"坐堂看病,对老人进行一番装模作样的诊视后,坐实老人患有某种疾病,而现场的保健品正是对症的佳品。人总是把命看得比钱重要,被"专家"一吓,老人遂乖乖地入了他们的圈套。实际上,这些"专家名流"都是假冒伪劣。上海宝山警方捣毁一个向老人推销保健品的诈骗团伙,其中穿着"白大褂"的人,个个谎称是"三代中医世家""享受特殊津贴专家",其中一位大夫介绍自己已年过五旬,正是坚持吃"免疫球蛋白",几十年才永葆青春容颜。实际上,这些"专家学者"都是只有初中学历的社会人员冒充的。

为了不让老人受骗上当,为老年人保健品消费构筑一道"防火墙",首先,要依靠政府部门与社会各方加强对保健品销售的监管,不容虚假宣传与欺诈营销,"伸手必被捉",不留一丝通融的余地,使不法商人不能骗,也不敢骗。其次,也要广泛揭露不法商人在保健品销售上的欺诈手法,帮助老年人擦亮眼睛,"不畏浮云遮望眼",尽量不为伪善者所诈。就上述的三张"牌"来说,一要记住"天下没有免费的午餐",不贪小便宜,防止以小失大。二要记住"世上没有无缘无故的爱",对以谋取不法暴利为目的不法商人来说,不为他们的虚情假意所蔽。三是要尊重科学与真相,依靠医院的正规检查,不要道听途说,随意乱了方寸。总之,老人也要增加消费理性。

借推销保健品进行诈骗的这三张牌:利诱、情诈、恐吓,也是其他各种诈骗者所惯用的。人们要擦亮眼睛,识破骗子这些言不由衷、笑里藏刀的诡计。

2018 年 12 月

虚假广告的"屏风"与"帮手"

　　随着老龄人口的增加，瞄准老年人的商品应运而生，其中虽也有真正想老人之想的好产品，但也不乏借爱老尊老的幌子，行"坑老"之实的。多年来，针对老年人特有的健康需求，用伪劣保健品冒称"神药"诈骗老人的案件一直处于高发状态。近来，老年鞋则又被炒得纷纷扬扬，什么"一轻二软三防滑""爱父母先从买老人鞋开始"，老人鞋似乎也成了造福老人的一种"神鞋"。

　　然而，"神鞋"不神，穿了或磨脚，或变形，或黏糊，或断裂。据长三角消保委的一次质量测试，近半数老人鞋采样不合格。商家又往往不按原先承诺同意退换或退货，相关投诉明显增加。

　　质量与诚信都不过关的"老人鞋"，为什么一时会那么"神"与"红"呢？至关重要的一环，是在电视台大打广告。老年人普遍对电视的权威性抱有很大的信任，老人鞋广告在多个电视台长时间反复播出，从而使老人为其所迷惑。

　　自然，虚假广告成灾，更是那些利欲熏心的商人的责任，他们是造假售假的骗子。然而，如鲁迅所说，"骗子有屏风，屠夫有帮手"，商人单凭自身是演不出一场有声有色的虚假广告戏的，他们需要媒体作平台，需要明星名人摇旗呐喊。那些刊载虚假广告的媒体与明星代言人，就充当了广告骗子的"屏风"和"帮手"。治理虚假广告，既要抓制作假广告的"骗子"，同时也不能放过骗子的"屏风"与"帮手"。就是说，要一并加以整治，一并拿来"问斩"。

说"问斩"，不是说电视台要"斩"去广告。电视台要生存，要讲经济效益，播放一定的广告是可以理解的。广告也是商业社会传播商品信息的必要形式。但是，广告必须真实，不可弄虚作假。同时也要适度，不可任广告无休止地泛滥。这是有关法规早已明确的，可说是刊登广告的两条红线。

广告以名人明星作代言人，用以增加影响力，这也是可以理解的。只是明星名人不要为金钱蒙蔽眼睛，在代言中说假话，这方面的"前车之鉴"是不少的。即使没有昧着良心说假话，也要考虑观众的感受，不要为了捞钱，一味在推销中唱什么"关心老年人是我们每个人的责任"等高调，惹得观众厌烦和不屑。

整治广告市场，在治广告骗子的同时，也要治骗子的"屏风"与"帮手"。

2020 年 12 月

绝知此事要躬行

据报道，浙江农林大学农学院的学生把"到田里种菜"作为一门必修课。学生从大一开始就要下地干活，种不出萝卜、番薯，就拿不到学分、毕不了业。

消息传来，赢得人们广泛的赞同，但也有人认为，孩子读大学是为了成为有知识的白领，即使读农学院，也不是冲着下地干活去读的，而是冲着实验室、冲着理论研究、冲着专家头衔去读的。把下田种菜作为必修课，有必要吗？

是的，完全必要。人的成才，书本学习固然重要，但不能没有实践。毛泽东在《实践论》中指出："无论何人要认识什么事物，除了同那个事物接触，即生活于（实践于）那个事物的环境中，是没有法子解决的。"他还形象地比喻说，你要知道梨子的滋味，就得亲口吃一吃。读农学院，要成为农业专门人才，就要学习干农活，与土地、农作物打交道，在培育农产品的过程中亲口尝得"梨子的滋味"，这是走向农业专业化的必不可少的环节。"杂交水稻之父"袁隆平说过："书本和电脑很重要，但是书本和电脑种不出水稻！"他说自己"不在家，就在试验田；不在试验田，就在去试验田的路上"。如果没有他日日夜夜在田间地头的蹲守，如果没有他对农业的深厚感情，就不可能有杂交水稻的骄人成果。

农学院请来教学生下地干活的助教都是资深农民，手把手地教学生如何施肥、翻整土地、起垄，如何选育各种果蔬的小苗。一般第一个学期种白菜、萝卜，第二个学期学种黄瓜。很多学生开始以为种菜很简单，挖个坑把种子埋进去就好了。哪知道，不同的种子对土层的要求是不同的，要视情况选用适当的播种方式，挖坑本身也很有讲究，不仅要大小合适，前后左右还要对齐。除此之外，还要认识各种不同的害虫，学会防治病虫害。实践出真知，农业实践有力地培养了学生的动手能力，深化了他们对理论知识的领悟。

对书本学习与实践学习的关系，陆游留有著名的诗句："纸上得来终觉浅，绝知此事要躬行。"意思是说，"纸上"学习虽然也能获得知识，但比较"浅"；要达到"绝知"的水平，即深入、透彻地理解，还必须亲身实践。陆游这首七绝是写给他儿子的，诗的前两句为"古人学问无遗力，少壮工夫老始成"。全诗旨在激励儿子要努力学习，终身学习，并且不要片面满足于书本知识，而应在实践中夯实和升华所学。诗人深邃的教育思想理念闪耀着真理性的光芒，应为我们认真记取。历史经验反复表明，只会"纸上谈兵"是不行的。

浙江农林大学农学院从 2012 年开始就鼓励学生利用课余时间开展生产劳动，不过，那时田间作业还只是作为一种校园文化开展的。种菜成为必修课，开始于 2015 年。应当说，这样的转变，不但必要，也很适时。因为现在的年轻人大多四体不勤，中小学教育基本都是为了高考，缺乏劳动实践，更缺乏田间实践。而农学专业的学生，如果连地都没下过，连水稻小麦都分不清，将来毕业了，如何学以致用呢？种不出萝卜不能毕业，不仅体现了专业化的教育，也包含着对吃苦耐劳精神的培养。这也有利于全面贯彻党的教育方针，培养全面发展的人。

2016 年 4 月 26 日，习近平总书记在知识分子、劳动模范、青年代表座谈会上的讲话中指出，"广大青年要如饥似渴、孜孜不倦学习，既多读有字之书，也多读无字之书，注重学习人生经验和社会知识"。所有知识要转化为能力，都必须躬身实践。要坚持知行合一，注重在实践中学真知、悟真谛，加强磨炼、增长本领。浙江农林大学农学院把学生到田里种菜作为必修课，是吻合这一精神的。

2020 年 11 月

把"冷板凳"坐热

上海财经大学公共经济与管理学院教授黄天华，悉心研究中国财政起源、发展和演变规律，以三十一年孜孜不倦的努力，完成了 500 万字的著作《中国财政制度史》，填补了中国财政理论研究的空白。在该书出版座谈会上，学界人士一致认为，要在学术创新上取得重大成果，一定要发扬黄天华这种甘于坐冷板凳的精神。

学术研究，无论是自然科学还是社会科学，要有所发现、有所发明，走出自己的路，填补前人的空白，为社会造福，都需要全身心的投入，耐得住寂寞，甘坐冷板凳。这点早为中外古今的历史所证实：汉代董仲舒为了做学问，"三年不窥园"，把自己关在屋里不分昼夜苦读，终成一代大儒；清代曹雪芹为了写《红楼梦》，绳床瓦灶，冷粥充饥，前后增删五次、批阅十载，才给世人留下了这一不朽文学著作。至于科技界这方面的例证，可说是数不胜数了。较近的一例是屠呦呦，她从发现青蒿素，到列入世界卫生组织的用药经历了四十年，再到获诺贝尔奖又经过了十年，在半个多世纪的岁月，她都在默默耕耘，"不求闻达于诸侯"，只求为人民驱疟造福。这说明，大凡成功之人都曾坐过冷板凳。

坐冷板凳，与名利无缘，跟热闹无份，与寂寞冷清相伴，同淡泊清苦相随，有时甚至还得与委屈不公、冷落埋没相连。可是，正因为吃得

九十乱弹

了坐冷板凳的苦，才能翻开生命的新篇、打开事业的新局。因为"一分耕耘，一分收获"。学术研究要走前人未走过的路，登上新高峰，需要全身心地扑进去，作长期的努力，急于求成不行，耍滑弄奸不行，要经受各种曲折与失败。学术研究的成功，需要埋头苦干，发扬"十年磨一剑"的精神。黄天华则是"三十年磨一剑"，方创作了《中国财政制度史》这一闪闪发光之作。

然而，甘愿坐冷板凳不易。不少人心浮气躁、急功近利，有的渴望"一夜成名""一举夺冠"，一味追求礼花般的绚烂绽放；有的垂涎"众星捧月""前呼后拥"，陶醉于鲜花和掌声；有的流连于光鲜世界，为了"露个脸"，奔走在各种闪光灯之中；有的贪图热门、热事、热课题，今天干这个明天干那个，不是"十年磨一剑"，而是"一年磨十剑"。

学术研究要走出平庸，自然要依赖学者正确的人生观，但同时要进一步优化制度环境。学术研究如果长期不见"成果"，有关人员在职称评定等方面的待遇就会受到影响。黄天华是幸运的，在他的著作座谈会上，有专家说，史学研究讲求慢工细活，往往与"短平快"的职称评价体系格格不入。他所在的大学，采用了多元化学术评价体系，综合考虑黄天华在学术研究上的突出贡献，助他实现了从讲师到副教授、从副教授到教授的两次不循学校常规的职称晋升，促使他终于把冷板凳坐热。这是一种好做法。

2018 年 12 月

有感于明星博士学位注水

　　青年演员翟天临在春晚舞台的一则小品演出中，扮演了一名"打假"警察，没想到，随后他却被质疑论文抄袭、博士学位注水，舞台之下成了被打假的博士。台上"打假"，台下造假，这一"闹剧"引起人们关注，舆论对其学术不端行为多有批评指责。翟天临坦陈自己"误入了歧途"，"虚荣心和侥幸心让我迷失了自己"。他在致歉信中表示，是他的不当行为，"让学校声誉被连累、让学术风气被影响、让公众的信任被辜负"。

　　当事人承认错误自然比不承认错误好，不过，学历造假与学术造假的现象由来已久，翟天临不是第一次，也不会是最后一次，因而除了造假者要为此担责外，还需要深入审视高校管理上的缺陷与漏洞。尽管这些年来，高校在学术考核、人才选拔方面不断强化了质量的关卡，大多能依据流程公平遴选，但是，高校在学术考核上的腐败与懒政并没有完全清除掉，以致像翟天临这样的"漏网之鱼"仍时有出现。基于此，舆论也普遍呼吁高校要加强管理，诚信治学，守住学术的底线，保住学位的尊严，从而赢得社会的尊重、撑起民族的明天。

　　消除学历学术造假，需要从这样两方面同时左右开弓，方能奏效。就明星博士来说，我以为在设置上注重的应当是"博士"，而不是"明星"。"博"者，大也，深广也。"博士"，意为博古通今之人，是具有某种高超本领的专门人才。博士作为学位的最高级，有一个特别要求，就是不但要拥有高超的技能，而且要有高超的理论水平，即不但知道怎么做，而且知道为什么这样做。按照这一要求，那些演技好的明星，尽管具有很好的艺术实践经验，但往往缺乏理论素养，而且限于各种条件，他们也难于在这方面深造，在某种意义上，对明星演员也不必在这方面作过高要求，他们可以成为优秀的明星，却不一定要有"博士"的头衔。艺术高校培养的影视、戏剧、音乐、美术博士，主要应是以理论研究为主的高级艺术学术人才。如果这一看法可取的话，艺术高校培养"博士"应重质不重量，名额不一定要很多，始终要维护博士的学术品位。

学历造假多发，也由于当今社会用人过于重学历，学历越高，找工作越容易，升迁的机会也多。前些时候，假学历的学士多，如今则动不动就是假硕士、假博士，而且多出自名校名院。实际上，人的能力与水平，是多方面因素造成的，并不完全依赖学历。学历造假现象频现，呼吁社会用人标准要回到德才兼备的正确标准上来。

话回到翟天临的学术不端，这固然有社会方面的原因，但其"误入歧途"，主要还是出自人生观的"迷失"。他能向社会致歉是好的，但为了有效清除学术造假，此事了而未了，需有必要的处理。记得前几年南开大学有个博士被发现论文有剽窃行为，校方经过认真调查后，取消了他的学位证书，追回了这顶博士帽。对翟天临的论文抄袭、博士学位注水问题，到底严重到什么程度，有关高校也应进一步予以查清，并据情况作出恰当的处理，方能将坏事变好事，维护学术文化的尊严。

2019 年 2 月

|| 跋 ||

我 1954 年开始写作，1959 年出版第一本书，七十年来，有四十多本书问世，其间有十年搁笔。我写作与出书频率最高的时间，是 20 世纪与 21 世纪交替的前后二三十年。作品除文艺评论和散文外，主要是杂文。如今我已年过九十，体力、记忆力、敏感力，均呈江河日下状，加之终日闭门闲坐，与世有隔，如桃花源中人，以致"感应的神经"日益衰退，少了杂文写作所需要的敏锐。尽管我信奉"我在故我思"与"我思故我在"的名言，只要我一息尚存，我就不会放弃思索思考，一旦有所感有所悟，也仍会敲敲键盘"乱弹"一下，但那也只能是偶尔为之，而非常态了。因此，这本《九十乱弹》将是我的杂文关门书。

感谢学林出版社接受此书的出版，感谢总编辑尹利欣的关心指导，感谢责编石佳彦在此书中付出的辛劳与智慧。

感谢上海文化发展基金会资助此书出版。

2024 年 9 月

图书在版编目(CIP)数据

九十乱弹 / 江曾培著. -- 上海 ：学林出版社，
2024. -- ISBN 978-7-5486-2041-9

Ⅰ. I267.1

中国国家版本馆 CIP 数据核字第 2024RC5415 号

责任编辑　石佳彦
封面设计　谢定莹
技术编辑　徐雅清　刘孝宁

九十乱弹

江曾培　著

出　　版　学林出版社
　　　　　（201101　上海市闵行区号景路 159 弄 C 座）
发　　行　上海人民出版社发行中心
　　　　　（201101　上海市闵行区号景路 159 弄 C 座）
印　　刷　上海商务联西印刷有限公司
开　　本　720×1000　1/16
印　　张　25.25
字　　数　30 万
版　　次　2025 年 1 月第 1 版
印　　次　2025 年 1 月第 1 次印刷
ISBN 978 - 7 - 5486 - 2041 - 9/I・256
定　　价　98.00 元